魅丽文化 花火工作室

时光走了 你还在 2

笑然 语嫣 / 著

江苏凤凰文艺出版社
JIANGSU PHOENIX LITERATURE AND ART PUBLISHING, LTD

图书在版编目（CIP）数据

时光走了你还在 2/ 语笑嫣然著. -- 南京 : 江苏凤凰文艺出版社, 2016

ISBN 978-7-5399-9162-7

Ⅰ. ①时… Ⅱ. ①语… Ⅲ. ①长篇小说－中国－当代 Ⅳ. ① I247.5

中国版本图书馆 CIP 数据核字 (2016) 第 068895 号

书　　名	时光走了你还在 2
作　　者	语笑嫣然
选题策划	花火工作室（长沙）
出版统筹	黄小初　邹立勋
责任编辑	胡小河　姚　丽
文字编辑	向婷婷　苏　惠
责任监制	刘　巍　江伟明
封面设计	黄　梅
内页设计	李　娟
出版发行	江苏凤凰文艺出版传媒集团 江苏凤凰文艺出版传媒股份有限公司 江苏凤凰文艺出版社
集团地址	南京市湖南路 1 号 A 楼，邮编：210009
集团网址	http://www.ppm.cn
出版社地址	南京市中央路 165 号，邮编：210009
出版社网址	http://www.jswenyi.con
经　　销	江苏省新华发行集团有限公司
印　　刷	湖南新华精品印务有限公司
开　　本	880 mm×1230 mm 1/32
字　　数	270 千字
印　　张	9.5
版　　次	2016 年 6 月第 1 版，2016 年 6 月第 1 次印刷
标准书号	ISBN 978-7-5399-9162-7
定　　价	26.80 元

时光走了 2 你还在

目录 contents

时光走了你还在 2

目录 contents

「第一章」

有的人，即便烈火焚
城也要守着灰烬

SHI GUANG
ZOU LE

NI

HAI ZAI

黄昏的风带着几丝凉意，不明不暗的光笼罩着一条幽静的街道。道路两旁的树已经开始落叶了，枯黄的叶子打着旋飘下来，郁桐慢慢地一脚一脚踩上去，有脆生生的、碎裂般的声音发出来——

“嘎吱，嘎吱，嘎吱……”

郁桐将两只手插在上衣的口袋里，低着头，走得很慢。

这条横陵道的尽头就是目的地了——横陵道一百八十七号别墅。别墅位于城市的高地，穿过背向别墅的大门可以望见城市的一角。此刻，错落的高楼已然半隐于暮色之中，有很多的楼间灯火穿透那薄纱似的夜色，散发着无声的烟火气，给人真实的热闹，却又仿佛透着似虚似幻的寂寥。

郁桐走到别墅门前，在昏暗里，盯着门上的大字看了又看。

“唐”是这家主人的姓氏，这个字无论几时在郁桐的眼里都显得那么地冷漠。她正想按门铃，门内忽然传出了一点声音，有人正好要开门出来。也不知道出来的人是谁，郁桐急忙往旁边躲了躲，随后便看见了唐家的用人迅嫂。

迅嫂拿着一件外套，还提了几袋东西，一边走一边打电话：“是的太太，我都拿了，地址也记住了，这就给您送过来。”

郁桐一听，顿时有点失望。

迅嫂嘴里喊的太太就是郁桐的妈妈林晚，来之前郁桐不知道妈妈不在唐家，妈妈和她的现任丈夫唐舜去参加一个宴会了。唐舜的原配在十几年前患病去世了，而林晚的丈夫，也就是郁桐的爸爸死于一次施工事故。几年前，唐舜和林晚走到了一起，后来林晚便嫁进了这个富豪之家。

这天，郁桐很想妈妈，而那种想念里面还掺杂着一种紧张不安的情绪，所以她想来看看妈妈，可是这一趟白来了。

她见迅嫂招了一辆出租车坐上离开了，于是自己也打算回学校。这时候，她发现别墅的大门还微微露着一条缝隙，一定是迅嫂刚才匆忙大意间没有把门关好。透过那条门缝，她看见了花园里的喷泉。

突然，郁桐的脑子里零星地闪现出几个画面。那些画面，以喷泉里模糊跳跃着的水花为背景，越来越清晰，她似乎回忆起什么来了。她按着额头，两眼发直地瞪着地面，那些画面像胶片似的，在脑海里排成长条滚动播放。她有点眩晕，等那阵眩晕感过去了，她便犹豫着走进了别墅。

别墅里很安静，唐家的人都不在，黑灯瞎火的，有点瘆人。郁桐慢慢走到喷泉边，然后便开始绕池一周，谨慎地摸索起来。她并不十分确定自己要找的东西到底是什么，但依旧找得很仔细。

池边那些植物的枝叶间，花盆的里里外外，还有装饰的鹅卵石缝隙里，她都找了。终于，她在两只紧挨着的陶土花盆的缝隙里摸到了一张类似于纸片的东西，抽出来一看，原来是一张名片。

对的，就是这张名片！郁桐如获至宝，仔细一看，名片的主人叫郑希，而他的名字下方印着的职业令郁桐有点吃惊，他的职业竟然是私家侦探。一个有着如此神秘敏感的职业的人，两个月前为什么会鬼鬼祟祟地出现在唐家别墅？而他的出现，唐舜似乎至今也不知道。

郁桐盯着名片微微有些走神。天色更黑了，别墅墙外街道的路灯便显得更亮了，但也许是墙太高，那些灯光给人一种想冲破高墙却不能逾越的无力感，墙内墙外，一暗一明，仿佛是两个不同的世界。

两个月以前发生在唐家别墅的那件事，郁桐现在能想起的并不多。那是一个周六，在唐家的别墅里，男主人唐舜和女主人林晚发生了一场激烈的争吵，原本打算带妻子出席晚宴的唐舜在大发雷霆之后摔门而去，而唐家的用人迅叔和迅嫂都去邻市参加侄儿的婚礼了，唐舜一走，家里就只剩林晚一个人了。

擦干眼泪的林晚换了一身轻松却也精致的便装，还涂了深色的眼影来遮盖哭过以后眼睑的浮肿。

那时郁桐正在学校宿舍里上网，接到了林晚的电话。电话里林晚的声音轻快而喜悦，丝毫没有哭闹之后的低沉和嘶哑："桐桐，你在家还是在学校呢？唐家的人都出去了，你来吧，妈妈给你做好吃的。"

从好几年前开始就是这样了，自从林晚嫁给唐舜以后，郁桐和母亲的欢聚渐渐就变成了一种奢侈。因为她的后父唐舜不喜欢她，那个多疑而霸道的富翁不喜欢这个跟他毫无血缘关系的继女，这种不喜欢是明明白白做出来的，他都懒得掩饰。他甚至可以当着林晚的面摆脸色给她看，而林晚对此还不敢有任何异议。因为，在唐家，他就是天，他的女人，甚至他的两个儿子，都得看他的脸色，顺从他的脾气，这是林晚在吃了好几次亏以后才渐渐摸索出来的经验。

这几年，郁桐大大方方走进唐家别墅的次数屈指可数。通常，母女俩要么在外见面，要么就趁唐家没人的时候在唐家别墅见一面，因为只有那时林晚才敢悄悄把郁桐接进别墅。

郁桐念书的C大离唐家别墅很近，沿学校后门的斜路一直上行，转两个弯就到了。郁桐到别墅的时候，林晚正在厨房忙活，准备做的全都是郁桐喜欢吃的菜，还有她最爱的花雕醉鸡。

其实食物倒不是最重要的,最重要的是这全天下独一无二的味道。那种能令郁桐感到温暖也能令她感到心酸的味道,她太久没有尝到了。大概也是因为相隔太久，见到妈妈的时候，看见妈妈做菜的那双手，郁桐的心还猛地揪了一下，妈妈手上那一条条皱纹是从什么时候开始长出来的?

这个在四十岁出头的阶段总被人夸赞有着三十岁容貌的女人，在丈夫去世之后，没有嫁给唐舜之前，虽然终日都为了生计奔波吃苦，但那时她的身上是有一股精神的,一种再苦再累也能让自己容光焕发、笑脸迎人的精神。可是，嫁进唐家的这几年，她反而笑得少了。她的眉宇间总能透出些倦意，眼睛里的光彩也黯淡了，就连已经很少沾阳春水的这双手，也还是扛不住奔腾的岁月。她真的老了！

林晚见郁桐来了，便脱掉围裙，说："家里没有花雕酒了，我去买，你到客厅看会儿电视吧！"

郁桐忙说："妈妈，还是我去吧？"

林晚笑着说："没事，不远，就在你们学校旁边，一会儿就回来。宋记的自酿酒挑起来也是一门学问，你不懂的。你唐叔平时要吃醉鸡也都是我亲自去挑酒，你就等等我，很快的。"

出门之前，林晚又交代说："哦，对了，桐桐，厨房里我还烧着热水，一会儿水开了你就把火关掉，可千万别忘了。"

"嗯。"

林晚离开别墅以后，郁桐趴在沙发上玩手机，一听见厨房里的烧水壶发出高频率的提示音，就急忙想去关掉燃气。可是，她还没进厨房，突然有一股强烈的倦意如浪潮一般席卷而来，压得她头重脚轻，连站都站不稳了。她想扶着一旁的石膏装饰雕塑，却没想到那雕塑是空心的，她一扶，雕塑摇晃了几下就倒了，石膏碎了一地。于是她也跟着倒在碎片上面，头撞到地上，脑子就更昏沉了。

这天的林晚在买酒的途中也遇到了一点小意外，跟路人发生了争执，所以比预期的时间晚了二十分钟回来。

远远地，林晚看见唐家别墅的一角冒出了大量的浓烟，顿时吓得六神无主。她跌跌撞撞地跑回去，发现别墅的大门打开了一条缝隙，可她明明记得自己走的时候是关了门的。她没时间思考锁门的问题，只见厨房里浓烟滚滚，连带着饭厅和另一侧的储物房也被浓烟笼罩了，浓烟之中时不时还有狰狞的火焰在燃烧着。她被吓哭了："女儿……女儿啊……桐桐，你在哪儿？"

林晚喊了几声，突然听见郁桐回应她了，声音很微弱："妈妈……

妈妈……”

林晚一看，只见郁桐躺在花园里的喷泉背后，脸上和手上都有明显的撞伤，还糊着黑灰，她身旁还有几个花盆被打翻了，泥土沾在她的头发上，但还好她没有被困在火里，也没有受太重的伤。

但郁桐依旧昏沉乏力，被林晚扶着才能勉强站起来。母女俩狼狈地跑出别墅，找了一个四下无人的地方，林晚才敢报火警。后来，消防车赶来灭了火。别墅被烧毁三分之一，林晚把所有的责任都往自己身上揽，说是自己出门购物忘记关火了，怎么都不敢说当时郁桐还在别墅里。

失火之后的第二天和第三天，郁桐都是昏昏沉沉地度过的，除了勉强进食和上厕所，其余的时间她几乎没有离开过床。

林晚不得不寸步不离地照顾郁桐，而丢开狼藉待修的唐家别墅不管，为此她又遭到了唐舜的指责。这一次唐舜还打了她，一个耳光扇在脸上，她的半边脸都肿了。

郁桐一清醒，看见的就是妈妈脸上五道红色的指痕，她心痛得像被刀割似的。她甚至愤然想冲到唐家去找唐舜说明一切，但林晚拼命地拦着她。母女俩抱头痛哭之后，她渐渐又开始回忆自己身陷火场的情形。

郁桐可以肯定，她不是自己逃出火场的。

当时，她已经倒在地上，身体像灌了铅一样，只能很吃力地一点一点挪动。她依旧想爬进厨房去关火，可是渐渐地眼睛就睁不开了。她昏迷了片刻，又被一阵浓烟呛醒，但已经没有力气逃出火场了。在她几乎绝望的时候，突然有人把她扛了起来，扛到了花园里，还在喷泉边被花盆绊了一跤，两个人一起摔倒了。

那是一个单眼皮、小眼睛的年轻男人。男人在看见林晚跑进来的一瞬间就丢开郁桐躲了起来，然后又趁着林晚和郁桐都没注意时溜出了别墅。直到郁桐清醒，跟林晚说起自己获救的经过，林晚才知道，原来那天别墅里还有第三者存在。

但是，那个人是谁呢？如果是入室行窃的小偷，唐家却没有丢失任何值钱的东西。莫非是小偷还没有下手就发现失火了，所以不得已中途逃走？又或者，那个人跟唐家沾亲带故，所以才能进入别墅？那他又为什么行为鬼祟，并且事后也没有向唐舜告发火灾的时候郁桐也在别墅呢？

这个谜团后来一直都在郁桐的脑海里盘旋着，她很努力想多回忆一点当时的情形，但能够想起来的实在有限。

而关于她那天在唐家突如其来地昏倒，那也是有原因的。严格来说，她不是昏倒，而是发病。

郁桐患有一种极为罕见的怪病，发病的时候，突如其来的强烈睡意会令她整个人昏昏沉沉，难以抵抗，有时还会猝倒猝睡。而她每次一发病，除了睡觉，别的事几乎都做不了。她有时也会因为饥饿等生理需求主动进食或者上厕所，但这期间她的行动能力很弱，意识也不清醒，醒来后也不大会记得自己发病这几天做过什么。

她发病的时间短则持续两三天，最长达到过一个星期，而不发病的时候，她跟正常人没有什么两样。

到目前为止，医学上对这种病尚没有很深入的研究，人们无法清楚地解释其成因，也没有治愈方案，患者只能靠药物来降低发病的频率，但有的患者又会在年龄渐长以后不药而愈。

这种病在医学上被称为“克莱恩·莱文综合征”，通常人们对它还有另一个称呼——睡美人症。

大约在六年前，郁桐十五岁的时候，她第一次发病，一睡就睡了四天。一个半月之后，相同的情况再次出现了，她足足睡了一个星期。后来，她便被确认患上了睡美人症，再后来，进行了一段时间的药物治疗以后，她发病的频率被控制在每月一次或者两个月一次，而每次的沉睡期都没有超过三天。

在沉睡期间发生的事情，郁桐醒来后通常都不会太记得，但是，当触及某些相关的事物，她也有可能会突然想起一点什么，这都是她的主观意识所不能控制的。所以，这天，她在看见唐家花园里的喷泉时，突然不由自主地想起了失火那天在喷泉旁边发生的一个细节。

救她的那个男人跟她一起摔倒的时候，外套的口袋里好像有什么东西掉出来了。她再仔细想想，那东西是薄薄的一片，很轻，是白色的，掉在地上，而那个人自己也意识到了，但他还没有来得及把东西捡回去，林晚就冲进了别墅。

火灾之后的这两个月，虽然唐家别墅经过了翻修打扫，可是喷泉附近没有被动过。这天，郁桐一来是想证实自己的记忆，二来也很希望能找到一点有关那个神秘人的线索。找到了名片，郁桐正打算离开，突然，别墅大门缓缓朝两边打开了，大门外有两束强光照了进来，一辆红色的法拉利开了进来。

法拉利停在喷泉的旁边，车里的人见别墅里没有亮灯，就把车窗降了下来，手肘搭在车窗上打电话："喂？爸，家里怎么没人啊？嘿，怪了，没人这大门怎么开着呢？回头啊，您可得好好问问迅嫂，问她怎么做事的！嗯……是啊，我那边的事情办完了，所以就提早回来了嘛……"

富翁唐舜有两个儿子，车里的这个是老大。林晚进唐家门以来，对自己的枕边人都得打起十二分精神，更别说这两位少爷了。老二还好，性格比较温和，容易相处，也是父子三人里面唯一不会给林晚脸色看的人。而说到给脸色，比唐舜有过之而无不及的，就是这个老大了。

有的时候，就连林晚买的橙子不甜，他吃着不满意也会直接扔到地上。他只要来唐家别墅，几乎就把林晚和迅嫂一视同仁，对林晚呼来唤去，要她给他做这做那，不满意还会发脾气。

林晚曾经觉得他尊卑不分，还跟他吵架，然后才知道跟他是吵不得的，因为他会用一个耳光来告诉她什么是尊卑。他就是“尊”，他的父亲、他的弟弟都是“尊”，这个家里，只有林晚才是“卑”。

林晚知道自己惹不起他，于是只能躲着他，尽量不和他发生冲突。林晚恨他，怕他，郁桐也恨他，怕他，她小心地躲在喷泉的另一侧，连大气都不敢出。

车里的人又说：“哦，那场宴会啊？我知道，知道！呵呵，我就不去了吧……”他还故意打了个哈欠，“我从奥地利特意给您老人家带了点小礼物回来，还想给您一个惊喜呢，这家里黑灯瞎火的，倒是惊到我了。算了，我坐了一天的飞机，挺累的，回去睡一觉，明天公司见。”

他又说：“没关系，不用休息了……爸，我现在勤快着呢！我还有公事要跟您汇报，就明天吧，明天一早我就到公司。好……”他前一秒还满脸堆笑，电话一挂，立刻就换了一个嫌恶的表情。

郁桐见他扶着方向盘，似乎准备开车走了，这时，他的电话又响了：“嗯，事情准备得怎么样了？”

电话另一端的人做了一会儿汇报，他静静地听着，突然有点吃惊，大声说：“加价？这个宋冉倒真是敢要啊！最初不是还忸忸怩怩的吗，现在怎么……一不做二不休了？你告诉她，我说的，办不到！”

他又说：“一拍两散？是她说的？呵呵，那你怎么没有告诉她，跟我一拍两散的人会有什么下场呢？”他冷冷地说，“你就再提醒提醒她，她的把柄在我这里，只要她乖乖听我的，跟我合作，或许还能得到一点儿好处。否则，她宋冉这个名字不仅从此要在这一行消失，兴许啊……”他用手指轻敲着车窗，懒洋洋地说，“说不定她这个人也会从此从这世上消失呢。”

郁桐真正意识到自己此刻的存在实在是太不合时宜，就是在她听见车里的人说这番话的时候。

这番话究竟有多重要，当郁桐的脚尖不小心踢到一只花盆，发出了声音，吸引了车里人的注意时，她就明白了。车里的人瞬间脸色大变，电话还没挂就开门冲下来了：“谁在那里？”

郁桐知道不妙，噌地站了起来，把外套的帽子拉起来往头上一盖，撒腿就往别墅的大门外跑。

但对方依旧从她的背影里看出了几分眼熟，不太确定地喊了一声：“郁桐？”

郁桐一听，跑得更快了。对方也没松一口气，一直追着她。还好郁桐的跑步成绩在系里是数一数二的，而且她对这一带的小街小巷显然比一个只会开车从大路出入的人更熟，她专选难走的地方走，绕了几个弯，穿过几条巷子，终于把距离拉开了。最后，她跑到了C大正校门外的那条街。

她有把握，再过一个路口就能彻底摆脱对方了，就在这时，她猛地觉得一阵眩晕，身体像坠落一般往下沉，险些站不稳。她急忙扶着墙，紧张地向四周看了看。身旁有一间正准备打烊的商店，里面光线很暗，店门半合，她立刻埋头钻了进去。

商店里，桌椅都已经被擦洗干净，摆放得整整齐齐了。店里面有三个人，有一个在清扫楼梯，有一个在楼梯后面的洗手槽里刷杯碗。柜台后面还站着一个人，幽幽的光映着那人的侧脸，他低着头，很专注地在做着什么。郁桐看不清楚他的模样，只觉他身上有一种轻松自得的气质，她还闻到了从他那边飘出的咖啡的淡香。

清扫楼梯的店员最先发现郁桐，说：“同学，对不起，我们这儿九点半就打烊了。”

郁桐强撑着已经快要合起来的眼皮，哀求道：“我不买东西，有人追我，麻烦帮帮忙，让我躲一躲好吗？”

看郁桐的脸色不对，身体摇摇晃晃往前栽，店员急忙扶着她：“哎，同学，你这是怎么了？”

郁桐连说话都快没力气了：“我就躲一下，帮帮忙吧！”她掐着自己，想尽量保持清醒。

店员既为难又着急：“同学，你不能……你这样看起来很不对劲啊！老板！老板你快来啊！”

柜台后面的人闻声缓缓地抬起了头：“怎么回事？”

店员扶着郁桐解释道：“她说有人追她，她好像很不对劲。”

郁桐接过话：“我……我有睡美人症。但是，老板，我不会给您惹麻烦的。”她正说着，年轻的老板缓缓走过来，从暗处缓缓走到亮处，轮廓渐渐清晰，由淡至浓映入她的瞳孔里，她的身体猛然轻颤了一下。

她认识他！

刹那之间，某些画面如雪片一般在郁桐的脑海里飞转，她觉得自己眩晕得更厉害了，心里仿佛还有无数的虫子在噬咬，全身都布满了细密的疼痛。她一把抓着他说：“有人在追我！”

那种毫不生分的眼神和语气，令对方微微愣住了。

年轻的老板有着一张非常好看的脸，浓眉大眼，棱角分明，他的嘴角微微上扬着，笑容浅浅，从容之中还透着一点不羁。但他显然跟郁桐不一样，他看她的眼神和看任何一个陌生人没有区别。

他说：“同学，我是做生意的，也不爱管闲事，你要是惹了麻烦想来我这儿避难，那你可想错了。”

郁桐愣了一下，两眼发直地盯了他几秒：“你……”她想说“你不认识我了吗”，但那一刻内心忽然涌起莫名的高傲，反而加重了语气，“你让我躲一躲！你不会这么冷漠的！”

老板感觉有点好笑：“你怎么知道？我就是这么冷漠。”

郁桐已经快要撑不下去了，沉重的眼皮就像垮塌的大山，沉沉地压下来，她全身也越来越无力。这时，她发现商铺的后墙上有一道门。她想起来了，学校对面的这一排商铺的结构都是一样的，每间商铺的后门都连着一个小院子。于是，她不由分说就蛮横地连扑带撞直奔那道门而去。她把门撞开，刚跌进去，就有人进店来了。

来人跑得气喘吁吁，说："我来找人！我刚才好像看见她进来了。"

店员见他态度挺差，就说："客人，我们打烊了，这儿只有我们店里的人，哪来的什么你要找的人？"

来人歇了几口气，目光渐渐落在那个正背对着他的甜品铺老板的身上，他的眼神忽然变得复杂了起来。

这时，年轻的老板也转过身来，跟他的视线一交接，两个人都笑了。

一个说："唐柏楼，我们好久不见了。"

一个说："刘靖初？原来你还没走啊？"

是啊，原本在一年多以前，年轻的老板刘靖初是打算离开这座城市的，可是他至今也没有离开，半步都没有。

他能去哪里呢？毕竟，他深爱的人还在这座城市。天地再大，他怎么也走不出她的世界。他是为了她而留下来的。

唐柏楼一语就道出了刘靖初的秘密："刘靖初，你还是舍不得苗以瑄吧？"太深爱一个人，就是即便她的人没有出现，但听见别人提到她的名字，也会有一种难言的滋味猝然汹涌起来。

刘靖初始终记得自己当初是如何疲倦地走向登机口，却又如何精神奕奕地转身冲出机场的。后来，是在医院的走廊里，他低着头，姿态卑微，一如他曾经爱着苗以瑄的那些年那么卑微。他说："阿瑄，我要留下来！"他留在了这座有她的城市里，但是，依旧过着其实并没有她的生活。

因为那个叫苗以瑄的女孩爱的人始终不是他。

有的人，即便烈火焚城也要守着灰烬。他大概就是这种人。

这间名为“十八楼”的甜品铺以前的老板叫薄安，是个信奉独身主义的胖子。号称永不厌倦的胖子薄安有一天却忽然厌倦了，还搬到了郊外，开始跟农田、花草为伍，刘靖初就接手了这个甜品铺。

这个曾经嚣张叛逆的少年已经不复原来的暴躁冲动，他也已经不是少年了。往事就是装在漏斗里的细沙，小口朝下，一点一点沉落积压，成了他心里洗不尽的铅华，他也因此变得比以前更安静，也更从容了。

要是在以前，看见唐柏楼这个自己恨之入骨的人，刘靖初别说赶他骂他，只怕都要跟他动起手来了。但这时，刘靖初只是带着一丝冷笑看着唐柏楼，淡淡地说：“唐柏楼，如果你是来找人的，恐怕你要失望了，我这里不会有你要找的人。”

唐柏楼大笑着说：“你这是一语双关了吧？是啊，今天我要找的人你这儿没有，我以前要找的人，你也交不出来。”他以前要找的人，指的是苗以瑄。唐柏楼在暗指刘靖初的失败，因为刘靖初爱的人从未属于过他。

刘靖初说：“既然你知道，那我就不送了。”

唐柏楼却没有要走的意思，又问：“刘靖初，你最近跟以瑄有联系吗？我听说她去首尔了，什么时候回来？”

刘靖初说：“你自己问她吧。”

唐柏楼故作失落地说：“我能问她就不问你了。你不会也不知道吧？你可是她最好的朋友啊！”

刘靖初看了他一眼，似乎连跟他说话都不屑了。

唐柏楼淡淡地说了一句：“那……姜城远呢？他最近又怎么样了？”

刘靖初的眼神微微一颤：“唐柏楼，我没时间也没兴趣跟你叙旧。”

唐柏楼知道自己戳到刘靖初的痛处了。姜城远的存在，对刘靖初而言，更像是一把插在他心里的尖刀，他有多爱苗以瑄，苗以瑄就有多爱姜城远，而苗以瑄有多爱姜城远，姜城远便伤她伤得有多深。

现在，因为两年前的风波，姜城远还在妙心医院的病房里昏迷不醒，终日与仪器、药物为伴。他的这场沉睡持续了多久，苗以瑄便等了他多久——带着他给她的满身伤痕，执着地等着。

唐柏楼又说：“刘靖初，我听说以瑄出国这段时间，都是你替她去医院探望姜城远！啧啧，你难道不恨他，不忌妒他？换了是我，我可做不到对自己的情敌还这么关心哪。”

刘靖初在意的却不是唐柏楼的冷嘲热讽，他是没想到已经销声匿迹很长一段时间的唐柏楼竟然还掌握着他们的情况：“我们之间的事情，你倒挺费心。”

唐柏楼耸耸肩说：“没办法，谁叫我忍不住呢？”

唐柏楼忍不住什么，刘靖初没问，他走进了操作台，开始清洗咖啡机。

唐柏楼也知道，自己既然碰到刘靖初了，那他要找的人即便真的躲在店里，他也不能再往前多追一步了。他说：“好吧，我也不在这儿碍你的眼了。刘靖初，哪天你要是见到我的以瑄，替我问候她，就说我太久没见她了，真的怪想她的，希望她一切都好。”

刘靖初头也不抬地说：“她会很好的，至少，有我在，那些居心叵测的人是不能再靠近她的。”

唐柏楼干笑了两声，说：“是啊，那些居心叵测的人可能还挺怕你跟以前一样，藏着一把刀子想从背后捅人呢。哎，老弟——”他拍了拍刘靖初的肩膀，“你这样为她，得到什么了？想想吧！”

唐柏楼走了，十八楼里忽然安静下来。刘靖初盯着门外唐柏楼离开的那个方向，夜色和街灯仿佛带着一种摇曳流转的姿态。他想起了很多往事，记忆如同拍打在岩石上的海浪，来势汹涌，却混乱不堪。

刘靖初回过神来，又急忙去了后院。

后院里，店员阿伊和郁桐都在，阿伊像被人点了穴似的站着，郁桐则躺在地上，身体侧着，蜷缩着自抱成一团。

阿伊见刘靖初来了，明显松了一口气，说：“老板啊，你看看，她刚才跟我说她有睡美人症，一发病就得睡觉，睡个两三天就好了。怎么办啊？真有这种怪病？”

刘靖初看郁桐果然是一副熟睡的样子。他推了推她，她毫无反应。

阿伊说：“我喊了，喊不醒，睡得跟死猪似的。”

刘靖初说：“那你搜搜她身上，把手机找出来，给她的家里人或者朋友打个电话。”

阿伊两手一摊，说：“喏，我也是这么想的，已经找了，手机倒是在这儿，但是没有密码解不了锁，指纹也不行。咱们要么把她喊醒问密码，要么把她送去医院，或者送到对面学校警务室吧？”

刘靖初曾经在网上看过一则相关的报道，对睡美人症有少许的了解，他看郁桐现在这样的情况，喊也喊不醒，但是送去医院又没有必要，只好决定暂时收留她。他让阿伊整理了一下员工休息室，把郁桐安顿在了休息室里面。郁桐就在那个小房间里度过了接下来的三天。

十八楼的后院别有洞天。上一任老板薄安在的时候，隔壁那些商户都将后院用来堆放杂物或者空置着，他却把后院精心装饰了一番，弄成了一个风格清新典雅的庭院，养了花，种了树，中间还建了一个水池。庭院的一侧搭了一座两层的小楼，楼下是储物室，楼上则是员工休息室。

患有睡美人症的人在发病期间会沉睡，也会偶尔醒来，刘靖初是查资料得知的。郁桐醒的时候会有进食等日常生理行为，但需要有人从旁照看，于是，那三天，刘靖初便和阿伊轮流守着她。

郁桐似乎睡得很辛苦，两只手总是紧紧握成拳头，仿佛一直想努力抓住什么。

有一次，刘靖初正在后院清点库存，突然听到楼上休息室传出开门的声音。他想肯定是郁桐醒了，出去一看，果然见披头散发的她迷迷糊糊地扶着二楼的栏杆走。她一边走一边向四处张望，但眼睛还是半眯着的。

刘靖初提醒她："喂，看着脚下的路，你前面是楼梯。"

郁桐含糊地"哦"了两声，跟着就双手抓住栏杆，一只脚跨了上去，嘴里似乎在说："楼梯，上楼梯。"

刘靖初吓了一跳，一个箭步冲上楼，从后面一把抱住郁桐，把她往走廊里拽。郁桐倒进他怀里，他撞在墙上，肩膀一阵剧痛："你不要命了？上什么楼梯？"他话刚说完，郁桐好像又睡着了，整个人软绵绵的，要不是他抱着她，她就瘫倒在地上了。她还没醒，现在的行为类似于梦游，是完全无意识的。

但是，郁桐在这样完全无意识的情况下抓住刘靖初不松手，嘴里还含糊地说着他听不清的梦话。

刘靖初不是个很有耐心的人，郁桐像水蛇似的缠着他，他干脆把她整个扛了起来，不客气地扔回了房间里。他还抓起被子，整床捂过去，一下子把她全蒙住了："留你在这儿就已经够折腾大家了，你还不能安分点？我说你到底要睡到什么时候呢，小丫头？"

被窝里的人竟然答话了，虽然还是很含糊，但勉强能听清楚："我不是小丫头，我有名字的，你记着我……"她说着，一只手从被窝里伸了出来，在空气里乱抓，"你来了，你终于来了啊！我等你好久了。"细细的声音，还发着颤，带着一点哽咽，令人觉得说话的人卑微可怜。

刘靖初眉头一皱，低头看去。郁桐掀开被子，露了一张脸出来，顶灯的一束光和她眼角的什么东西忽然交接，微微闪烁了一下。他愣了一下，仔细一看，她眼角闪烁的竟然是一滴眼泪。

她竟然在哭！

他自言自语："她这是怎么了？做噩梦了吧？"

郁桐又把刚才的最后一句话重复了一遍："你终于来了啊！我等你好久了。"她说完，眼泪流得更厉害了。

流着眼泪的郁桐是梦到了六年前，她还清楚地记得，那天是大年初一。深夜十点半的紫滨路上刮着寒冷的江风，四周几乎没有行人，来往的车辆也很少。目之所及，郁桐看不见别的行人。

只有她。

整座城市仿佛只有她似的。

可是，远处的高楼里分明有着密密麻麻的灯光，那些灯光在提醒着她，这天是大年初一，是一个团圆喜庆的日子。别人家里满溢着光明和温暖，只有她是一个人，她什么也没有，除了地上那道还愿意对她不离不弃的影子。

她一边走，一边盯着自己的影子出神。她已经像抹游魂似的东游西荡一整天了。

突然，头顶的一盏路灯闪了几下，地上的影子也跟着忽隐忽现。她隐约听见背后传来了脚步声，回头一看，有两个喝醉酒的男人过来了，路旁也不知几时多了一辆黑色的轿车。她忽然有点害怕，立刻加快了步伐，那两个男人却也加紧追了过来，一前一后把她围住了。

六年前的郁桐对那两个男人拳打脚踢，歇斯底里地大哭大骂，而六年后的郁桐却在沉睡之中陷于往事的噩梦里，想挣扎却不能动弹，想哭喊却不能发声，她看起来好像终于平静下来了。

她仿佛还睡得很香甜。

她被那两个男人合力抬起来，扔进了那辆黑色的轿车里。有人按住她，她想踢门，可是踢不开。有那么一个瞬间，她甚至想一头撞在车窗玻璃上，宁为玉碎，不为瓦全。可就在那个瞬间，她听见几道很刺耳的声响，然后车窗的玻璃真的碎了，却不是她撞碎的，而是有人从外面用棍子敲碎的。

那个人把险些坠入深渊的郁桐拉了回来。他还拉着她的手，带着她在黑夜中逆风狂奔。

那只手用过的力度和给过的温暖，六年来，郁桐始终清楚地记得。

她曾经以为，那是一只拯救她于万劫不复之中的手，但后来她才明白，也是那只手，将她推到另一个万劫不复的深渊。

那深渊叫爱情。

他翻手为天堂，覆手为地狱。

「第二章」

所有说不见不散的人，
都有着一道关于等待的暗伤

SHI GUANG
ZOU LE
NI
HAI ZAI

时隔六年，郁桐终于又见到了那只手的主人——她的救命恩人刘靖初。

当年的刘靖初拉着不满十五岁的女孩一路狂奔，女孩一边跑一边号啕大哭。他终于忍不住瞪了她一眼：“哭什么，小胖妹，把那两个家伙甩掉了你再哭好吗？”她委屈地说：“我不胖，我叫郁桐。”

他说：“我管你叫什么金银铜铁呢，赶紧跑，别说话，别分神！”

郁桐不胖，只是有点婴儿肥，那时候的她脸圆圆的、肉嘟嘟的，大概只看脸就容易给人胖的错觉。

从那时到现在，郁桐的变化很大，都说女大十八变，她的变化比十八变还多。她从一米五五长到了一米七，婴儿肥已经没有了，脸也瘦了好几圈，高高的颧骨，尖尖的下巴，不复当年的轮廓，就连以前的邻居都说快要认不出她来了。

以前她喜欢扎个长马尾，头发细细的、软软的、黄黄的，发尖齐腰，而现在，她的头发只微微过肩，被染成纯黑，微卷，挡着耳朵和两腮，本来就已经很小的脸也因此显得更小了。随意的空气刘海下面，那两只圆圆的眼睛，曾经有很多人都夸过它们漂亮有灵气，里面像装着两颗小星星似的。

但现在，“小星星”已经不见了，那双眼睛就像蒙着一层灰，会令人联想到看不见落日的黄昏，光线幽暗，空气里还有隐隐的雾霾。

现在的刘靖初已经不认识郁桐了，对于她的名字、模样全然陌生。她依旧视他为故人，他却已经视她为路人了。

六年前的那个晚上，企图行凶的两个男人被刘靖初用棍子打得“哎哟”乱叫，后来气得发了狂，一直追着他们不放。

刘靖初拉着郁桐跑了很长一段直路。在一个转弯的地方，郁桐实在跑不动了，于是刘靖初指了指路旁的一条石阶路，说：“这上面是紫格山，你往上跑，很快会看见一座老房子，老房子背后还有一条上山的路，往上百米之内路边就会出现一片树林，里面最好藏人了，你先去躲起来。”

郁桐还抓着刘靖初不松手：“大哥哥，你不管我了？”

刘靖初说：“笨蛋！你都跑不动了，我拖着你，咱俩能跑多远？咱们得分头行事，我去把那两个人引开，再回来找你。”

郁桐似信非信：“真的？你真的会回来找我？”

刘靖初甩开她说：“你到底走不走？走不走？干脆就这样聊下去吧，等他们来了一起聊啊！”

那天的郁桐左等右等，始终也不见那个凶巴巴的大哥哥回来找她。树林里漆黑恐怖，伸手不见五指，她背靠着一棵树，蜷坐在树下，一直在发抖。哭的时候，她还得使劲用手捂着嘴巴，生怕发出一丁点声音引来坏人，又或者是引来这树林的蛇虫鼠蚁、飞禽走兽。她忽然想妈妈了。

妈妈不在城里，那年的春节，她和她的新婚丈夫唐舜以及唐舜的两个儿子一起去海边度假了。

那是郁桐第一次独自一个人过年。

尽管唐舜嘴上说度假也可以带上郁桐，但他神态间的傲慢、勉强是不遮不掩的，郁桐便也假装懂事，对妈妈说她必须留在城里补习功课。当满城烟花盛开、人声鼎沸的时候，郁桐的世界却很安静、昏黑、幽冷。或许，她眼睛里的光芒就是随着那些独自熬过的黑夜而一点一点黯淡熄灭的吧？

郁桐等不到刘靖初回来找她，只好自己慢慢地摸索着下山，可是，她迷路了。

黑暗的树林犹如迷宫，她怎么走都走不出来，来路、去路，所有的路都模糊了，整个世界就像沼泽，像荒原，像深海，淹没着她，死缠着她，她无法挣脱，也找不到一丝光明，几乎窒息。

她两腿一软，瘫坐在地上。

也不知道过了多久，远处忽然有一点光亮传了过来，即便只是一点点，却也重新燃起了郁桐心里的希望。她看着那一点光，发现一点似乎变成了两点，后来又变成三点、四点，越来越多，越来越亮，最后，很多的微光排成了一条浮动着的暗红色光带，她便朝着那条光带走了过去。

向着那条光带，她终于走出了那片树林。

原来，那条光带是由一盏一盏的孔明灯组成的，灯的下方被人用绳子拴着，灯仿佛变成了一只只会发光的风筝，静静地飘浮在半空，也像是一颗颗从天际陨落的火焰流星。郁桐继续跟着那些孔明灯往更低矮的地方走，果然回到了山脚的那座老房子。最后的一盏灯下，便站着刘靖初。

微微的红光映着男生高大的身影，一眼便令郁桐卸去了大半的恐惧。她看他正牵着一盏孔明灯，原本打算拴到路旁的树上，但听见她的脚步声，他的动作就停了，然后他就站在那里望着她走向他。

他如释重负地笑了。

他的笑容是最亮最暖的那一盏孔明灯，映在她水汪汪的眼睛里，她的眼睛因他而发亮，亮到光芒万丈。

于是她也笑了笑，但接着就哭了。

他没有丢下她。

他摆脱那两个男人的纠缠以后就回来找她了，可是他找不到她。他怀疑她八成是在树林里迷路了，担心她出事，于是就跑了很远的路买了二十盏孔明灯，想制造出光亮来引导她。

天知道那一刻她心里到底有多感激他。

后来，她还剪断了那些拴孔明灯的绳子。看着那一颗颗红色的“星星”飞向夜空，她眼泪都还没干又笑了，像个天真傻气的小孩子。不，对刘靖初说，她本来就是小孩子，他还用一根手指戳了戳她的头顶，说：“十四岁？又矮又小，不是小孩子是什么？我跟你说话基本上都看不到你的脸，就只能看到你的头顶。”

她立刻仰起头把脸对着他，说：“这样呢？”

他没有看她，只是漫不经心地望着已经飞远的孔明灯，若有所思地叹了一口气：“小矮子，一看你就跟我不是同路人，夜不归宿什么的不适合你，赶紧回家去吧。”

她忙问：“难道你经常夜不归宿吗？你在外面干什么？为什么不回家？”

他没有回答。她又问：“大哥哥，那跟你同路的人又是什么人？什么样的人才能跟你同路？”

他边走边说：“你问那么多干吗？回家了……”他沉默了一下，又像是在自言自语似的说，“也许，已经没有跟我同路的人咯！”

她深一脚浅一脚地追在他身后，还举着一只手，说：“我可以的！”

“你可以什么？”

“跟你同路啊！”

刘靖初停下来，看着郁桐，那大概算是那天晚上他看她最认真的一次了。他说：“你回家走哪边？”

郁桐看了看，指着右边：“这……”

刘靖初嘴角一勾，指着左边，说：“我走这边，你还能和我同路吗？”

刘靖初都已经不记得了，那时的郁桐说：“同不同路是我选的。”然后她就跟在他身后，也往左边走了。

跟着他，她心里很踏实。

这种感觉就像在洪水涌来的时候爬上了一艘坚固的大船，又或者像行走在沙漠里时知道水源的准确所在。

尽管他一直都只顾自己走路，几乎没有怎么看过她，她却一蹦一跳的，很是自在轻松。

她后来觉得自己可能是对这个大哥哥有好感了……也可能是太有好感了。

总之，那一场黑夜里的邂逅与奔逃是惊心动魄的，那片红影浮光是璀璨的，他牵过她的手是温暖的，还有他回头来找她时的从天而降是华丽的，一切的一切，她都记住了，也无法遗忘。

时光再荏苒，她这一记，仿佛也要固执地记到地老天荒。

第三天清晨，郁桐的发病沉睡期结束，她终于醒了。因为时间太早，十八楼甜品铺的大堂里还是跟她来的那晚一样安静，一个客人都没有。门外大街上的人嘴里都哈出白气，行色匆匆，缩肩搓手地忙着赶路上学或者上班。这个时间通常很少有人会进店来吃甜品，所以这个时间也通常只会有一个人看店。

这天，看店的人是阿伊。

十八楼里原来有三名店员，最近有一个人辞职了，就只剩下两个了。一个是二十出头的清秀帅哥，大家都喊他小卓，另一个就是阿伊。此刻的阿伊正趴在柜台上，懒洋洋地画着什么。

郁桐从翻身下床到冲进甜品铺大堂，花了不到一分钟的时间。她急速搜索，紧接而来的就是一阵失望——她没有看到刘靖初。她慢慢地走到柜台前面喊："姐姐？"

阿伊以为有客人，头也不抬地问："嗯，客人要点什么？"

郁桐说："姐姐，是我。"

阿伊闻声抬头一看，顿时笑了："哎哟！谢天谢地，你可醒了！"

郁桐问："姐姐，我那天晚上来的时候，跟我说话的就是你吧？"

阿伊脸圆圆的，眉眼弯弯，总是给人特别容易亲近的感觉。她说："你还记得啊？我老板说你有可能醒来什么都忘了，我还担心你不认账，不报我的恩呢。"

郁桐一愣："呃，报恩？"

阿伊笑着拍了拍郁桐的肩膀："跟你开玩笑的，不会要你报恩的，放心吧。"她又问，"不过你得告诉姐姐，那晚追你的那个人是不是唐为影视公司的大公子唐柏楼！我在八卦杂志见过他，觉着挺像的，我老板好像也跟他认识，可老板就是什么都不告诉我。你告诉姐姐，你为什么要躲唐柏楼啊？"

郁桐想了想，顺着她的话问道："他认识唐柏楼？……那你们老板现在人呢？"

阿伊说："现在还早。我们这儿上午一般客人不多，老板通常都是下午才来的。"

郁桐又问："老板他在这里多久了？"

阿伊说："多久？怎么着也有三五年了吧。这儿的上一任老板叫薄安，我们老板当初是给薄安打工的，后来薄安不干了，老板就把铺子顶下来自己做。你不知道吗？你不是对面的学生？"

郁桐嘀咕道："我是……我应该知道吗？"

阿伊说："C大很多人都知道咱们十八楼的，很多人大学四年都在这儿进进出出，对咱们老板知道得比我还清楚，尤其是女生。听说啊，老板因为人长得帅还特别受女生关注，可就是……"

郁桐问："可就是什么？"

向来多嘴的阿伊继续说："可就是老板年轻的时候记录不怎么好。他本来也是C大的学生，后来犯事被开除了，据说还差点坐牢……那些小女生私底下都说，老板是只可远观不能靠近的……哎，我干吗跟你说这么多？你还没告诉我你跟唐柏楼怎么回事呢！”

郁桐应付说：“其实也没什么，就是有点误会，我跟他什么关系都没有……”她又指着柜台上摊开的海报问，“姐姐，你这是在写什么？”

阿伊说：“店里缺人，老板要我弄一张招聘海报贴在门口。”

郁桐把海报上写着的招聘条件看了又看，开口问：“姐姐，要不你们请我吧？”

时间是有的，海报上也写明了，出于优先为在校学生提供机会的原则，十八楼招聘两名临时工，薪资以小时计算。郁桐学的专业是服装设计，她的班级所在的艺术设计学院是C大的一所半独立分院。他们是第一届接受灵活教学的学生，学院对课时的安排比较宽松，更多的是给学生安排实践的机会。除了在十八楼打工，郁桐每周三和周六还要到一间服装工作室当学徒。

郁桐在这里工作的机会是刘靖初亲自给的。郁桐身家清白，也没有不良嗜好，拿出来的成绩单张张都挺漂亮，而且也有在餐厅做临时工的经验，再加上她自己很渴望得到这份工作，热情与斗志兼备，求职的发言也有条有理，刘靖初并没有过多犹豫便决定聘用她。事情敲定，郁桐总算松了一口气。

这份工作的确解了郁桐的燃眉之急。这几年她很少向妈妈要钱，因为害怕妈妈会因为金钱而在唐家人面前抬不起头。她的生活费都是她课余打工挣的，学费则是用的爸爸生前的一点积蓄。上一份兼职结束以后，她的生活已经捉襟见肘了。十八楼的招工海报上标明的薪资待遇的确很吸引她，这也是她应聘的主要原因，可是，她也知道，这不是唯一的原因。

六年前的那个夜晚之后，有一段时间郁桐时常都会去紫滨路旁的那栋老房子。

那是一个古老而腐朽的院落，早已经被人遗忘了，但那里斑驳的墙壁和灰白的砖瓦比世间任何一种繁华都更能安定人心。郁桐喜欢那里，尤其喜欢站在房前的空地上看江。当然，她看江，也等人。

救她的那个大哥哥说，那里是他的秘密基地，他管那里叫“望江别墅”。

既然那里是秘密基地，那他就一定还会去吧。她没有要他的联系方式，除了等，也没有别的法子了。

那段时间，刘靖初很少去“望江别墅”，郁桐连去几天都是失望而归。有一天离开时，她决定给他留一张字条，似乎觉得有千言万语，可又不知道从哪里写起，最后便只写了一句话：大哥哥，谢谢你。

几天之后，当郁桐再去“望江别墅”时，她发现那张字条上多了三个字：不客气。

她立刻高兴地再加了一行：大哥哥，你叫什么名字？

她等啊等，等了好几天，还是没见着人，但总算等来了字条上的回复：小胖妹，我叫刘靖初。

她写：不要喊我小胖妹，我不胖。

他又写：我懂，从八岁到八十岁的女生都不喜欢别人说她胖，哪怕那就是事实。那我还是叫你小矮子吧。

被别人说矮和胖都是女生的大忌，可是郁桐一点都不生气。被刘靖初喊小胖妹、小矮子，她竟然反而觉得有一种被宠溺的温暖。他们开始用这种你来我往的文字方式交流起来，她后来还索性用了一个作业本来替换那张纸。

那一年的春天，有很多愉快和不愉快的时间，郁桐都是在“望江别墅”度过的。她总是坐在有“沙沙”的风吹树叶声的老房子前，下笔也是“沙沙”的，一不留神就是洋洋洒洒一大篇字，好像写信似的。

大哥哥，我十五岁了，今天是我的生日。我想吃生日蛋糕，可是它们都太贵了，我舍不得买。

大哥哥，我参加化学竞赛拿奖了，是特等奖。但是有人不服气，还造谣说我作弊。呵呵，我直接一把火把造谣那人的化学书烧了！当然，他不知道是我干的，我现在想起来还觉得痛快呢！

大哥哥，我第一次亲眼看见我妈妈跟我的后父吵架。我后父那个人脾气很坏，仗着自己有钱就自命不凡，唯我独尊。吵架的时候他还推了我妈妈，差点害她摔一跤。哼！你知道我干了什么吗？我冲出去，抓着他的胳膊就咬，还踢了他两脚。他想打我，可我跑了，他根本就抓不到我！

在我妈妈再婚之前，我们的日子过得很清贫，却不像现在这样复杂。那时，我妈妈总说没有安全感，她希望能遇到一个人可以承担她和我的未来。她遇到我后父的时候，以为他就是她在找的那种人。

我妈妈并不虚荣，是因为我后父有钱，所以她接受了他的追求，而不是从一开始就抱着要嫁入豪门的想法，这是有区别的，你懂吗？她所做的一切从来都不是为了她自己，而是为了我。

可是，大哥哥，我总觉得，总有一天，她现在所拥有的一切，比如金钱、地位，还有她的丈夫，都会离她而去。我最大的愿望就是，当她失去那些的时候，她会庆幸还有我，她是怎么都不会失去我的。我希望能让她明白，我才是那个真正可以给她安全感的人，我才是她的靠山。

那个作业本总共有三十页纸，后来全都写满了，其中超过二十页都是郁桐写的。原本她跟刘靖初也互留了电话号码，可她还是喜欢写信。她喜欢那种静静梳理心思的感觉，更喜欢写完之后期待回信时的那种心怀暗涌的感觉。更何况，文字是可以永久保存的。可以抓在手里的

东西或许更不容易失去，她最害怕失去了。

她曾经失去过陪伴自己长大的布娃娃，失去过枕头边的睡前读物《安徒生童话》，失去过从小学开始攒下来的各种奖状，还失去过偶像亲自签名回寄的明信片，这一类的失去总是令她痛哭流涕。

她也曾经失去过奶奶说要留给她当嫁妆的那间老平房，失去过承诺跟她一辈子不离不弃的好朋友,还失去过那个喜欢被她拔走白头发、总在憧憬着喜福盈门、四世同堂的爸爸，这一类的失去，则令她欲哭无泪。

失去得多了，再巨大的失去都不能打击她，可是，再微小的失去也会令她害怕，因为她所拥有的已经不多了。

遇见刘靖初，在那时的她看来，是一种过分华丽的拥有。一个和自己一样在黑夜里流浪的人，或许也有着跟自己一样的孤独吧？一个觉得没有人和自己同路的人，或许也是不如意的吧？对郁桐而言，刘靖初的身上有一种神秘感，这份神秘感就是她想接近他的理由，她很想知道更多关于他的事情。

最开始，刘靖初似乎并不怎么热衷于搭理郁桐的心事，作业本上的留言，他看一半忘一半，回复也都很简短。直到郁桐开始说她的母亲和后父，那些温柔的语句背后暗藏的锋利才吸引了他。

渐渐地，他也愿意说说他自己了。他的爸爸常年在外工作，很少回家，父子感情疏远到爸爸连他的生日都记不清楚了。而他妈妈则是一个摸麻将比拿锅铲更频繁的人,有时即便他夜不归家她也察觉不到。他喜欢用野狼来形容自己，说自己是一匹困了就在荒原中独睡，饿了就奋力觅食，被攻击了就疯狂反扑的野狼。

他跟郁桐不一样，他也觉得自己拥有的不多，可是他认为，既然拥有的都已经太少了，失去还能有多少？

他说，他并不怎么害怕失去，这世间有很多别人看重的东西他都

可以看轻。

那时，郁桐觉得大哥哥真是既坚强又豁达，她即便只是看信，见不到人，也觉得字里行间都有光芒在闪。她好奇地问他：大哥哥，难道就没有一样东西是你在意的吗？失去任何东西你都不害怕？

刘靖初没有回答这个问题。

他那时告诉她，自己就是因为这种天不怕地不怕的性格总是得罪人，所以他几乎没有朋友。

郁桐就说：那我来做你的朋友吧？我是跟你同路的人呢。

又说到“同路”这个概念，刘靖初看着都笑了，他回复道：这位有着百折不挠、积极正气的性格的小朋友，你怎么会跟我是同路人呢？你最好也别跟我同路，因为有时候连我自己都讨厌我这样的人。

郁桐当时的回复是这样的：可是，我喜欢你啊！

郁桐就那样坦坦荡荡地把那几个字在作业本上写出来了，有那么一个瞬间，她还想把那句话涂掉。她甚至想：也许涂掉了，他还是可以看出轮廓来，干脆把整页纸撕掉好了。可是她转念又想：何必呢？

喜欢就是喜欢了，她已经没有回头路可走了。

也许是这段你来我往的陪伴感动了她，也许是在他站在孔明灯下迎接她的时候，在他牵着她逆风奔逃的时候，她就已经心动了，她自己都说不清楚。但能说清楚来龙去脉的，就不是爱情了。

所谓年少轻狂，会因一朵花开而微笑，会因一个微笑而欢喜，一阵风就把心吹动了，一场雨就把树苗浇灌成了大树。而年少轻狂，喜怒哀乐溢于言表，整个世界轻而易举就可以满满当当。郁桐觉得那时的她大概就是如此，就连对方写在纸上的一句话、一个字，都能令她爱不释手。

六年后的她，是为十八楼而来的，也是为他而来的。

只是，他已经不认得她了。

她想起自己前年也有过类似的经历，中学时曾经一度因为竞赛而将她视为眼中钉，好几次算计陷害她的一个同级女生，忽然与她重遇，她还以为对方只是来向她问路的外地游客，后来才在对方的自我介绍里隐约回想起了一点当年的往事。对方对她的态度感到十分不满，临走又奚落了她一番，她都是微笑着面对的。她忍着没有告诉对方，她之所以没有认出对方，是因为她从来没有把对方放在心上。

她想，刘靖初对她是不是也是这样呢？

所以，即便偶尔也在某个瞬间有过一点冲动，相认的话已经到嘴边了，她还是忍住了。

她想，画面可能会是这样的：她把自己所能记得的全部细节都说给他听，盼着能唤醒他的记忆，还一遍遍如乞求般地问他“你还记得吗？你想起来了吗？你再想想啊”……最后，他终于恍然大悟，尴尬地对她笑了笑，说“哦，原来是你啊，我差点忘记了”，然后也没有别的话好说了。他会继续沉默，而她也会发现，自己的存在对他而言其实并不比一个陌生人重要。既然如此，那她又何必如此苦心孤诣去毁了自己的骄傲呢？她的自尊心似乎撑不起她这样的“壮举”。

有些话她不想说出来，是因为她害怕他再拒绝她一次。

在刘靖初眼里，郁桐这个新员工很能干，也很聪明，学什么都快。她不仅能把自己分内的事做完做好，对额外的工作和紧急情况也都能处理。原本跟她一起被聘用的还有一个C大计算机学院的男生，但是那个男生不仅做事笨手笨脚，而且爱偷懒，没几天就被炒掉了。炒掉那个男生以后，刘靖初不打算再请人了，因为郁桐的工作能力已经超出了他的预期，有她，加上阿伊、小卓，已经足够了。

但阿伊和小卓暗地里也是有议论的，说郁桐的性格有点孤僻，人倒是个好人，勤恳，也踏实，只是有点难亲近，就像一只蜗牛，蜗牛虽然没有杀伤力，可是只要被人碰一碰，就会缩进壳里。

刘靖初觉得用“蜗牛”来形容郁桐倒很贴切，勤勤恳恳的郁桐他是看见了的，背着“小房子”缓慢前进的郁桐他也是看见了的。

就在郁桐加入十八楼之后的第二个星期，恰逢月末，刘靖初倒也有想故意碰一碰“蜗牛”的心态。他告诉郁桐说，他和阿伊、小卓每到月末就会跟城里的义工组织一起去安澜院，帮助里面收容的孤寡和残障人士，有钱出钱，没钱出力，他问郁桐要不要也加入进来。郁桐的回答并不意外，她说她不参加，因为那天是周六，她还要到工作室跟师父学习，还有很重要的会要开。

周六那天，刘靖初他们随大队伍浩浩荡荡去了安澜院。大概中午一点不到，他们去了之后发现后勤的办公室门口堆放着很多衣服，都是全新的，只是款式都过于浮夸，不太适合日常穿着。

他们好奇一问，后勤组的人说，衣服是半个小时之前一个叫郁桐的女学生捐赠的。安澜院的人对她的出现不无惊讶，问她是不是跟今天要来的义工社一起的，她说不是。那么大、那么重的两袋衣服，她自己一个人连拖带扛，弄得非常吃力，在门口还摔了一跤。她又说衣服都是她在工作室的学员或者设计师的练习作品，还说自己很忙，是趁着午饭时间赶过来的，得立刻赶回工作室。工作室跟安澜院分别在这座城市的南北两端，她舍不得打车，又是搭地铁，又是坐公交车，来回折腾得够呛。

阿伊第二天一上班就忍不住拉着小卓议论：“你说她到底跟咱们是有多大的隔阂啊？她明知道我们要去安澜院，自己又没时间，没力气，还非得逞能，一个人把事情全扛了。”

小卓也说：“可不是嘛，明明一样是做善事、献爱心，她出个声，让咱们帮着带一下不就行了？难不成我们还会拒绝她？”

阿伊吐吐舌头说："是挺怪的。"

小卓又说："你都不知道，我有一天早上跟她打招呼，她竟然当我是透明的，笑都不跟我笑一个。"

阿伊开玩笑说："喊，你长得不帅，人家干吗对你笑？"

小卓说："呸！我这么玉树临风、英俊潇洒，统观整个十八楼，能比我帅的也就……"他看见刘靖初过来了，忙说，"也就是咱们老板了。"

刘靖初微微一笑，问："在聊什么？我能加入吗？"

阿伊跟小卓交换眼色："嘿，没什么，没什么，我们干活去了。"

刘靖初虽然一直没有参与在背后议论郁桐，但是，郁桐的不合群他也都是默默看在眼里的。

有一次，小卓想给自己的女朋友买一条裙子作为生日的惊喜，因为觉得郁桐的身材跟他女朋友的差不多，于是就想约郁桐一起逛街，做他的试衣模特。郁桐只用一句"我不跟男生一起逛街"就拒绝得死死的，让小卓尴尬得一整天都不知道怎么跟她说话。

还有一次，阿伊搬了新家，约大家下班去她家里吃饭。郁桐当时没有表态，大家都当她默认了，下班的时候她却要先走。阿伊喊住她，她有点迟钝地想了一下才说："哦，你们去吧，我不去了。"阿伊看外面还下着雨，又说："那你到后院拿我的伞吧，一会儿我们坐老板的车，我和小卓挤一把伞就行。"郁桐看了看天，说："不用了，我就在对面坐车。"说完不等阿伊再开口，她便顶着大雨朝对面的公交车站跑去了。阿伊站在那里，生气也不是，不生气也不是。

这种热脸贴了冷屁股的事，经历过一回两回的，阿伊和小卓渐渐就习惯了。每次想生气的时候，却又想到郁桐在工作上任劳任怨，他们又觉得对她爱也不是，恨也不是了。

一开始，刘靖初对此都是睁只眼、闭只眼的，但后来终究还是没有忍耐得住，就在阿伊生日的时候。

那天，他为阿伊庆祝生日，带着他们三个去郊外的一个度假山庄吃烤全羊。他提前预订了两个房间，因为打算在山庄住一晚。

吃晚饭的时候，烤全羊还没吃几口，郁桐就站起来说她饱了，想回房休息。大家都有点纳闷，问她是不是哪里不舒服，她说没有。吃完烤全羊，刘靖初他们都跟山庄里别的客人一起在草坪上玩杀人游戏，阿伊还回房间问郁桐要不要一起来玩，郁桐那时已经捂着被子蒙头大睡了。

游戏的中途，阿伊接到一个朋友的电话，朋友说出了点急事，想找她帮忙，她得赶紧回城里去。

刘靖初只好又开车把阿伊送回城里。等他再回到山庄的时候，已经过了十二点，他去敲郁桐房间的门，好一会儿房间里才传出马桶冲水的声音，郁桐应道：“谁啊？”她的声音听起来有气无力。

刘靖初说：“是我。我想跟你说一声，阿伊她有事回去了，今晚就你一个人住，不用给她留门，你把门锁好。”

郁桐说：“哦，知道了。”

刘靖初又问：“郁桐，你真没什么事吗？”

郁桐声音很轻地说：“没有，我就是太困了，我睡了啊！”待她说完，门外便安静了下来。郁桐从门底的缝隙看见一道黑影慢慢移走，她“咚”地倒在床上，捂着肚子，又开始艰难地喘息起来。

她是生理痛，那一次痛得很厉害，一晚上都翻来覆去，想睡也睡不着。直到天亮的时候她终于困得不行了，开始呼呼大睡。刘靖初和小卓看她迟迟不起床，敲门也不应，担心她出事，只好请求服务员用备用门卡开了门。

被叫醒以后的郁桐迷迷糊糊的，眼睛肿着，脸通红，手脚还发软，但她嘴里还是说自己没事。

后来刘靖初开车回城，车开到一半，郁桐有点晕车，一忍再忍，最后还是忍不住了，急忙喊刘靖初把车停在路边，下车呕吐。但她昨天一整天几乎没吃什么东西，一边难受想吐，一边却吐不出来，只能干呕。突然，她眼前一黑，人一栽，头往地上一撞，接着就几个小时不省人事。

那天刘靖初还约了一位酒店经理，原计划是中午一起吃饭，谈美食节合作的事宜，但是，为了送郁桐去医院，他失约了，得罪了那位经理。第二天，郁桐一到十八楼，他就把她喊到后院教训了一顿："郁桐，你真觉得你在这儿需要面对的除了流水的客人，就只有冰箱里的食材和大厅的桌椅碗盘了？"

郁桐有些疑惑："什么意思？"

刘靖初反问道："你把小卓当什么？"

郁桐看了看远处忙活的小卓说："同事吧。"

刘靖初说："那阿伊呢？我呢？"

郁桐说："同事。老板。"

刘靖初看着她一本正经的样子，更生气了："那你能不能有一次不把你的同事们拒之门外？你在学校对你的同学也是这样吗？"

郁桐说："我没有把谁拒之门外吧？"

刘靖初渐渐有一种对牛弹琴的感觉，说："你不想和大家走得近，也不需要别人的关心和帮助，好，这是你的做人方式，是你的自由。但是，前天的事，你要是早一点出声，至于弄到自己虚弱昏倒？开个口真的有那么难？要不是因为你，我会失信于别人？"

郁桐恍然大悟："哦，你是在怪我耽误了你做生意。"

刘靖初瞪着她："郁桐！你到底明不明白？你不是一个人活在这个世界上！你既然来了十八楼，就得融入这个团队，不要让大家觉得你是你，我们是我们。你说吧，有哪一次阿伊跟小卓向你提要求你没有拒绝的？就算你要拒绝，态度软一点，别那么生硬，别弄得大家都尴尬，不行吗？”

郁桐静默地听着，没作声。

刘靖初又问：“前天你都痛成那样了，为什么不吭声？怕尴尬？不好意思？”

郁桐不卑不亢地说：“不是。没什么尴尬的，人之常情而已。”

刘靖初问：“那是不想麻烦到别人？”看郁桐似乎有所思考，并不能立刻回答，他又接着问，“还是你觉得开口求人很没面子？你不信任我们？有防备？你觉得我们会冷漠到一点小事都要拒绝你？你讨厌我们？还是你觉得你自己很能干、很勇敢，一个人什么问题都可以解决？”

最后那句话倒是有点戳到郁桐心里了，她愣了一下，一时之间似乎有满腹的话想说，但又什么也说不出来。她干脆什么都不说了，安静地低着头，由着老板噼里啪啦地教训一顿。

刘靖初把话都说完了，后院里忽然安静下来，静得只剩没有拧紧的水龙头滴水的声音了。慢慢地，郁桐抬起头来，轻轻地说了一句：“老板，其实没有那么复杂的理由，我只是……习惯了……”

这些年，郁桐已经习惯了有苦就藏，有痛不喊，把粉饰太平练成一种绝活，把不动声色当成一种修养，久而久之，就越发疲于应对外界的五光十色，只在自己习惯的世界里徜徉。

这些年，她的生活不是没有高低起落，不是没有好坏沉浮，但她都是一个人眼睁睁看着，日子来了，去了，就过了。

她风光时无人鼓掌，落魄也不求安慰。孤独成了来自她灵魂深处的一种常态，更像是一种血统。

这些年，她就是这样过来的？封闭自己，把孤独当习惯？习惯到，孤独而不自知？

刘靖初望着郁桐，她那张平静的面孔之下仿佛有他看不见的深渊，他的态度不知道怎么就软了，说："那你以后最好也习惯一下，想想怎么和这里的人好好相处。作为老板，我可以不介意你跟别的员工之间保持距离，但如果还有像前天那样的事情发生，因为你一个人而拖累团队，我就……"

郁桐立刻接着说："你就可以炒了我，我没话说。"

刘靖初有点哭笑不得："你不是说很需要这份工作吗？怎么动不动就拿炒来说事呢？"

郁桐生硬地说："我是需要，但是，我能不能留下，取决于你这个做老板的需不需要我这样的员工。"

刘靖初也用生硬的态度回答她："好，那我现在就告诉你，作为一个老板，我首先需要的就是一个态度恭敬的员工，你最好能学着怎样温和地与人相处，融入这个集体！"他说着还是忍不住皱了皱眉头，声音再次软下来，"我想，这样或许你也会更快乐吧。"

你觉得我不快乐吗？郁桐望着刘靖初，这时，一个电话打断了他们的交谈。

刘靖初低头看屏幕的那一瞬间，整个人仿佛随之亮了起来。电话一接通，他似乎就不是刚才那个言辞犀利地教训员工的老板了，反而有点大男孩的天真雀跃。他问："喂？你回来了？"

就那么几个字，郁桐竟然有点羡慕电话另一端与他交谈的人。

她抿了抿嘴，又听刘靖初对电话里的人说了一句："嗯，好的，七点，不见不散。"

不见不散。

这四个字像是一根针，突然在郁桐心里轻轻扎了一下，扎出一个小洞，缓缓地往外流着血。

那种疼痛感是温柔而绵密的，比一瞬间的排山倒海般的剧痛更能折磨人。她回想起当年的她在作业本上写下那句告白的话以后，她等了他三天，第三天的黄昏，她终于看见作业本上出现了一行简短的回复：你如果真的喜欢我，那以后就别再来“望江别墅”了，我也要从你的世界里消失了。

郁桐看着那句话哭了好久，哭到夜都深了，她还是坐在“望江别墅”前不肯回家。那次她没有再写信，而是鼓起勇气给刘靖初发了一条短信：我想见一见你，大哥哥，我有很多话想当面跟你说。

她又补充道：以后我每天放学都来“望江别墅”等你，等到你来为止。我们不见不散！

是的，六年前郁桐也说过那四个字——不见不散。

可是，她没有再见到他。

因为不见，所以不散。

因为遗憾，所以想念。

所以，她才会在六年后的今天，惊觉自己仍是六年前那个等在原地的小女孩。

所有的在劫难逃都可以被称为命中注定。所有说不见不散的人，或许，都有着一道关于等待的暗伤。

「第三章」

他来了她的世界，因为爱情，
粉身碎骨，甘之如饴

SHI GUANG
ZOU LE

NI

HAI ZAI

每天晚上七点是老邹家大排档正式开门迎客的时间。七点不到，邹家的四合院门外就已经等着十来个顾客了。厨子老邹和他的老婆孩子们虽然个个都还打着哈欠，但一开门招呼起客人来又都是精神抖擞的。

刘靖初还记得自己以前刚上大学的时候，来求老邹收留他当临时工，老邹说不缺人，拒绝他了。可他死乞白赖，硬要老邹收留他。老邹后来总算弄明白了，刘靖初不是真想打工，而是想偷师，想学他的爆炒田螺。

老邹拿着锅铲骂他："你这死小子，从哪儿来滚哪儿去！打老子独门秘方的主意？呸，信不信老子把你也给爆炒了？"

刘靖初跟老邹对骂，一怒之下还掀了院子里两张桌子，把人家那天的生意全搅了。那之后，老邹只要远远看见刘靖初就会高举着手机大喊："死小子，滚远点！你要是再敢走进我这院子，我立马报警！"

那段时间，刘靖初狂想吃老邹做的菜却吃不到，心里很憋闷，差点就想为了一顿饭去跟老邹道歉了。后来，因为别人闹事，刘靖初看不过去，帮了老邹一把，老邹才给了他好脸色。

邹家大排档开在自家的四合院里，院子不大，桌子椅子挤着放，房间和天井里都有。这里尤其到深夜更是人满为患，大多数人都是冲着老邹出了名的爆炒田螺来的，几乎是每桌必点。

想当初刘靖初那么费心地想偷师，老邹还以为他有多爱吃田螺，后来有一天却发现他几乎不沾田螺肉，他最喜欢的反而是邹家不那么受追捧的酸汤鱼和京酱肉丝。健忘的老邹到现在已经不太记得当初刘靖初是怎么解释偷师这回事的了。这天，老邹一看见他，就指了角落里的位置说："坐那边去，好位置留给别的客人，你别耽误我做生意。"刘靖初笑了笑，很听话地坐了过去。

老邹拿着纸笔问："酸汤鱼，京酱肉丝，再加一份炒时蔬，是不是？"

刘靖初说：“还要一份爆炒田螺。”

老邹边写边嘀咕：“你不爱吃，点来干吗？我最不喜欢伺候那些不懂得欣赏我的作品的人了。”

背后突然有人接话：“嘻嘻，他不懂欣赏，我懂呀。”

老邹还没回头看就笑开了：“哟，苗以瑄？这小姑奶奶回来了？”他转身看着背后的女孩，一两年没见，她看起来成熟了一些。海藻般的大波浪鬈发透着一种成熟妩媚，线条简洁的职业套装又透出一种硬朗干练，笑起来弯弯的眉眼和嘴角，让她看起来比上一次热情多了，显然她的精神也比上次饱满愉悦得多了。

老邹说：“前段时间我才听浑小子说你出国公干了，我就说怎么都不见你来我这儿吃饭了呢，每次都是他自己一个人来，可怜得跟个被抛弃了的小媳妇似的。”以瑄一听，看了看不动声色的刘靖初，笑得更灿烂了。

老邹又小声说：“我多怕没你在旁边管着，万一他又惹事了，我可降不住他。你来了，我就安心了。”

以瑄也眨巴着眼睛小声说：“他啊，跟以前不一样了，不惹事了，不信你再往他的米饭里撒一把盐试试，看他还会不会踩你一脚说你调戏他。”

刘靖初坐得端端正正，慢条斯理地说：“戏弄，是戏弄，不是调戏。”

老邹拍着胸膛说：“小姑奶奶，今天还有你最爱的猪骨粥，等会儿我给你来一碗，私人赠送，免费的！”

刘靖初凑过去问：“嘿嘿，那我呢？”

老邹故意不理他，指着旁边那桌说：“哟，点餐呢？好的，来了，来了。”

以瑄被有趣的老邹逗得咯咯直笑，看他走了，回头见依旧稳坐如泰山的刘靖初还是保持着淡淡的微笑，目不转睛地看着她，便问：“刘靖初，一年没见了，不站起来隆重地对我表示一下欢迎？”

刘靖初直接抽了两张餐巾纸递过去：“怎么走路的，鞋子上沾那么多泥？”

以瑄低头一看，白色的高跟鞋上果然有很多泥点，应该是刚才经过门外泥坑的时候被溅到的。

她接过纸巾，坐下来，一边擦鞋一边说：“我看我是太挂念老邹的手艺了，所以走得比较急。”她脖子上还系着长围巾，弯腰的时候围巾总要垂下来，几乎拂到地上，他便很自然地伸出手，帮她把围巾扶着。

某个瞬间，她瞥见那只替自己扶围巾的手，心中忽然感慨万千。她慢慢地坐直了，舒了一口气，说：“刘靖初啊，我回来了。”

他清浅一笑：“嗯，我还在这里。”

刘靖初还记得，以瑄出国之前的一个深夜，他们也想来老邹家吃夜宵，但那天的四合院里人满为患，他们没吃到，只好在十字路口的夜市摊上买了两个烤玉米，一边吃一边在这片老城区里漫无目的地走。走着走着，以瑄告诉他，她将会跟公司的一个项目团队去韩国首尔。

当时她说的是，去的时间尚且不能确定，短则一季，长则两年。

他还记得她那天吃烤玉米把嘴角弄脏了，他忍不住伸手想替她擦干净，她却急忙后退了一步。

他伸出去的手就停在半空。

她微笑着说：“我自己来好了。”但说完那句话，她擦了擦嘴角，突然就哭了。

他知道她舍不得离开这里。但是，他也知道，她舍不得离开不是因为他，而是因为那个长期昏迷在医院的特殊病房里的男生——那个住在她心里的人，有且仅有的一个能住进她心里的人。

那个人的名字叫姜城远。

而他是刘靖初，是深爱着苗以瑄，却不被苗以瑄所爱的刘靖初。

他说："阿瑄，你还是去吧。你沈叔叔是公司老板，他把这么好的机会给你也是用心良苦。他已经失去沈航这个儿子了，他把你当半个女儿看待，你别让他失望。更何况，你就算留在这儿，还能为姜城远做什么呢？"

他又说："最多这样吧，你要是不放心，我就每周都替你去医院看他，把他的情况汇报给你？"

以瑄的心微微揪了一下："刘靖初啊……"

刘靖初笑了笑，他知道她想说什么："没错，我是对姜城远没有好感，甚至恨他。只要一想到你那么爱他，他却三番五次伤害你，把你伤得那么深，我就特别恨他。"他两手插进口袋，微微低着头，又叹了一口气，说，"可是，你爱他，我能怎么样呢？"

你爱他，但我爱你，这跟他无关，是我依旧愿意为你低到尘埃里。

我爱你的这些年，我就是从尘埃里走过来的。

那一刻，他看着她，她也看着他，纵有千言万语，却都没有说话。

后来，刘靖初真的做到了每周风雨无阻地到医院探望姜城远，再把姜城远的情况汇报给远在异国的以瑄。

以瑄在首尔的这半年，奋身投入工作，几乎没有闲暇，但她再累再烦也会给刘靖初打电话。有时候，聊着聊着她就睡着了，刘靖初后来还为了让她能有多一点的休息时间，把打电话改为网络留言，就是简短的几句话，"他很好"、"情况稳定"、"有望苏醒"之类的。他始终是那么小心翼翼、无怨无悔，一如从前把她奉若神明。可是他也知道，神明是在天上的，于凡人而言，只能仰望。

半年对别人来讲可能不算是一段太长的时间，但对刘靖初来讲，却是由一百多个度日如年的日子组成的。最开始他很不习惯，总是想着以瑄，想知道她是不是习惯在异国的生活，工作有没有很辛苦，一个人会不会太寂寞。每当他觉得自己陷在那种过分的想念之中，就快要被思念淹没的时候，他就会为了自救而告诉自己，就当以瑄还和自己同城好了。反正，他们之间的距离根本就和数据无关，他们之间，无论隔着的是一条国界线还是一条斑马线，他都无法靠近她。

他们之间的距离叫作爱情，不匹配的爱情。

他来了她的世界，因为爱情，粉身碎骨，甘之如饴。而她却去了别人的世界，也因为爱情，流连忘返，万劫不复。

还和以前一样，刘靖初自己不吃爆炒田螺，只是用牙签一只一只地把田螺肉挑出来，放到以瑄的碗里。他看她吃得津津有味，偶尔还故意咂巴着嘴说“好吃好吃”，就忍不住笑她：“阿瑄，你好歹也是网游代言人，还是知名coser，被你的粉丝看到你这样的吃相，就什么形象都没了。”

以瑄看了看他，说：“我现在不做代言人了，昨天刚跟公司和平解约。”

刘靖初看以瑄的表情有点尴尬，问：“怎么解约了？之前不是还说公司在那边帮你争取到一个广告吗？那广告拍了吗？”

以瑄摇头说：“广告也没拍，我们闹了个乌龙，后来才知道是护手霜的广告。”

刘靖初心里忽然一揪，虽然四合院角落里的光线有点暗，但是，以瑄右手掌心里的那片丑陋疤痕，却还是醒目得像一朵血色狰狞的花，那就是她失去广告和代言机会的原因。

她的右手掌心被严重烫伤过，伤愈之后，疤痕一直都在。

她是为了救他才被烫伤的。

那些疤痕长在她的手上，却也像结在他的心里，看得见的时候会痛，看不见的时候，也会在他的回忆里，犹如火烧刀斫，让他不敢轻碰，不敢细想。其实，有很多的往事于他们而言，都是这样。

以瑄说：“这样也好，这样我以后就死心塌地做幕后工作了。你以前不是也说，靠脸的青春饭不能常吃吗？我迟早得另谋出路的。”她拿了一只田螺在他面前晃了晃，“只有这个才是可以常吃的。”

刘靖初说：“这个也不能常吃，吃多了不健康。要不是看你这半年全吃泡菜，觉得你可怜，我都不给你点这道菜。”

以瑄故意眯着眼睛，笑得像一只猫咪似的，说：“当心被老邹听到了，又给你在米饭里加盐。还有啊，人家那边可不是只有泡菜的。”

刘靖初回嘴说：“人家？就半年还待出感情来了？”

以瑄说：“感情不是早就有了吗？那可是我长腿欧巴的地盘。半年哪，跟男神呼吸着同一片空气，心里也是美的啊！”

刘靖初故意摇手指说：“不不，其实你欧巴这半年都在咱中国拍剧呢。”

以瑄用牙签指了指他：“再泼我冷水试试看！”

她本来是想趁机把话题岔开的，可刘靖初还是说回来了：“阿瑄，去做手术吧？虽然医生说你的烫伤很严重，修复到完全无痕有点困难，但我查过了，德国有一间医院做这样的手术是最好的。如果是经费上有问题，我可以帮你的。”

以瑄暗暗看了刘靖初一眼，又继续假装吃得很陶醉，嚼着东西，含糊地说：“嗯，我再考虑考虑吧。”

其实，她没有想过要抹去那片疤痕。当初酒店失火，大火蔓延至天台，天台的门被锁住了，刘靖初被困在天台，她为了救他，赤手打开了已经被大火烧红的铁门栓，疤痕从此留下。

这虽说是因为刘靖初，却也还因为另外一个人——姜城远。

是姜城远把刘靖初锁在天台的。

以瑄怎么也不会忘记，大火之后的某一天，她站在姜城远的面前，慢慢地解开缠住自己右手的纱布，将丑陋狰狞的伤口毫无保留地呈现在他面前。她那时对他说过："我放弃了，我死心了。你是魔鬼，我不敢再继续爱你了。"

可是，她说到了，却做不到。

很多次她都能说到，但都做不到。彼此之间的羁绊太深，她没有办法不再爱他。她虽然也有点痛恨自己执迷到连疤痕也要当成一种纪念，可是，除此以外，她还能留下什么呢？

那片疤痕就是她曾经轰轰烈烈爱过的证据，是她看得见的、摸得着的，姜城远给她的最真实的印记，唯一的印记。

后来的她就渐渐养成了一种习惯，某些时候她的右手会不自觉紧握成拳头，似乎是想抓紧那片疤痕，抓得越紧越好，那会令她觉得自己仿佛还没有失去姜城远，觉得他终有一天会苏醒，还会像昏迷之前那样对她千般折磨，还质问她一句：苗以瑄，是谁给你资格为我留疤的？

这一天，一月六日，大雪，是这年冬天最大、持续时间最长的一场雪。

据新闻报道，城里有多处路面严重结冰，车辆还因此被迫绕行，全城交通出现大面积的瘫痪，老城的部分片区还因为大雪压断电线而无法供电。以浪漫的姿态开始的冬雪，至此变成了雪灾。

全城的居民都会记住这样一天，电视机里满屏都是充斥着白色与混乱的报道。

似乎大家都在关注雪情，以至于夹在狂暴的大雪之中的另一则报道就显得稍微人气不足了。

那是一则小明星坠楼身亡的报道。

时间：一月六日，夜晚八点。地点：锦西路的茂云公寓楼前。

一月六日，以瑄已经回国整整一周了。如上阵厮杀一般的忙碌之后，她终于有机会去医院探望姜城远了。

下午四点的妙心医院在灰天白雪的世界里看起来更为萧瑟惨淡，但医院的门诊大楼里依旧是热热闹闹的。每座城市里总有那么几个地方的热闹是自成一派的，不受任何客观因素的限制，比如会令人耽于春梦的声色犬马之地，又比如令人发财梦不醒的证券交易场所，再比如医院。

在医院里，争吵声、打骂声、哭号声等等，跟笑声、掌声、欢喜声混在一起，各种各样的热闹都是热闹。

以瑄从门诊大楼的底楼穿过，再经过一座花园，就到了妙心医院的住院大楼。

住院大楼相对安静一些，尤其是顶楼的私家病房专层，出入的人通常都比较少，有时那里甚至会安静得给人一种那是图书馆的错觉。为了配合那种安静，以瑄一走出电梯就特意放轻了脚步。

姜城远的病房在走廊尽头右转的那一间。走廊的两头各有一扇大窗，冷风对灌而过，以瑄每吸一口气，都觉得像是吸了满满一腔的风雪，身体由内而外都微微打着冷战。她再次握紧了右手。

姜城远出事的那天，天也是这样灰，风也是这样冷吧？

这两年，冬雪、春花、夏雨、秋风，她一等再等，也不知究竟要等到什么时候，才能等到他从昏迷中醒过来。假如他永远不醒呢？她会不会就一直等下去，等到老，等到死，等到彼此都化成了灰，却还是学不会抽身而退呢？

病房里没有别人，只有姜城远。来之前以瑄就在电话里向负责看护的护士问过了，这个时间姜家没有人来探病。事实上，自从姜城远昏迷以来，以瑄每一次来看他都是尽量避着他的父母的，如果实在避不过，她都是恭恭敬敬地低着头，简直要低进尘埃里。她知道姜父姜母都不喜欢她。

她还记得有一次她正打算离开，碰上姜城远的父母来了，他们在走廊里撞了个面对面。她乖乖地点头问好：“叔叔，阿姨。”

姜父只用眼尾扫她，一句话都不屑跟她说。姜母态度稍微温和一些，拉着她走远一点，说：“孩子，阿姨知道你关心城远，可是你真的不需要来看他了。”

以瑄抿了抿嘴，心里是不服的，但她没有反驳。

姜母又说：“你和城远之间的那些事，阿姨也不敢说他一点错都没有，但是，现在计较谁对谁错都没有意义了。我这个当妈的，就只希望他如果将来有一天能醒，可以抛开过去的不愉快，开始他的新生活。你们之间经历的事太多、太复杂了，你明白吗？你们是不会有将来的。”

以瑄没有忍住，说：“阿姨，您多虑了，我从来就没有要求城远给我什么将来，只是我自己单方面关心他，所以就来看他，这都是我一个人的事情，你们也大可以忽略我的存在。”

姜母看以瑄的态度有点傲慢，也有点不悦，说：“阿姨阻止你，也算是为你好吧？”

以瑄微微笑了笑，说：“阿姨，看得见他，我才会好。”

那时的姜母在以瑄大步离开的时候在她背后追问了一句：“天底下的男孩那么多，你为什么非得喜欢我们家城远啊？”

是啊，为什么呢？以瑄记得，同样的问题，刘靖初也问过她。

阿瑄，你为什么非要爱姜城远？那个架起刀山、挖了火坑，将你推入万劫不复的人，是他吧？

她说：是的，是他。可是，那个摘星送月、驱寒奉暖，给过我光明和希望的人，也是他啊！

爱情不就是这样吗？他的温柔一笑，便是他攻城略地、杀人舔血、万般作恶的通行证；他的深情一吻，便是她丢盔弃甲、俯首为臣、一生忘我的墓志铭。她是身不由己，但也是心甘情愿。

分别了一年，以瑄又心甘情愿地坐在了姜城远的病床旁边。他安静地躺着，仍和昏迷的时候一样，苍白，干净，眉头微微皱着，像是心里有很多的苦却说不出来一样。她没有像以前那样假装他是醒着的，跟他说很多有的没的，也没有播他喜欢的音乐给他听，她就只是趴在床边，无声地伴着他，一直到黄昏，到白昼的最后一丝光消失。她笑了笑，站起来说：“姜城远，我走了，改天再来看你。”然后她转身离开，轻轻地关上病房的门。一直以来，她的奔赴都不过如此。

就像她说的，只要能看见他就好。这都是她自己一个人的事，一个人的沉沦。

以瑄走出妙心医院的时候，向来拥堵的医院外的那条马路上竟然没有一辆车。听说是大雪封路，车辆都被迫改道行驶了。她得徒步走出被封的那段路才能坐到车回家。她往周围看了看，发现路边坐着一个穿着破棉袄的男人，他的左侧摆着一个纸盒，里面装了些一元、五元的纸币；他的右侧竖着一块牌子，上面写着他的悲惨遭遇，还贴了他的残疾证。

以瑄一眼便看到男人那双号称已经瘫痪的腿在大多数路人都没有注意到他的时候很灵活地动了动，她暗暗笑了笑，便从男人面前目不斜视地走过了。倒是街对面匆匆跑过来的一个女孩，掏出了五块钱，飞快地放进了纸盒里，还对那个男人笑了笑，然后又飞快地跑进了医院。

郁桐是到医院来领她的固定用药的，每个月领一次，用以控制她的睡美人症，稳定她的发病频率。

她来得有点晚，她的主治医生都已经等得不耐烦了。她连声道歉，拿了药，很不好意思地跑走了。走出医院，看看时间，七点半，她觉得自己饿得胃都揪成一团了。她上午在十八楼跟阿伊和小卓一起做大扫除，下午就匆匆忙忙去工作室上学徒课，午饭和晚饭都没吃。她知道医院附近有一个牛肉面摊，环境虽然简陋，但老板煮的牛肉香滑软嫩，大概是她吃过的最好吃的牛肉了，她便决定去吃牛肉面。

面摊就在锦西路，在茂云公寓楼右侧的那条巷子里。

当老板把牛肉面端到郁桐面前的时候，郁桐看了看时间，八点零三分。开吃之前，她拿出手机想拍张照片发微博，镜头刚对上那碗热腾腾的牛肉面，背后突然有人跑过，慌忙间还勾到了她的凳脚，被绊了一下。那人顺势也撞了她一下，她没站稳，身体转了半个圈，手机差点儿被甩出去。

但对方没有道歉，一句话没说，只匆匆看了她一眼就跑了。

那一眼对上，两个人都吃惊不小。

虽然对方穿着与他平时的着装风格很不一样的运动装，还戴了一顶鸭舌帽，并且刻意拉低了帽檐，但郁桐相信自己是不会看错的，那个人是唐柏楼。

后来，郁桐吃完了面，发现茂云公寓楼前聚集了大批的人群，还有救护车和警车也陆续到了，锦西路被堵得水泄不通，这才知道，公寓楼里有一位住客坠楼身亡了。坠楼的时间是八点整，而坠楼的那个女人名叫宋冉。

郁桐当然记得，她第一次听见宋冉这个名字，还是那天在唐家别墅的喷水池旁边，出自唐柏楼的嘴里。后来事情虽然看似不了了之，唐柏楼也没有再追问郁桐，到底那晚从水池边逃跑的人是不是她，但她对宋冉这个名字的印象是很深刻的。

那之后没多久，有一天她上网的时候看到一则八卦新闻，新闻的女主人公也叫宋冉。那个宋冉跟自己同城，是某某时尚杂志的当家模特，也是国内某大型纤体连锁机构的形象代言人，还一度跟唐家的唐为影视公司签约合作过，由“唐为”推荐做了某当红歌星的新专辑 MV 女主角。

那则新闻是说宋冉跟“唐为”合约期满，将会转投到“唐为”的竞争对手柏图影视公司门下，成为“柏图”重点打造的女新人。柏图影视公司在年后将开拍一部拥有超强卡司的偶像剧，会邀请国际知名导演和国内一线的花旦与小生来担任男女主角，而宋冉则会出演这部剧的女二号。新闻里还说，宋冉必然会借助这部剧一跃成为当红的影视新人，前途不可限量。那些文字的旁边还配了不少宋冉的照片，其中有一张是她在“唐为”的酒会上跟唐柏楼的合影，两个人看起来不仅友好，还很亲密。

郁桐顺手一搜，才知道宋冉以前还跟唐柏楼传过绯闻。大概当时唐柏楼在电话里提到的那个宋冉就是新闻里的宋冉吧？

郁桐对此除了有点好奇，倒也没有多加在意。

但就在宋冉跟“柏图”签约之后的第二个星期，另一则突然被爆出的消息比签约的消息更令人震撼。

据说，有娱乐记者偷拍到当天宋冉跟国内某位知名的男影星在酒店幽会。

那位男影星是柏图影视公司旗下的顶级艺人，不仅如此，他也是某国际知名大导演的御用王牌，拿过不少重量级的奖项，在娱乐圈拥有“三高”——地位高，身价高，人气高。而且他已经结婚多年了，他的妻子也是国内的一线花旦，他们夫妻恩爱是出了名的，他本人则向来都是以好男人的形象示人。

不久之后由“柏图”推出的，这位男影星小休之后重回大荧幕的作品即将上映，并且“柏图”会把这部电影送上今年的国际电影节。很巧的是，这部电影是以婚姻为主题的，男影星在电影中饰演的角色曾一度被宣传为他本人的缩影——一个事业有成且深情浪漫的绝世好男人。

然而，宋冉却被爆出与这位男影星有染，男影星的公众形象立刻遭到了大众的质疑。接下来，几乎隔天就有新料被爆出，包括宋冉在事件被揭发以前跟那位男影星偷偷去泰国旅游的照片，还有男影星趁妻子外出拍戏带宋冉回家的照片，以及事情曝光以后男影星跟宋冉争吵的照片。

照片都是偷拍的，除了娱记，还有不愿意透露姓名的爆料人在持续推动这次事件发酵。

宋冉的名字也连续一个星期排在了娱乐新闻搜索榜的前三位。

男影星的光环衰微，形象一落千丈不说，他的新电影票房也十分惨淡，而且还有商家追责，说他因为声名受损而拖累代言商品的销售情况，要求跟他取消合作关系。一时之间，四面楚歌，男星急得焦头烂额。

至于宋冉，她原本是一颗冉冉上升的新星，一夜之间却成了过街老鼠，人人唾弃。大家都猜测，一定是她不堪压力，所以才会有坠楼事件的发生。后来，据说法医还在宋冉的体内验到了过重的酒精成分，而至于她坠楼究竟是意外还是她刻意为之，在很长的一段时间内都没有定论。这些都是后话。

宋冉坠楼事件发生后的第二天，郁桐从妈妈林晚的嘴里得知，警察通过电话联络了唐柏楼。因为有一个路人向警方提供线索，说看见唐柏楼在茂云公寓出现过。但路人的口供禁不住律师的盘问而被推翻了，唐柏楼也矢口否认自己去见过宋冉，并且声称自己跟宋冉已经没有私下来往了。

唐柏楼这谎一撒，郁桐就觉得心里有点发毛。

什么合作、什么把柄，郁桐那次在唐家别墅是听得清清楚楚的，宋冉跟唐柏楼之间绝对不是他说的没有私下来往了，她甚至还怀疑唐柏楼嘴里的把柄就是指的这桩丑闻，他极有可能跟宋冉的死有莫大的关联。郁桐还清清楚楚地记得唐柏楼在电话里说过，要宋冉乖乖听他的，否则，她宋冉这个名字不仅从此要在这一行消失，兴许她这个人也会从此在这世上消失。

言犹在耳，宋冉就真的彻彻底底地消失了。

宋冉八点坠楼，唐柏楼八点零三分从楼里出来，而公寓的监控镜头没有一处拍到了他，说明他上下十楼都没有搭电梯，出入也不走正门，这样鬼鬼祟祟难道不是更可疑吗？这些疑惑，郁桐只要一梳理，就会觉得有阵阵寒意向她涌来。

「第四章」

什么刀山火海、妖魔鬼怪，
都会在他的笑容里化成宇宙
的一粒尘埃

SHI GUANG
ZOU LE

NI

HAI ZAI

宋冉坠楼事件发生后的第三天，大雪停了，但北风依旧刮得很猛烈。吃过晚饭，郁桐和妈妈林晚手挽手走在横陵道上，母女俩边走边聊，林晚问："冷吗？冷就别送我了，你赶紧回学校去。"

郁桐拉高了围巾挡着脸说："不怎么冷，还好。我好久都没有跟你这样聊天了，我想再走走。妈妈，你冷吗？"

林晚苦笑着自嘲说："他给我买的都是进口的皮草，好东西啊，怎么会冷呢？"

郁桐说："下次你别要了，没有买卖就没有杀害，皮草不能穿。"

林晚叹气说："要是我能做主，我一定会说不要的。"

郁桐心疼地问她："妈妈，你最近过得好吗？他……还有没有再动手打你？"

林晚说："没有，最近什么都好，别担心。哦，对了，再过一阵，我可能就是'唐为'的公关部经理了。"

升职加薪是好事，郁桐却并没有为林晚感到有多高兴，说："哦，那就好。"

林晚嫁给唐舜之后的第二年，她就向他提出，想进唐为影视公司工作，哪怕就是做做普通的后勤也好，她不想闲在家里荒废时间。工作一来能充实她的生活，二来也能锻炼她的能力，提升自信。

唐舜一开始反对，但后来还是同意了，就把林晚安排进了公关部。虽然唐为影视公司是唐舜一手创办起来的，他是公司的最高决策人，他想把林晚弄进公司，有很多职位都可以选，但他还是让她从低层做起，一开始只做普通的公关部职员。

后来几年，林晚从职员做到副经理，全都是靠她自己。她自己也没有想到，一个曾经做家政、做收银员、做旧衣回收，还在菜市场卖过菜的女人，没有高学历，也没怎么见过大场面，可是到了公关部竟然很快就摸清了门道，并且做得顺风顺水。就连她的丈夫都赞她有天赋，说以前小看了她。

林晚刚嫁给唐舜的时候，总是战战兢兢的，好像什么都不懂，什么都不敢，完全没有主见。她只要和唐舜出席宴会，必然是唐舜走到哪里，她就跟到哪里，生怕自己一个人不懂得怎么应对那些上流社会的人，给唐舜丢了脸。就连和阔太们说话，她也总是低着头，声音很小，不太敢发表意见。

但现在，她的头抬起来了，腰挺直了，说话也大声了，从社会热点到公司发展，她都可以和别人谈上一谈。在宴会上，她甚至更喜欢跟一些部门经理、公司老总推杯换盏，反而不太喜欢和阔太们议论当季流行或者是哪个明星的八卦动向。虽然她在唐舜面前还是经常如履薄冰，谦卑隐忍，但在外，她意气风发，尤其是在唐舜看不见的地方，她甚至偶尔会流露出一种得势的骄傲。

有一次，郁桐看着以前那个灰头土脸、起早贪黑、为了生计而经常对人低声下气的女人，在商场里因为服务员的一点点怠慢而大发脾气，她才恍然惊觉，她的妈妈和以前不太一样了。

郁桐有一会儿没作声，继续挽着林晚走。

林晚以为她可能还在为皮草的事不开心，就说：“这样吧，等冬季一过，我就把皮草都卖了，把钱捐给安澜院。如果能帮到里面那些残疾或者无依无靠的人，也算是做一点补偿了吧？”

郁桐问：“他会不高兴吧？”

林晚说：“不高兴也是一时的，他不高兴就算了，只要我女儿高兴就好。”这句话跟以前是一样的，她说起“我女儿”三个字时，声音铿锵有力，舌尖像含着蜜，嘴角会带着笑。

郁桐把林晚挽得更紧了，头还在她的肩膀上靠了靠。

母女俩走着走着，突然，背后有两束车头灯的强光直射过来，原本寂静的冬夜长街被咆哮般的汽车引擎声打破了寂静。

郁桐回头一看，那两束强光就像两团火焰，直直地烧进眼睛里，她的眼睛几乎就要睁不开了。

耳边巨雷一般的引擎声由远及近，郁桐反应过来，大喊了一声："妈妈，快躲开啊！"她把林晚朝路边一推，自己却没站稳，扑倒在地上，抬头一看，一辆红色跑车就像张开了血盆大口的猛兽似的朝她咬过来，她吓得整个人已经完全傻掉了。

那一瞬间，郁桐满脑子都是自己被撞飞撞死，四分五裂、鲜血淋漓的场景，她听见林晚撕心裂肺地喊了她一声，再接着就是"吱"的一声，那辆疾驰的跑车竟然刹住了，车头和她的额头之间只隔了半米远。

整个世界有一瞬间的冻结。

郁桐全身一软，趴在地上，大汗淋漓。

林晚连扑带跪地冲出来抱起郁桐时，已经泣不成声了。郁桐则两眼发直地盯着面前这辆红色的跑车。

她们都认得这辆车，这是唐柏楼的车。

在偷听事件之后一直按兵不动的唐柏楼终于还是出手了，他从车里出来，一开口就是满嘴的虚情假意："哎哟，怎么是你们啊？这大雪天的，车轮就是容易打滑，真是对不住了啊！"他又问郁桐，"你没事吧，我的……半个妹妹？"

郁桐嘴角抽搐了几下，咬牙切齿地说："我没事！"

唐柏楼问："要不我还是送你去医院看看吧？"他抓着郁桐的胳膊，又凑到她耳边轻声问，"我的车技表演还不错吧？"

郁桐心头一紧，似乎意识到什么，满脸不可置信地看着唐柏楼。

林晚也来扶郁桐，替她拍了拍膝盖上的泥："桐桐，你真的没事吗？有事可得告诉妈妈啊！"

唐柏楼接话了，说："阿姨，桐桐是个好孩子，也是个聪明的孩子，有些事，她不一定得告诉你，是吧？"

林晚隐约觉得唐柏楼话里有话，警觉地扫了他一眼。

郁桐说：“妈妈，我真没事，没有摔着。”

唐柏楼说：“哦，我的意思是，会让父母担心的事，做子女的自然不说了，这也是为了您好嘛。孩子做什么都得考虑父母，要给父母安乐日子过，凡事就得掌握分寸。郁桐，你说是吧？”

郁桐已经完全理解到唐柏楼的用意了。跑车不是打滑，而是他故意开过来的。他在暗示她不要多嘴，不要把她听到的、看到的告诉别人，否则他就会对她不利，甚至还会对林晚不利。

虽然打电话那晚唐柏楼没有抓到郁桐，但他其实已经认定了郁桐就是那个偷听的人。郁桐没有将电话内容泄露，也算是他预料之中的事情，一来，她跟此事毫无利益关系，对商业上的事情没有插手的门道；二来，她和林晚对自己的忌惮，他也是了然于胸的。

但现在情况不一样了。

现在，宋冉死了，一场娱乐圈的风波变成了一件血淋淋的人命案，事情闹大了，唐柏楼不敢确定郁桐还会不会继续沉默，所以他沉不住气了。郁桐听见的、看到的，稍有透露，都会对他造成不小的影响，所以他决定，以动制静。

郁桐望着唐柏楼，僵硬地笑了笑，说：“你这番话，倒是教育得好。”

唐柏楼问：“那我的半个妹妹受教不受教呢？”

郁桐嘴角抽搐了几下，说：“由得我不受吗？”

唐柏楼笑道：“你也别这样看着我，你这眼神就跟看杀父仇人似的，我刚才不是没撞到你们吗？”

郁桐说：“如果你真撞到我，免不了你的麻烦。所以你放心，你既然没有撞到我，就不会因为我而惹上麻烦。”

唐柏楼抓到了最后一句，满意地点了点头，说：“那就好，那我就放心了。”

他又问林晚："阿姨，您这是要回家吧？我载您一程？"见郁桐和林晚似乎都有要拒绝的意思，他又抢先说，"哎，别拒绝我！我这人最受不了被拒绝了，这点儿小事，您可得听我的。"

林晚还扶着郁桐不想放手，说："不用，就这么点儿路，我自己走着回去就行了，真不用！"

唐柏楼就像没听见林晚说什么似的，一只手硬生生拉开了她，另一只手打开了车门："阿姨，上车吧。"

那一瞬间，郁桐清晰地感受到，唐柏楼是在用行动告诉她，他有人质在手。她看着他有点粗暴地将林晚塞进车里，开车前还隔着车窗对她轻蔑地笑了笑，始终敢怒不敢言。望着远去的尾灯最终消失在路的转角，她还在原地站着，好一会儿，一动也不动，而北风刮得更肆意了。

那天之前，郁桐的确是不想沾染任何跟唐柏楼有关的事情，而那天之后，她是不敢沾染了。对她而言，唐柏楼就是一辆潜伏在暗处的跑车，随时随地都有可能呼啸而来，置她于粉身碎骨的境地。

她也故意不再关注宋冉之死的后续消息了，她的世界，便只剩下学校、工作室，还有十八楼。

这年的二月，白雪缠绵了一整个冬天，郁桐看见的最后一簇，便是从十八楼后院的屋檐上"啪嗒"落地的一簇，并且很快就化了。整个世界的白色都少了，取而代之的是柔和、微黄的阳光。

学生们都已经放寒假了，十八楼的生意比平时冷淡了很多，阿伊和小卓都在积极地向老板申请放假，想提前回家过年。老板是个禁不住软磨硬泡的人，他老早就被说动了，却还故意不动声色，一边喝咖啡一边慢悠悠地问："放假？小卓，你的'苍山之雪'咖啡现在能做到不失手了吗？"

小卓得意地拍了拍手，说：“哈，就知道你会问这个！能！百分之百，绝对没问题！”

刘靖初看了小卓一眼，又问阿伊：“那你呢？你的盆栽蛋糕的十款造型、十个名字，都想好了吗？”

阿伊前一秒还在跟小卓得意，这一秒被刘靖初一问，立刻苦了脸：“老板，这不是上周才提出的计划吗？你看我每天在这儿忙进忙出的，哪里有时间嘛！不如你就赶紧给我们放假，那我不就可以回家好好想一想这事了吗？是吧？”她说完撞了撞小卓的胳膊，小卓急忙说：“就是！就是！”

刘靖初看了看一直在专心算账的郁桐，问：“你呢？你也申请提前放假回家吗？”

郁桐一愣，说：“我？我无所谓的。”

小卓跟阿伊齐齐瞪了她一眼，显然有一种碰上猪一样的队友的感觉。

刘靖初笑了，说：“看见没？学学人家，你们俩就知道偷懒。”

阿伊和小卓齐声撒娇：“老板啊——”

刘靖初说：“别说了，阿伊，你什么时候把你的盆栽蛋糕的计划理出来了，我就什么时候让你放假。”

阿伊气得两腮像各塞了一个小气球似的，只好嘟嘟囔囔地干活去了，还不忘再瞪了郁桐几眼。

这天夜里，关掉了十八楼门外的营业指示灯以后，刘靖初是最先离开的，接着就是阿伊和小卓。刘靖初回到家里才发现自己落了一份很重要的合同在铺子里，只好又开车回去拿。

那时已经十一点多了，十八楼里隐隐还有灯光透出来，卷帘门只关了一半，柜台里还有人坐着。

“郁桐？”

电脑开着，浏览器搜索栏里的四个字立刻让刘靖初恍然大悟，他吃惊地问："你在帮阿伊查资料？"

郁桐正在搜索有关盆栽蛋糕的资料。

郁桐说："你说她做好计划就放假的。"

刘靖初问："你也着急放假？那白天你怎么不说？"

郁桐说："我不急。"

刘靖初接着问："为了他们俩？"

郁桐嘴里没说，但表情已经默认了。

刘靖初大概觉得自己之前对她的那番教训不是没有收效的，倒还有点得意，勾着嘴角笑了。

他说："你要在这儿查资料就把门关好，别敞着，休息室的被子不够暖的话就开着空调睡，空调遥控器在床头的柜子里。哦，对了，里面的电池可能已经用光了，你左手边的抽屉里有新电池。"

他又说："刚才我看饮水机里面已经没水了，冰箱里的三个蓝色罐子里面装的水你是不能碰的，那是我用来做甜品的，柜门上那红色的玻璃瓶里面是蜂蜜水，你要是渴就凑合着喝吧。记住了，红色的能喝，蓝色的不能喝，嗯？哦，还有啊，后面楼梯的声控灯不太灵，你得脚步重点，不然它感应不到。哦，还有……"

郁桐把头一偏，微笑着问："还有什么，老板？"

刘靖初被她这么一问，也意识到自己突然变啰唆了，故意板着脸说："没什么了，你继续吧。"

郁桐看刘靖初走了，便继续她的复制粘贴，把有用的资料归进一个表格里。原本她只开了电脑旁边的一盏小夜灯，光线很暗，但她忽然觉得室内明亮了一点，抬头一看，发现身侧的落地灯被打开了，橘黄色的灯光正好投射过来，柔和而温暖地将她包裹在其中。刘靖初的手指刚刚从开关上移开，视线也刚刚从她的身上移开，正微微弯着腰钻出半垂的卷帘门。郁桐望着那个背影，轻轻地笑了。

这天夜里，郁桐查着资料就越来越困了，后来便迷迷糊糊地趴在电脑前面睡着了。大概凌晨五点的时候，她被一阵冷风吹醒了，狠狠打了个哆嗦。她伸了个懒腰，半眯着眼睛看了看自己奋战之后的成果，觉得颇为满意，忽然又意识到什么，扭头一看，发现自己忘了关十八楼的大门。

卷帘门一直都是半垂着的，里面的玻璃门也开着，望出去，外面还是漆黑一片。

郁桐赶紧过去把两道门都关了个严实，又看了看时间，还早，于是打算到后院的休息室里再接着睡一会儿。这时，她的目光忽然停在柜台旁边那张半圆形的玻璃桌上，那桌子上不是应该放着她的斜挎小包的吗？一个枣红色的细肩带的方形牛皮包，里面有她的钱包、钥匙和手机。

那个包怎么不见了？

十八楼里里外外她都找过了，没有。她很清楚地记得，昨天夜里刘靖初离开的时候她的包还在。难道后来十八楼里还有人来过？是小偷？可是，她的钱包里什么卡都没有，只有几百元现金，手机也是很老的款式，要说钱，收银台里还有好几千块钱现金，却分文不少，这小偷到底图什么？

当郁桐找遍了十八楼却依旧毫无所获，而门外的黑暗之中缓缓有微光透进来的时候，她两腿有点发软，跌坐在椅子上。后来一整天她都无精打采的，而且眼皮总是跳。她心里暗暗发慌，还险些因为走神算错了客人的单。

刘靖初以为郁桐是因为熬夜查资料没有休息好，所以精神不足，中午他还故意冲多了一杯咖啡，不动声色地让小卓端给她。她喝第一口就被呛到了，“噗”地一下，咖啡全喷在小卓的围裙上。

“你到底怎么回事啊？”刘靖初跟小卓异口同声地问。

“对不起，对不起！”郁桐一边擦嘴一边道歉，这时，店铺外有个大学生跑了进来，喊道：“郁桐，谁是郁桐啊？”

郁桐迎过去说：“是我。”

刘靖初看那个大学生递了一张折叠着的纸给郁桐，郁桐展开看了看，脸色立刻更不好了。他过去问：“有什么事吗？”

郁桐轻轻地把纸往手心里一揉，捏紧拳头说：“哦，我的包不是丢了吗，我同学电话联系不到我，托人带了小字条给我，也没什么，就是说晚上学院里有一个会要开。老板，我可以提前一点下班吗？”

这个晚上，有那么一个瞬间，郁桐仿佛又回到了她十四岁那年。那时候，与新年的喜气格格不入的她也如现在一般，行走在冷清的城市一角，与江风、高楼、远灯、孤影为伴。

郁桐的目的地是城里紫滨路最南端的老砖厂，砖厂外跟大路相连的那片河滩向来都是社会不良青年的聚集之地。

那里被称为废柴滩。

喜欢出没于废柴滩的人都不介意自己被称为废柴，因为他们从来不认为自己真的是个废柴，他们只是随性好玩、行为乖张、思想叛逆而已。

中午的那张字条并不是普通同学给郁桐的，而是来自一个经常混迹于废柴滩的人，那个人叫盛骏威。

整个艺术设计学院的人都知道，盛骏威喜欢郁桐。他们也都知道，流氓一般的盛骏威是每一个女生的噩梦。去年盛骏威追求过郁桐，被郁桐拒绝了，偃旗息鼓了一阵子，没想到竟然卷土重来了。

昨天凌晨，在大街上游荡的盛骏威碰巧经过十八楼，看见门开着，郁桐趴在电脑前面睡得正香，便不请自入了。他甚至吃了冰箱里的水果，还摸了摸睡着的郁桐的脸，这些都是郁桐不知道的。

以前盛骏威就很想单独约郁桐跟他见面，但是从来没有成功过，这一次，他算是灵机一动，在离开十八楼的时候故意拿走了郁桐的包，打算以还包为借口重新披甲上阵。这一次他成功了。

这个约，郁桐不得不赴。

假如盛骏威知道他拿在手里的已经不单纯只是一个女生的随身包而已，他或许还会有点后悔自己那么轻易就把包还给了郁桐，白白丢失了一个大好的翻身机会。但他不知道。除了郁桐，谁都不知道。

重要的不是钱包、身份证，或者家里的钥匙，而是郁桐的手机，是手机里的一张照片。

那张照片拍摄于上个月的六号，夜晚八点零三分；地点：茂云公寓楼一侧的巷子里；人物：唐柏楼。

郁桐没有告诉过任何人，甚至连唐柏楼这个当事人也不知道，那天的她不仅仅看见他了，还拍到他了。他撞到她的时候，她的手机照相功能是开着的，她原本想拍的是那碗牛肉面，结果她被他一撞，身体一歪，手指一滑，正好按到了拍摄键，而那一刻，镜头正好扫到了他。

那张照片还算清晰，准确时间也有，巷子里贴的广告都隐约能看见，环境也是能辨认的。

那晚睡前郁桐玩手机的时候才发现照片的存在，她犹豫了三秒，决定把照片保留下来。

唐柏楼至今也不知道有那张照片的存在，他如果知道了，恐怕就不仅仅只是做出口头上的警告了吧？那边他隐晦的恐吓还言犹在耳，这边她竟然就弄丢了手机。如果照片因此被传了出去，且不说唐柏楼到底会不会遭殃，至少他肯定会找她算账。想到这个，郁桐就有点害怕。

假如宋冉的死真的跟唐柏楼有关，试想，一个可以心狠手辣到那种地步的人，又会怎样对待她们母女俩呢？

所以，郁桐想来想去，这一次的废柴滩之约，她再不情愿，也还是来了。

远远地，郁桐看见废柴滩上每隔十米就有一个燃着熊熊烈火的铁皮大桶，火焰被江风吹得张牙舞爪，三五成群的年轻男女们，有人在抽烟，有人在追逐打闹，还有人往烈火桶里扔鞭炮，鞭炮一着，便响起刺耳难听的噼里啪啦的声音，很多人都跟着欢呼尖叫，整片河滩简直就是群魔乱舞。

郁桐穿行在人群中，寻找着盛骏威的身影。周围的人都用轻佻不屑的眼神打量着她，让她很不自在。突然，有一条手臂从背后伸过来，抱住了她的肩膀。接着有人冲她的耳朵吹气，暧昧地说："你来了啊？"

郁桐全身一震，挣开对方，转身就问："盛骏威，我的包呢？"

盛骏威左眼一侧靠近太阳穴的位置有一道疤，是跟人斗殴之后受伤留下的，平时都用刘海遮着，这天他没有遮，整个额头都是露出来的，火光之中，那道疤若隐若现，更添了几分狰狞。他说："我的小姑奶奶，见面不问好，开口就说这种生分的话，啧啧，我会伤心的嘛。"

旁边有男生起哄："哟嗬，大盛爷，这妞谁啊？这种清纯无辜的小娘子，什么时候成你的菜了？"

"大盛爷"是盛骏威的绰号，他拍着胸脯说："来，介绍一下我马子，郁桐，我们学院的院花！"

郁桐脸都红了："盛骏威，你胡说什么？我不是……"

盛骏威突然又抱着郁桐的肩膀，说："哎呀，脸红了！宝贝儿，你是想说，你不是院花吧？别谦虚啦，我说你是，你就是，谁敢说一句不是，我卸了他两颗门牙！在我眼里，你就是院花、校花、市花、国花！"他说完又在郁桐的耳边低语，"你真的要考虑清楚了再决定拆不拆我的台啊！"

郁桐对盛骏威的畏惧和厌恶跟对唐柏楼的是一样的，也是敢怒不敢言，只能低声问："你可以把包还给我了吗？"

盛骏威不回答她，拍了拍手，吆喝道："来来来，时间差不多了，咱们准备开始吧！"

郁桐问："开始？开始什么？"

盛骏威神秘地一笑，说：“嘘，我们要赛车了。”

“赛车？”郁桐冷冰冰地说，“那是你的事。”

盛骏威摇头：“不不不，不是我的事，是我们，我们的事。”

郁桐眼皮微微一抬，目光冰冷似箭地刺向他。他笑了，说：“郁桐，你以为我约你来就只是让你来拿包的？我是诚挚邀请你来做我的赛车女郎的。”

郁桐说：“我不懂赛车！”

盛骏威指了指停在前方的一辆摩托车说：“你不懂没关系，你不需要懂，只要坐在我的摩托车后座就好了。”他又说，“就是记得要抱紧我，摔下去了我可不负责。”

郁桐又冷硬地重复了一遍：“我不！”

摩托车比赛是这群混迹于废柴滩的青年男女们时常都会进行的活动，只要绕紫滨路和第三环道跑两圈，谁最先回到起点，谁就是胜利者。而且每辆摩托车的后座都不能空着，必须至少有一名乘客。

通常充当乘客的都是参赛人的女朋友，郁桐一看，那些女孩个个都浓妆艳抹，还满嘴粗话，脑门上都像贴着一个“勇”字。只有一个女孩一听说要赛车，立刻就吓哭了，嚷着说自己这辈子都没坐过摩托车，死活不敢骑上去。她的男朋友气得打了她一个耳光，当场就说要跟她分手。

旁观的人都在嘲笑那对情侣，盛骏威突然不由分说地拽着郁桐，把她拽到了他的摩托车旁边，开始给她戴头盔，说：“别担心，我技术很好的，保证你安全，坐上去吧。”

郁桐想摘掉头盔，却被盛骏威一把掐住了手腕，他说：“郁桐，你多少也知道我的脾气，你要是也让我像那个人一样在大家面前丢脸，你说，今晚你打算怎么收场？”

郁桐咬牙切齿地盯着盛骏威，眼睛里面都快飞出刀子来了。可是，她还是不敢公然跟盛骏威翻脸，只好心不甘情不愿地坐上了摩托车。

盛骏威得意地打了个响指：“哟嗬，准备就绪！”

过了一会儿，裁判的口哨声一响，盛骏威的摩托车便第一个冲出了起跑线。

午夜疾风惊魂，摩托车飞驰在紫滨路上。急弯，加速，超车，还有躲避迎面而来的大卡车，好几次，郁桐吓得魂都快掉了。

盛骏威对冠军志在必得，他那种横冲直撞的骑车方式完全是不要命的。大半圈下来，他就已经把其他人遥遥甩在身后了。

第三环道有一段直路，路的一侧是绿化带，另一侧是并排的欧式建筑，开着很多酒吧和餐饮店。即便现在已经是午夜了，来这里消遣的人也还是不少，人多车也多，所有的赛手骑到这一段路都得被迫减慢速度。

盛骏威减速了一阵，最后眼看终于要把这段路开过了，正准备加速，前方弯道突然转过来的一辆私家车用大灯晃了他一下。他本能地扭头躲避灯光，却听郁桐尖叫了一声：“盛骏威，当心！”

竟然有人在路边放了一辆手推车，黑乎乎的一团，很不容易看见，盛骏威这一分神，眼看就要撞上去了！他猛踩刹车，把车头一扭，躲过了手推车，但摩托车失去了重心，突然往马路内侧倒去，他跟郁桐都被甩了下来。还好，车速还不快，补救也及时，他们都只是受了点轻伤。

盛骏威骂骂咧咧地站起来，把摩托车扶正了，检查了一下，说：“没事，继续吧，还能骑。”

郁桐还坐在地上，盯着自己被磨破了皮的手心。手心里又红又脏，鲜血跟泥土混在一起了，也许还夹杂着被强行剥离了身体的一点皮肉。她的身体因为忍痛而微微发抖：“我不骑了。”

盛骏威弯腰来拉她：“受这点儿伤就半途而废，我非被他们笑死不可，以后还有什么脸面在这儿混？起来！”

郁桐急得蹬脚："你自己走啊，我不骑了！"

盛骏威指着她说："你别给我耽误时间啊，起来！他们很快就会赶上来了！"

郁桐还是咬牙切齿地坐在地上不起来。

盛骏威终于发火了，硬来拉郁桐，她突然再也忍不住了，歇斯底里地大叫一声，狠狠一脚踢在盛骏威的腿上："你给我滚开！说了不骑了！盛骏威！你滚！你给我滚开啊，听见没有！"

盛骏威没想到平时在他面前都是敢怒不敢言的郁桐会突然爆发，吃惊之余，更多的还是愤怒："我这是看得起你，你还真当自己是根葱了？郁桐，我最后问你一遍，你起来还是不起来？"

郁桐没说话，只是狠狠地瞪着盛骏威。

盛骏威又来拉她，什么怜香惜玉的心思也都没有了，拉得很重，仿佛哪怕把她的胳膊拉断了他也不在乎。

"你再不起来，信不信我……"他扬起手，作势要打郁桐，却突然觉得背后猛地挨了一下打，显然是有人先打了他。他没站稳，往旁边一歪，竟然一头栽进了垃圾桶里。

郁桐也被这突如其来的情况吓了一跳，抬头一看，一道影子正缓缓地移到她头顶。

"老板？"

刘靖初皱着眉头，神态间颇有点不满，问："你怎么回事呢？"

郁桐只觉得鼻子一酸，喉咙一哽，没说话，直接就哭了。他来了，她忽然就不想再逞强了。

刘靖初是来第三环道看朋友的，他离开的时候碰巧被摩托车倒地的声音吸引了，隐隐约约看见那个摘掉头盔坐在地上的女孩很像郁桐，过来一看，果然是她。她一哭，他就有点焦急和不耐烦，说："你先别哭了，到底怎么回事？你受伤了吗？啊？郁桐？郁桐！别再哭了！

说话！”

刘靖初一凶，郁桐急忙吸了一口气，憋着哭说：“哦……就是……”她还没组织好语言，就看见盛骏威从垃圾桶里爬了出来，跟野狗豺狼似的忽然朝这边猛扑，便大喊道，“老板，当心背后！”

刘靖初一听，噌地站起来，一转身一挥拳，不偏不倚地打在盛骏威的左脸上。

郁桐紧张得颤抖了一下。

盛骏威连挨了两次揍，已然七窍生烟了：“你什么东西，跟我动手？啊？你敢跟你爷爷我动手？我知道你，十八楼甜品铺的老板嘛，对吧？……你得罪了我，你以为你以后能有清静日子过？”

刘靖初气定神闲地抄起手说：“呵呵，那我就等着看你以后怎么让我不清静咯。”

盛骏威还是不服输，坚持要带走郁桐。他的同伴们也陆续赶上来了，越来越多的人把刘靖初和郁桐围了起来。人群中有人说了一句：“江湖事江湖了，有种就比赛一场，谁赢了，郁桐就归谁。”

盛骏威向来自诩车技如神，挑眉瞪着刘靖初说：“好啊，我倒要看看，谁还能把我的人抢走！”

刘靖初撇了撇嘴，懒洋洋地蹲在郁桐面前，问她：“怎么样，比吗？”

郁桐茫然地看着他：“问我？”

他说：“你要是不介意被拿来当赌注，我就跟他比比。你要是不乐意，我就带你走，反正他们拦不住我。”

郁桐看看四周，对方人多势众，她还是有点担心，就点了点头，说：“还是比吧，你小心啊！”

刘靖初的笑容即便在黑夜里也有如白昼一般的明朗，他说：“你放心，我不会输的。”

那一刻，郁桐又想到了她十四岁时的那个夜晚，飘浮的孔明灯指引她走向他，她从他的脸上看见的，也是如今时今日这样的笑容吧——

从容如风，清澈如水，温暖如光。

什么刀山火海、妖魔鬼怪，都会在这样的笑容里化成宇宙的一粒尘埃。她看见他笑，心里就会很踏实，就会想要追随他。

这大概就是起源了，追随的起源。她分明追不到他，却还如影随形地追随着他，转眼，已经快到第七个年头了。

刘靖初说对了，他是不会输的。

和人比赛骑摩托车，大学的时候就是他的强项。

大学时的刘靖初就跟眼前这帮男男女女一样叛逆，或许比他们还有过之而无不及。那时，别人一说起刘靖初，不是厌就是怕，都把他跟混社会的不良青年画等号，没有人敢和他走得太近。他身边除了一群同样不良的狐朋狗友，仅有的一个朋友就是跟他一样性格叛逆的苗以瑄了。

比赛骑摩托车经常都是在半夜，在空旷的紫滨路上，大家骑着摩托车飞跑，像一个个亡命之徒似的。他有一次从摩托车上摔下去，摔得头破血流，但还觉得自己流血光荣，摊开大字躺在路中间仰天大笑。

那时的他胸腔里还有一股热血在涌，觉得青春就是要猖狂燃烧才叫精彩。那时的他也没有想到后来自己会惹那么大的祸，他犯了非法拘禁罪，被法庭判刑，管制一年，也在即将毕业的时候被学校开除了。

被管制的那一年，他成了过街老鼠，受尽歧视，前途渺茫。曾经自以为多彩斑斓的人生突然变得灰暗，那是他人生里最难熬的一段时间。后来，随着时间的推移，他渐渐变成熟了，也改变了，全身的尖刺都收起来了。他像浴火重生一般，已经离从前的那个自己很远了。

有那么一个瞬间，当他看着盛骏威，看着身边那些男男女女，看着他们还在走自己以前的路时，他不禁有点唏嘘。他满怀心事地抚摸着他的头盔，因为感慨，就连戴头盔的动作都十分慎重。

过了一会儿，比赛开始了。比赛的起点就设在第三环道，只要绕环道一周，谁先返回起点，谁就是胜利者。

郁桐作为人质，被盛骏威安排的两对男女监视着，寸步难行地坐在路边。刘靖初和盛骏威跑远了以后，她发现那些守在起点旁边的男男女女们就开始交接什么了。有一个光头的男人提来了一个大塑料袋，然后把袋子里的东西一把一把掏出来分发给众人。当她弄清楚男人分发的原来都是铁钉和碎玻璃的时候，她猛然意识到不妙，噌地站起来问："他们这是在干什么？"

有个戴鼻环的女孩轻蔑地说："你站远点，这儿没你的事！"

郁桐更着急了："他们到底在干什么啊？"

旁边的男生说："嘿嘿，妹子，你还真以为这是一场公平的比赛啊？比赛其实只不过是一个幌子，他们要狠狠地给刘靖初一顿教训才是真的。"男生小心并且很娴熟地从塑料袋里抓了两大把放在地上，把玻璃碴当玩具似的拨弄着说，"一会儿他回来呢，大家就会用这种东西招呼他，至于躲得过躲不过，那就看他的运气了。"戴鼻环的女孩补充道："啊，还得看他的车技好不好。"

郁桐倒吸一口凉气："会出事的！你们不能这样！"她抓着那个男生的手，"你们不能这样对他！"

男生一脸嫌恶地甩开她："走开啦！我们对付外敌都是这样的，又不是第一次了，反正死不了！"

想象中，当很多的铁钉和玻璃碴密密麻麻落满一地，摩托车减速不及，也躲避不及，硬生生碾过，也许突然就会有"砰砰"的车胎爆裂的声音发出来，跟着骑车的人就会控制不住车身，重心不稳，车身猛然歪斜，人和车都一起打滑摔向路边，也许还会有摩擦的火花爆出来，人还会重重地翻滚几圈，并且在翻滚的时候伴随着骨头折断的声音！再然后呢？

郁桐不敢想了，可是又自控大脑去勾画有可能发生的种种。

不可以！刘靖初不可以有事！

郁桐突然拔腿就跑，她想她无论如何都要给刘靖初示警，阻止他冲进这片陷阱里来。

戴鼻环的女孩最是手疾眼快，追过来一把扯住了郁桐的头发："去哪儿？想去通风报信啊？"

郁桐挣扎着，头发却被那个女孩扯得死死的，好像连头皮都快被她给扯下来了。

"你们这些疯子，放开我！"

拳打脚踢不济事，郁桐突然发了狠，一口咬在女孩的手臂上。女孩一吃痛，把她连甩带推，她一头就狼狈地扎进了路边的绿化带里，但她什么都不顾，爬起来又跑。

夜那么黑，路那么长，风逆向而来，吹着她瘦弱单薄的身体，令她觉得自己就像一只风筝似的，快要飞起来。

「第五章」

从容如风，清澈如水，温暖如光

SHI GUANG
ZOU LE

NI

HAI ZAI

郁桐跑着跑着，前方渐渐传来了摩托车的声音。微弱的灯光下，一道深色的影子显现出来，果然是刘靖初风驰电掣地先回来了。

郁桐立刻跳了起来，挥着两只手大喊道："这边有陷阱！刘靖初！减速啊！停车啊！停车！不要过来……"她声嘶力竭，怦怦跳着的心好像也要跟着每一个字从喉咙里蹦出来似的，"刘靖初——"

突然，有人从背后再次扯住了她的头发，狠狠一拽，她就像一根被折断的铅笔一样，硬生生往地上一栽，头跟地面砰地撞了一下，发出一声闷响。那个瞬间，四周仿佛都黑得没有一丝光了。

郁桐张大了嘴，突然发不出任何声音，只觉得痛，剧烈的疼痛。她感觉天旋地转，犹如一个巨浪压下来，堵住了她的呼吸。她抱着头，缩成一团，已经没有力气站起来了。她只能听着引擎声由远而近，再由近而远，听着那一群假装喝彩的人突然开始骚乱，她的眼泪哗地涌出了眼眶。

摩托车冲过了终点线，刘靖初兴奋地大喊了一声："我赢了！"

再接着，"吱——"突然响起很刺耳的刹车声，还有某些东西爆裂的声音，以及众人的惊呼声，整个世界好像一瞬间全乱套了。

郁桐不敢再听了，死命地捂着耳朵，闭上了眼睛，泪如泉涌。

刘靖初，你不能有事，求求你，你不要有事，求求你，求求老天啊！郁桐的心里有一个小小的自己一直跪在地上哭喊着。忽然，她重新听到了摩托车引擎的声音，那声音在她身后不远处慢慢地朝她靠拢。有一只温暖的大手轻轻地摸到她的额头："郁桐？"

一瞬之间，她感觉身边重新光芒万丈。

郁桐那失魂落魄、动弹不得的模样全都在这个瞬间消失了，她手一撑地就站了起来，一扭头就扑进了刘靖初怀里，把他紧紧抱住："你没事啊！刘靖初，你真的没事！没事！你吓死我了！"

猝不及防的温柔，也吓了刘靖初一跳："呃，我没事。"

多亏了郁桐的提醒，他毫发无伤。他刚才看见她了，知道她在喊，但他根本听不清楚她在喊什么。不过他意识到她可能是在向自己示警，便想起自己以前和人斗车的时候也是用过手段的，所以立刻警觉起来。

幸亏他的车技还没有退步，一段稳稳的侧滑之后，摩托车避开了所有的障碍，他不但冲过终点线，宣示了自己的冠军地位，还整蛊了那群对他横加暗算的人。

摩托车侧滑的时候，他故意假装车子失控，连人带车直奔人群而去。大家见状也都慌了，纷纷你推我搡，抱头鼠窜。可是，摩托车又在即将冲入人群的最后一秒稳稳地停住了。他把头盔一摘，见周围的人跑的跑，摔的摔，满地狼藉，唯有他一派从容，如置身事外，便得意地笑了。

刘靖初说了好几遍自己没事，郁桐却还是哭，抱着他不放，有点像个委屈又任性的小孩子，跟她平时冷静老成的样子倒很不一样。刘靖初觉得有点好笑也有点无奈，又开始故意端架子说："好了好了，本来就没事，你需要这么煽情吗？你是学服装设计的，又不是学表演的。"

郁桐擦了一把眼泪，刘靖初又问："刚才是不是撞到头了？还好吗？"

郁桐撇着嘴点头："嗯，我还好。"

刘靖初说："那就在这儿待着，等我一会儿。"说完，他眼皮一抬，突然盯住离他们不远的一个抱着头盔的男生。

他刚才看得很清楚，就是那个男生拉扯郁桐，推她倒地撞头的。

他慢慢站了起来，一步一步朝那个男生走过去。

男生抖着腿，扬扬得意地问："怎么？你想怎么样啊？想怎么样啊？"

刘靖初一句话没说，突然抢过男生的头盔，抡起来就朝他脸上砸了过去。"啪！"男生显然被打蒙了，差点站不稳，幸亏旁边的人扶了他一下。“浑蛋！你……你……”男生大概是想还击的，但一对上刘靖初的那双眼睛，竟然胆怯了。

那双眼睛前一秒还笑着呢，还温柔着呢，这一秒却狠光毕露，瞳孔里面不遮不掩地填满了烈火刀枪。眼睛的主人仿佛变成了一头随时会扑过来将人撕碎的野狼，令男生不敢轻举妄动了。

郁桐坐在地上，刘靖初背对着她。虽然她看不到他的表情，但是，她能感觉到,这一刻的他跟平时那个慢条斯理地做甜品的他很不一样，跟那个会笑着面对客人无理取闹的他很不一样，跟那个还会和小卓抢电脑玩游戏，会悄悄向阿伊打听口红的色号的他，也很不一样。

在场的其他人也都被刘靖初飙车和打人那股狠劲儿震慑到了，所以一时间也都只是面面相觑地站着。

刘靖初慢慢地说：“刚才那一下，我是替她——”他指了指郁桐，一个字一个字地咬着说，“还给你的。”他又一把抓起男生的衣领，戏谑地说，“啧啧，你们也是的，就你们那点儿伎俩，几年前早就被用滥了，怎么现在都不学点新东西呢？……要是能来点新鲜的，或许……”

他正说着，背后突然出现了一道灯光，是盛骏威回来了。

落后了一大截的盛骏威看见自己人个个都灰头土脸、无精打采的，就已经知道发生什么事了。他把车一停，打开后箱，掏出一根收缩短棍，一边走一边拉长那根棍子,快走到刘靖初面前的时候,他几乎跑了起来。

那一刻，所有的人都自觉地围过来，屏息凝神地看着盛骏威和刘靖初。

盛骏威把棍子举起来，还没打得下去，就被刘靖初先发制人把手腕给掐住了。他气得两手并用，但另外一只手也没讨到半点好处。刘靖初朝他膝盖一踢，他腿一软，跪了下去。

刘靖初看了看他，说：“真的还要跟我动手吗？看样子，你忍痛的能力好像还挺不错的哟。有这份执着，不如用到正途上去呀！”

盛骏威憋红了脸，喊道：“你们愣着干吗？帮忙啊，给我教训他！”周围的人你看看我，我看看你，交换着眼色，都没有动。

盛骏威继续发飙：“你们想死了是不是？动手！我让你们动手！”

人群里终于有人说话了：“成王败寇，盛骏威，你今天什么脸都丢光了，我们干吗还听你的？”

有人附和说：“就是嘛，你平时作威作福，还真当自己是老大了？喊你一声‘大盛爷’，那是我们给你面子，其实大家早就不服你了。我们可不是你学校里那些没用的软脚虾，没有谁真怕了你。”

而且还有人对刘靖初谄媚地说：“人家一开甜品铺的大叔都比你强哎，我不服你，我服他！”

一听到“大叔”，郁桐就没忍住笑了：“噗——”

刘靖初扫了郁桐一眼，对盛骏威说：“你听见了吧？看来你似乎得好好检讨一下你的人际关系了。”

盛骏威被刘靖初弄得一点反抗的余地都没有，他越想挣脱，胳膊就被拧得越痛，最后他终于熬不住了，“哇哇”求饶。周围的人一脸鄙弃，开始吹着口哨勾肩搭背地散了。

刘靖初拍着盛骏威的脸，说：“记住，你输了，按照约定，郁桐归我了，你以后最好离她远一点，别再缠着她。”

他又说：“她是我的人了，你缠着她，我会不高兴！”

明知道那不过是一句戏言，但是，被刘靖初宣示所有权的那一瞬间，郁桐还是觉得，她仿佛被成全了什么。

比如，一个梦，一个多年前就做过的卑微的梦。她的少女心，悸动如花开。

那之后，在刘靖初的逼迫下，盛骏威不得不把郁桐的包还给了她。郁桐抱着包，心里的大石头终于落了地。她跟着刘靖初上了他的车，车开了好一会儿，两个人都没有说话。郁桐看着窗外，渐渐发现沿途景色跟她想的不一样，终于开口了：“呃，我家在海岫区，这是反方向吧？”

她又说：“呃，其实海岫区太远了，你把我放到公交车站就行了，我自己搭夜车回去。”

刘靖初看了看她，还是没说话。

从系上安全带的那一刻开始，他的脸就阴沉着，郁桐不是不知道，有一种微妙的尴尬正在车厢内蔓延着。

她又问：“我们到底要去哪儿啊？”

刘靖初终于说话了，两个字：“医院。”

郁桐恍然大悟说：“其实我没什么事，找一间药店，买点药水、纱布什么的，自己弄一下就好了。”

突然，开车的人一个急刹车将车停在了路边，斜上方一道橘色灯光洒下来，他的脸却正好匿在光照不到的地方，更显得阴沉了：“去吧，对面就有药店，还有公交车站，你自己能解决，我就不操那份心了。”

郁桐解开安全带，正想下车，忽然意识到什么，又回过头来问：“你刚才在挖苦我？”

刘靖初挠了挠头，说：“我在表扬你！”

郁桐沉默了一下，说：“我第一次见到盛骏威，是在去年的一次足球比赛上。他的球砸到我了，后来他就开始追我。”刘靖初愣了一下，郁桐又说，“我知道他是一个什么样的人，所以，他送东西给我，我都原封不动地退回去；他约我，我也都找借口拒绝了。我向来不敢得罪人，一直都对他很客气，能躲就躲。后来有一次，大概也跟今天类似吧，我躲不了了，必须去见他。”

“我朋友说，盛骏威把见面约在会所那种地方，感觉有点心术不正，我如果一个人去，怕会有危险。她说，她有个哥哥挺厉害的，其实也就是和盛骏威一样是混社会的，她可以拜托他给我当保镖。”

“可是，盛骏威发现了，他发现我带了人防着他，于是他把气都出在我朋友那个哥哥身上。她哥哥后来在医院里住了三个月，地都不能下，吃喝拉撒都要人照顾。那之后，我就挺怕盛骏威的。”

郁桐说话的时候一直低着头，没有看刘靖初：“今天这样的情况，我怕还会有同样的事情发生……”发生在你的身上，重点是你！

她忍了忍，没把那个意思表达出来：“我怕同样的事情还会发生一次。”

刘靖初抿着嘴，因为身体微微往前倾，脸已经显现在路灯灯光里了，看起来柔和了很多。

接着又是一阵安静。

过了一会儿，郁桐又说：“其实我已经在试着改变我的习惯了，老板，你说的话我听进去了。”

她说完就下了车，慢慢地过马路，听见身后的汽车发动并渐渐远去，然后走进了那间二十四小时营业的药房。

从药房出来的时候，她忽然听到两声汽车喇叭声，抬头一看，发现刘靖初又把车开回来了。

车停在路边，他正从窗口望着她笑，那笑容，从容如风，清澈如水，温暖如光。

果然，赛车的风波还只是一个开始，盛骏威虽然好汉不吃眼前亏，道歉了，东西也还了，但他很快就开始带人到十八楼来捣乱，比如故意吓跑客人，破坏店内设施，甚至还骚扰女顾客。他们那样一群衣衫不整、流里流气的人只要往十八楼门口一堵，连过路的人都难免有所忌惮，刻意绕道走，就更别说那些想进店消费的人了。

刘靖初原本不想把矛盾再扩大，所以对盛骏威等人都是尽量忍让。但盛骏威反而因此变本加厉，更加肆无忌惮起来。那天，他一进店就抢走了阿伊刚给客人做好的盆栽蛋糕，阿伊着急想把蛋糕抢回来，他却一把抓着阿伊的头发，把她往桌子底下塞。阿伊撞到桌脚，额头顿时流血了。

当时，刘靖初刚好前脚跨进店门，见状突然就像被引爆了的炸药似的，一个箭步冲到盛骏威背后，一脚踹向他。盛骏威往前一扑，额头撞到了墙壁，发出“咚”的一声闷响：“浑蛋！敢踹老子！”

刘靖初二话没说，看手边正好有一张高脚凳，顺手就提了起来。

突然，眼前人影一晃，郁桐竟然扑到了他和盛骏威的中间：“别打……”

郁桐喊迟了一点，刘靖初已经抡着高脚凳朝盛骏威的脑袋上挥下去了。“砰”地一下，重重一声闷响，凳子打在了郁桐的后背上。

刘靖初全身一阵紧绷，手一松，高脚凳“啪”地掉在地上，裂开了一条长缝。

郁桐觉得自己的背一定被打肿了，不然怎么会那么疼呢？小卓和阿伊都过来扶她，她笑着问了一句：“我是不是肿成驼背了啊？”

刘靖初猛然觉得气血上涌，咬牙切齿地问：“你疯了吗？你插什么手？”

郁桐笑了笑，说：“是谁昨天说，他已经不是学生时代的那个刘靖初了呢？他不想做事冲动，不想用粗暴的方式去解决问题，说完就忘了吗？”这是昨天刘靖初跟小卓的对话，没想到郁桐听见了。

盛骏威对刘靖初的过去也有耳闻，听郁桐这样一说，他立刻嘲笑道：“哟嗬，是啊，我听说以前的刘靖初可是太岁，头上不能动土的，现在怎么了，变成缩头乌龟了？我看是以前栽过，怕了吧？有本事你再打我啊，打啊！你要是嫌你以前被管制得还不够就打啊！你敢打，我就告到你坐牢！”

“啪！”盛骏威刚说完，突然觉得右脸一阵火辣辣的疼，一个耳光扇在了他脸上。

那耳光似乎还带着一种淡淡的香味。

那是郁桐的手刚刚分过玫瑰花膏的香味，玫瑰娇柔，却满身带刺。

“他不能打你，我来替他打！”

在场的人都吃了一惊，盛骏威也愣住了：“郁桐，你敢打我？”

郁桐说：“我怎么不敢？”

盛骏威说：“你敢再打我一次试试！”

“啪！”第二个耳光真的过去了。

“我还是第一次听到有人提这种要求。”

盛骏威揉着脸，恶狠狠地瞪着郁桐，那目光就像恨不得把郁桐生吞活剥了似的。刘靖初见状，往前走了一步，把郁桐挡在身后，郁桐顿时心头一暖。说不害怕是假的，郁桐虽然也有脾气倔的时候，可是，公然向一个人反抗到这样的程度，她还是第一次。其实她紧张得手心都出汗了，表面上的强大气场也是硬撑的。她也瞪着盛骏威，说：“盛骏威,你给我好好听着,今天最好是你最后一次踏进我们十八楼的门槛，这里不欢迎你，你要是再敢来，我保证你会遭殃！”

刘靖初闻言，微微回过头瞥了郁桐一眼。他似乎觉得，郁桐敢说这句“保证你会遭殃”是有原因的，她好像在暗示什么，比如暗示她有门道可以制得住盛骏威。但是，他问郁桐为什么那么说时，郁桐却说她只是吓唬盛骏威。这天，盛骏威大摇大摆地离开以后，郁桐便悄悄地走到后院的角落里打了一个电话：“喂？你今晚有时间吗？我想见你。”

在郁桐的记忆里，这是她第一次主动对唐柏楼说“我想见你”。向来避之不及的一个人，她竟然主动要求单独与之面谈。她开始觉得自己有点勇敢了，就比如她挨了那一凳子，再痛她也没吭一声。

唐柏楼说，他晚上要回唐家别墅陪父亲吃饭，让郁桐直接去别墅见他。

夜里七点多，唐家的人刚吃过晚饭。郁桐进去的时候，唐舜正在客厅里看电视。他双目无神，脸色苍白，看起来病得不轻。

郁桐之前就听林晚说过，这大半年来唐舜身体一直不怎么好，经常头痛，有一天半夜还痛到半身发麻，恶心呕吐，不得已去医院看了急诊。

出于礼貌，郁桐恭敬地向他打了个招呼："唐叔叔。"

唐舜的脸上几乎没什么表情，他说："嗯，来了啊，你妈在厨房里。"

郁桐看唐舜伸手去拿茶几上的电视遥控器，刚碰到，突然手抖了抖，遥控器就掉在了地上。她急忙帮他捡起来，问："唐叔叔，您没事吧？"

唐舜不悦地看了郁桐一眼，说："我没事，去找你妈妈吧。"

郁桐点头："嗯。"

郁桐路过旋转楼梯的时候，唐家的二儿子唐树恒正好跟他的未婚妻夏冬瑾从楼上下来。

若论外在，唐家的两个儿子都仪表堂堂，这大概是遗传了他们的父亲唐舜的优良基因。唐柏楼剑眉星目，轮廓是刀削斧砍般的深刻，英俊之中略显得有点咄咄逼人，可以说有武将之风；而唐树恒则清瘦一些，眉眼稍细，更显温和秀气，更像是个文官。

由于林晚几次提到，唐家父子三个里面，唐树恒是最好相处的一个，她说他彬彬有礼，从不刁难她，也没有看不起她，所以郁桐对他的印象还不坏。而且唐树恒每次见了郁桐也都是笑脸相迎，郁桐觉得他跟唐舜和唐柏楼都不同。但再不同，他也是姓唐的，他的哥哥和父亲都是郁桐厌恶的人，郁桐对他再宽容，也顶多只能做到跟他面对面的时候收敛着眉宇间的冷傲，淡淡地向他点个头。

唐树恒说："郁桐，来找阿姨呢？"郁桐又点了点头。

林晚跟迅嫂都在厨房里，迅嫂正在洗碗，林晚在切水果。

郁桐跟林晚聊了几句，问：“唐柏楼呢？”

林晚说：“可能在后花园里吧。你找他做什么？”

郁桐说：“我们工作室最近有个项目想找人赞助，师父知道我跟唐家的关系，就想让我来打这张人情牌。”

“找他？”

“嗯。”郁桐这谎说得面不改色。

唐柏楼正跷着二郎腿坐在花园的躺椅上，一边戴着耳机听歌哼唱，一边时不时端起身旁的半杯红酒来喝。看见郁桐，他举了举杯，说：“来了啊……要吗？要的话，去喊迅嫂再倒一杯。”

郁桐确定四周无人，便开门见山地问：“你认识盛骏威吧？”

唐柏楼摸了摸鼻梁，假装思考地说：“盛骏威？谁啊？我不认识啊！”

郁桐说：“是一个在学校里总是缠着我的小流氓，最近还老找我朋友的麻烦。”

唐柏楼问：“哦，然后呢？”

郁桐说：“我希望你出面帮我解决这个麻烦。”

唐柏楼喝了一口酒，说：“我不认识他，怎么替你解决这个麻烦？”郁桐没吭声，他扫了她一眼，又说，“就算我有能力，可我为什么要出这个面？你那位朋友，是我也认识的吧？”

唐柏楼其实什么都知道，前天他在酒吧遇到了盛骏威，情况是从盛骏威嘴里听来的。去年，也是在同一间酒吧里，盛骏威得罪过他，受到了教训，后来盛骏威每次只要看到他都是毕恭毕敬的，而且极力想讨好他。前天他离开酒吧的时候，盛骏威给他开车门，看到他的鞋尖脏了，还用自己的衣袖给他擦鞋，一副奴才相，逗得他哈哈大笑，那一幕正好被路过的郁桐看见了。

郁桐不答反问：“你这么说，就说明我没找错人吧，你可以帮我们。”

唐柏楼笑了：“为了一个刘靖初，平时看见我躲都来不及的人竟然主动来求我，唉，我这半个妹妹动的是哪门子心思呢？”

郁桐轻轻地说：“我就等你一句话。”

唐柏楼说：“对付盛骏威这种人，他狠，你就要比他更狠，你家老板不会拿他没办法的，不用你操心。”

可是，假如刘靖初的办法是以暴制暴，就像今天下午那样，郁桐宁可来求唐柏楼，也不想看刘靖初再做出什么过激的行为。伤害到盛骏威那种人她不觉得可惜，她只会可惜刘靖初因此赔上他自己。

刘靖初伤害到他自己，这才是郁桐会痛心的事。

郁桐再一次放低了姿态：“你答应我吧！”

唐柏楼把杯子里的红酒一口喝光，说：“我没告诉过你吧，我跟你老板之间的积怨深着呢，他当年都差点想捅我一刀了，他跟他的朋友几次和我作对，给我惹的麻烦可不少。你觉得我会帮你？帮他？”

郁桐深吸了一口气，有一些早就准备好的话，她不得不说了：“你们的旧怨我是不管的，但我知道你可能会拒绝我，所以我还给你带了一份礼物。”

那场谈判的气氛就从那份礼物的出现开始急转直下，唐柏楼最后答应了郁桐的要求。

在唐柏楼面前的郁桐就和下午在盛骏威面前的郁桐一样，什么从容冷静都是硬撑的。她心里的紧张和恐惧比下午还多出许多倍，她真怕自己撑不了多久就会腿软，因为她竟然把她拍到的那张照片用来当了这次谈判的筹码。她说，如果唐柏楼不答应她的要求，她就会将照片公之于众。

唐柏楼一看见照片，表情就僵了，接着就是愤怒：“郁桐，你知道自己这一步棋走得有多荒唐吗？”

郁桐说：“我不介意。”

唐柏楼说：“你之前不是沉默得挺好的吗？你不应该让我知道你

有这张照片的，现在就算十八楼没有麻烦了，你也会有麻烦。”

郁桐当然知道，她亮出照片，就如同一个手无缚鸡之力的人明知道前方道路上贼匪横行却还穿金戴银地招摇而去。但是，为了刘靖初，她还是那句话：“我不介意。”

唐柏楼也不知道是真心还是假意，竟然一脸惋惜地叹起了气来：“唉，郁桐，我真的小看你了。不过当哥哥的奉劝你一句，这种你来我往不适合你。这一次我答应了你，你可别以为有甜头可尝，就还有下一次。有道是玩火自焚，可能你手里拿着的不是护身符，而是催命符呢！”

郁桐定了定神，说：“我知道了，谢谢你的提醒。”

这时，突然起风了，风吹着花园里的大树沙沙作响，树叶被吹落了不少，有几片打着旋儿飘进了二楼的阳台。

阳台的门是关着的，门缝里却藏了一道影子。风一来，影子就不见了，就像是被风吹散了一样。

山雨欲来风满楼。

“山雨欲来风满楼啊……”阿伊也这么说，她懒洋洋地趴在收银台前面，手里还拿了一个鸡毛掸子，无聊地左挥挥、右扫扫，说，“今天开门到现在，已经四个小时零九分钟了，一个客人都没有。唉，咱们这个月要喝西北风咯，也不知道是走了哪门子的霉运，摊上这么个瘟神。”

小卓推她说：“瘟神，没事就把地扫了，昨天的地都没扫呢。”

阿伊说：“没客人就没垃圾，灰尘都没有一粒，扫什么？”她又瞪了郁桐一眼，“真是见鬼了。”

郁桐淡淡地说了一句：“他不会再来了，生意很快就会好起来的。”

阿伊嘀嘀咕咕地说：“你知道啊？你说不来就不来了啊？还是你把他收买了？我看着不像吧！他也就前两天没来，那是因为你也没来上班。我看今天你来了，他估计也就来了。唉，倒霉啊，现在可能只是暴风雨前的宁静，说不定啊……”她指着自己撞伤的额头，“还有比这更惨的！”

她刚说完，小卓就指着门外喊：“哦，盛骏威！”

这天的盛骏威骑着摩托车经过，只是朝十八楼扫了一眼，真的没进来了。十八楼的人除了郁桐以外都对这稀里糊涂到来的宁静感到庆幸不已，事情在刘靖初和小卓那里也就算翻篇了，只有阿伊还撑着，因为她觉得盛骏威这个麻烦是郁桐惹回来的，所以时不时就要给郁桐摆脸色。她还会把自己分内的活推给郁桐干，或者故意刁难郁桐，让郁桐给她当跑腿的。

还有周五那天，大家都在店里忙活，阿伊收拾餐桌的时候，端着两碗客人吃剩的蜂蜜红豆糊，转身就看见郁桐也站在过道里。阿伊狡猾地一笑，故意撞过去，两个碗里剩下的东西被撞翻了，全都糊在了郁桐的衣领和头发上面。

“哎哟，郁桐，你怎么不看路呢？这下好了吧，成小糖人了。对不住啊，也是我不小心。”

郁桐急忙抽着纸巾擦拭：“呃，没关系，我去后院洗一下。”

阿伊坏笑道：“嗯，慢慢洗啊，别着急。”

小卓在旁边看得清清楚楚，过来说：“你能不能不要这么幼稚，一把年纪了还搞这种恶作剧？”

阿伊眯着眼睛说：“我既没骂她也没打她，就是整她一下，抚慰一下我受伤的脑袋和心理。怎么了，你还成正气小天使了？”

郁桐也知道阿伊是故意的，这几天的小恶作剧她都心知肚明。但她也知道阿伊就是小孩子脾气，只要气消了，就还是那个可以把雨伞让给她，可以帮她顶着烈日排队买电影票的热心肠姑娘了。她不跟阿伊计较，只是这衣领上的粥糊还能勉强擦掉一些，但黏在头发上的一时间就很难洗干净了。

郁桐整个下午都顶着半头蜂蜜红豆糊在做事，后来本来打算趁晚饭时间回宿舍洗头，回去之后才知道宿舍停水了。她只好买了两包洗发水，再回十八楼，等到关门下班了，才在后院的水槽旁边蹲着洗头。

意外跟刘靖初几乎是同时出现的。

“你还没走呢？”

“啊？”郁桐眼看着水流变成水线，最后成了水滴，“啪嗒啪嗒”滴了十秒钟就一滴水都不出了，抬起头来，望着抄着手站在后院门边的刘靖初，“停水了？”

刘靖初说：“我问你怎么在这儿洗头。”

郁桐说：“宿舍停水了。”

刘靖初说：“听说是附近的水管爆了，还在抢修，看样子我们也被波及了。”

郁桐刚涂了洗发水，满头都是泡沫，眼珠子一瞪，苦着脸问：“那你有听说什么时候修好吗？”

四十分钟后，车开到砂曼街，天上已经下起雨来了，雨势还不小。刘靖初车里没有备用伞，只好说：“下车跑几步吧，我家那边倒不是修水管，是在翻修路面，这几天车都开不过去，咱们得自己走一段。”

郁桐看了看四周，脱口而出：“你住这里？”

坦白说，附近的旧屋老街看起来实在不怎么好，跟她想象中的老板的居所严重不符。刘靖初看出了郁桐的疑惑，笑着说：“其实我是骗你的，我平时不住这里，这里只是我通常干坏事，比如说杀人藏尸的地方。”

郁桐看了他一眼，说：“杀我之前至少先让我洗了这一头的泡沫吧，别让我死得太难看就行。”

她跟着他，踩着凹凸不平的路面，一只手提着包，一只手还得捂着包头的毛巾。这条路有点黑，没有别的行人，周围的居民似乎睡得挺早，一眼望去，很多窗户里都是漆黑的了。

刘靖初伸了一只手到郁桐面前，她还以为他的意思是要她扶着他走，心里忽然有点小鹿乱撞。她刚把手伸过去，差点就抓到他了，他忽然说：“把包给我吧。”

“呃。”好险啊，她暗暗地皱了一下眉。

他问：“怎么了？”

她说：“呃，没什么。你为什么住在这里？”

他反问：“这里怎么了？你对旧楼有偏见？”

郁桐又问：“你一出生就住在这儿吗？”

刘靖初说：“前年才搬来的。”

郁桐吃了一惊：“前年？”前年楼市最不景气，满城都是便宜的新房，为什么他偏偏买了这种三十年前修的老房子？

刘靖初说：“这房子以前本来是我朋友的，她转手了，后来那个买家又把房子挂出来卖，我索性就买下来了。”

郁桐忽然站着不走了。刘靖初渐渐意识到身后没有人跟着，回头一看，发现郁桐包头的毛巾已经掉在了地上的泥坑里，也不知道是因为雨水还是头发里本身的水，她头上的泡沫开始流动，流了一脸一肩，眼睛也被糊住睁不开了。

她像被人点了穴似的傻站在那里。

刘靖初觉得好笑，说：“怎么，又不吭声，不求人啊？”

郁桐说：“不求人在我家里放着呢，我没带出来。”

他笑得更开怀了，说：“还有点幽默感了。”

郁桐闭着眼睛伸手乱抓：“你在哪儿啊？在哪……”她忽然觉得眼睛上一暖，有东西绵软而温柔地轻轻擦过去，她微微能睁开眼睛了。

她一睁开眼睛，对方的脸就近在咫尺。

郁桐的心“扑通扑通”跳了起来。

刘靖初低着头，小心地用衣袖给郁桐擦眼睛，又把她额头上的水和泡沫也轻轻擦掉。

郁桐目不转睛地看着他，他的眼睛里有星光，他的嘴角带着弧度，就连发梢都透着温柔。

郁桐心里满满的欢喜都快溢出来了，她突然开口说："老板，我好喜欢你。"

刘靖初手里的动作突然停了，仿佛整个世界一切会动的东西都在那个瞬间停下来了："你说什么？"

但很快刘靖初就发现郁桐的视线是微微朝上的，她没有看他，目光越过了他，停在他身后的围墙上方。那里放了一排陶罐，大大小小，五颜六色，被旁边一盏路灯的光包围着，看起来精致而有情调。

郁桐顿了一下才把她要说的话说完："老板，我好喜欢你背后那排陶罐啊！"

刘靖初顿时松了一口气，有点哭笑不得地说："这家的主人是陶艺家，他的院子可以供人参观，看见喜欢的陶品还能买走，你有兴趣改天可以来看看。"

"哦。"

「第六章」

这个世界上喜欢我的人本来就很少了

SHI GUANG
ZOU LE

NI

HAI ZAI

郁桐跟着刘靖初回了家，终于洗掉了满头的泡沫，他还借了他宽大的衬衣给她换。衬衣太薄，他怕她着凉，又拿了一张薄毯出来，直接扔过去，把她从头罩到了脚，她看上去像个站着的幽灵。

“披着吧，别带着感冒上班，吓跑我的客人。”

郁桐那晚不安分的心跳一直没有缓下来过，她披着毯子在刘靖初家里走来走去，就是睡不着。

半夜他口渴起来倒水喝，发现客房的门还开着，因为正对着阳台，他能看见她赤脚站在阳台上，毯子扔在旁边的藤椅上。她只穿了那件衬衣，风把衬衣鼓起来，大得好像能塞两个她，她像个瘦瘦薄薄的纸片人，怕是风再大一点就能把她吹跑了。也是奇怪，她就那么站着不动，画面也有一种难以名状的美感，比黑夜更容易令人心软。

他敲门问：“郁桐，这都几点了，你还不睡？”

郁桐笑着转过身来：“老板，我睡不着，我们聊天吧？”

有那么一个瞬间，刘靖初犹豫过，是不是事情过去了就不提了，但他最后还是没忍得住说：“其实，昨天白天我见过唐柏楼。”

郁桐一听，手指轻而急地点敲着阳台的栏杆，问：“呃，他是不是跟你说什么了？”

是的，得知是唐柏楼出面压住了盛骏威，刘靖初的心里是翻江倒海的。

唐柏楼把事情说出来，无非是因为自己在郁桐面前憋了气，想找个出气筒，又正好碰见刘靖初，所以故意奚落他，说他自己处理不了的事情还得一个小丫头替他操心。他也确实觉得颜面无光，当时脑海里面的自己好像飞到了郁桐面前，把她狠狠骂了一顿，诸如“你觉得我很没用吗”、“谁准你自作主张的”之类，但是，再想想，她的苦心和善意，岂能用来被指责？

他叹气说：“换作是以前的我，骂你一顿不说，还会直接把你炒了。”

郁桐问："以前的你究竟是什么样子的？"

刘靖初看了她一眼，黑暗中，她的眼神晦暗不明，带着一种跟她言语间的天真不相符的深沉："现在是我问你，我同意你转话题了吗？"

"哦。"她有时候嘟着嘴"哦"一声总是能给人一种乖巧又傻气的感觉。

刘靖初问："为什么一直不告诉我你跟唐家人的关系？"

这也在郁桐的意料之中："他都说了？"

"说了。"

"那你会讨厌我吗？"

"都说现在是我问你。"

"哦。其实也不是什么隐瞒不隐瞒的，只是觉得没有说的必要吧。我妈妈跟唐家的关系比较深，我呢，浅得很……"

"唐柏楼说，你很讨厌他？"

"呵呵，唐柏楼这个人偶尔还是会展露一下他的优点的，至少他说了实话。"

"我都不用问你为什么讨厌他了，他那个人，没什么值得喜欢的。"

"不是简单的讨厌他的性格或者人品，我是怕他。"郁桐认真地看着刘靖初，"你知道我为什么一直在不停地打工吗？"

刘靖初问："为什么？"

郁桐说："因为我始终觉得，唐家不是我妈妈能待一辈子的地方。总有一天，她会失去现在的一切。我们不能依靠唐家，只能靠自己。我怕那一天随时会到来，所以时刻都做着迎接的准备。"

刘靖初的眉头忽然皱了一下，他是在哪里听过类似的说辞呢，为什么觉得有点耳熟？但他又想不起来了。

郁桐又问："那我现在能问你了吗？知道了我跟唐柏楼的关系，你是不是讨厌我了？"

刘靖初坦白地说："有那么一个瞬间吧。"

郁桐忽然不说话了。

刘靖初又问她："唐柏楼有没有告诉你我和他之间发生过的那些事情？"

郁桐说："他只说你以前恨他恨到差点拿刀子捅他，别的就没有说了。"

刘靖初说："是啊，要不是有人阻止了我，我可能就真的去找他拼个你死我活了……也不知道会怎么样……不过，应该就不能坐在这儿和你聊天了。"

郁桐好奇地问："你为什么那么恨唐柏楼？"

刘靖初若有所思，抿着嘴沉默了一会儿才说："算了，反正都是很久以前的事情了，过去就不提了，你知道我跟唐柏楼不和就行了。"

郁桐眼睑轻轻一垂，低声说："还是你不想跟我聊了呢？"

刘靖初看了看她，笑了，说："我都说了，就是一个瞬间，我真要是讨厌你，今天就不管你了。"

郁桐一脸认真地说："但愿你说的是真的吧，我真的希望你不要讨厌我。"

刘靖初问："为什么这么说？"

郁桐说："因为这个世界上喜欢我的人本来就很少了，如果再多一个讨厌我的人，我会觉得自己更可怜。"

刘靖初突然有点不知道做何表情，就愣愣地看着郁桐。

这是第二次吧？这个女孩子声音柔柔的，表情也淡淡的，只是说一句好似平实的话，却让人感觉那么不平实，还会在他心里敲击一下，令他好一阵唏嘘。上一次，她说习惯了，他就一直没忘掉。

阳台上没有茶几，只有两张藤椅并排挨在一起。后来自己是什么时候睡着的，郁桐也不知道。她只记得她睡着之前还在跟刘靖初说，她外公外婆还在世时，家里就有这样的老藤椅，两个人有时也不怎么说话，就一人一椅地坐着，阳台外是夕阳，阳台里的人白发苍苍，画面安静而美好。

有一次,坐着坐着,两个人越发紧靠在一起,妈妈说,他们是睡着了。

但后来，外公醒了，外婆却没有醒，身体已经冰凉了，压在外公的肩膀上，他竟也不觉得重。他说：“天冷了，给我老婆子拿件大衣来披着啊！”又说，“老婆子，别怕，走慢点，我很快就赶上来了。”

执子之手，与子偕老，她觉得他们是幸福的。

刘靖初也还记得郁桐刚说到这里，他忽然感觉到自己的肩膀上滴了一滴凉凉的水滴。她才是真的睡着了，头已经不自觉地倒向他，他把肩膀朝她那边倾了一点，正好接着她。他没有喊醒她，还把自己的睡袍脱下来盖在她身上。再后来，他也睡着了。清晨，阳台正对着的远处高楼的缝隙里恰好能透过一片阳光，所以他能看见朝阳的一角，那天的晨光似乎特别美。

他恍然有一种不知道身在何处的感觉，因为这是他第一次发现在自己家里的阳台上原来也能看见不错的风景。

靠在肩膀上的人也动了动，迷迷糊糊地揉了揉眼睛。

他微微一低头，就看见她的脸红成了朝霞的颜色。

阿伊大概用了半分钟来消化老板告诉她的消息：在赶走盛骏威这件事上，是郁桐在背后默默地出了力。她嘴巴一撇一撇的，说：“是她又怎么样？那最初还不是因为她，盛骏威才会找上我们的！她这是自己惹了麻烦自己收拾，完全是应该的，怎么还变成她好像立功了，我们还得感激她似的？”

刘靖初轻轻地舀着一勺玫瑰酱在餐盘上绘图案，漫不经心地说：“你记着就行了。”

阿伊吐舌头说：“老板，画风不对啊！”

刘靖初问：“我会画错吗？”

阿伊说："我不是说你的玫瑰酱，我是说，你对郁桐的画风不对啊！"

刘靖初眼皮一抬，问："哪里不对了？"

阿伊想了想："嘿嘿，其实我也说不出来，那就当我瞎说吧，你别理我，别理我……哎，我说小卓……"

小卓正好进来说："都准备好了，老板。"

刘靖初擦了擦手："嗯，那就走吧。阿伊，你锁门。"

阿伊锁了门走到停车场，才看见车子旁边除了刘靖初和小卓，还有郁桐。他们是要去安澜院做义工的。一路上阿伊都没有跟郁桐说过话，郁桐很尴尬，还想借送水跟阿伊搭两句话，但阿伊也没理她。等他们抵达安澜院，一下车小卓就跺脚："哎哟，居然有蚊子咬我。"阿伊便从背包里掏了一瓶花露水出来，挨个喷过去，喷到郁桐面前，问："你自己来还是我帮你喷？"

郁桐尴尬地说："我自己来吧。"

郁桐刚伸手去接，阿伊却猛地按了一下喷嘴，花露水"噗"地一下喷在郁桐的手臂上，吓了她一跳。

阿伊哈哈地笑了："好了啦，不装了！我阿伊这个人啊，跟谁能有隔夜仇呢？今天你踩我一脚，我就踩回去，明天我脚不痛了，咱们又可以一起愉快玩耍了，我可是大肚能容天下事呢！"

郁桐也笑了。

小卓边走边插嘴说："哟嗬，明明是她自己整别人吧，反过来还说得好像她挺宽宏大量似的，脸皮也是够厚的啊！不过我倒是习惯咯，郁桐你也习惯一下就好。你看她的肚也确实挺大的，进地铁别人都想给她让座了。"

阿伊赶紧往小卓的小腿上踹了一脚，说："呸！哪有？"

小卓说："就那次……那次，老板跟我一起的，我们都看见了。

郁桐，不信你问老板去。”

老板已经快走几步进了安澜院大门，回头说：“问问问，问什么问啊？你们三个腿短是不是？走快点，别人都到了……”他只顾着回头说话，没注意前面路边有一条石凳，他一脚过去，膝盖跟石凳一撞，痛得眼睛一闭，嘴都歪了。他却又想保住仪态，便拼命忍着，背还挺得老直。

后面三个人立刻一人一句地说：“哎哟，腿长了不起，腿长还得撞！”“撞了还得疼！”“疼了还得装！”

三个人互相击了一下掌，哈哈大笑。

郁桐很久都没有笑得这么开心了，记忆之中，上一次大笑还是很多年前。那是她生日的时候，林晚想带她去吃高级酒店的自助餐，她觉得贵，怎么都不肯去，后来就把林晚带到了当时学校旁边的一个自助烧烤店。她说，她最多吃这个就满足了。母女俩烤了大盘大盘的白菜和茄子，还喝了点小酒，吃完回家一路走一路还唱着歌，林晚唱跑调了，她就哈哈地笑。

那时候，林晚摸着她的头说：“女儿啊，只要有你，妈妈再辛苦都觉得快乐，知足了。”

但后来的林晚也是摸着她的头，说：“女儿啊，妈妈想给你争取更好的生活，咱们不能一直都这样啊！”

两句都是真心的，她明白。

这天，除了十八楼的四个人，义工组织心鱼社还来了九个人，任务是协助安澜院员工做半年一次的大清扫。

负责打扫花园的、宿舍的、办公室的等等，分派下来以后，郁桐和刘靖初负责跟主任一起打扫整理室和档案馆。郁桐和刘靖初一人站一个梯子，把格子架最上层的一些储物盒取下来。主任在底下接着，一边接一边解释说：“这里面有些东西的主人已经不在安澜院了，有自己偷跑出去下落不明的，也有被亲人接走的，最多的是去世的。通常遇上这类情况，人虽然不在了，但东西我们都会再保管几年，因为有可能还是会有家属来找，我们就尽量还给家属。”

主任又说：“一会儿你们挨个看看标注日期，如果超过了三年，就归到一起，我再统一拿去扔掉。”

郁桐很专心，有一个盒子比较靠里，她伸手够不到，脚不自觉就踮了起来。

刘靖初见状急忙喊道：“喂，你是站在梯子上，不是平地，你踮脚容易摔的，有没有常识啊？”

郁桐努嘴说：“我站得稳。”刚说完身体就摇了摇，她急忙扶着架子，紧张得直喘气。

刘靖初笑了：“站得稳吧？”

郁桐做了个鬼脸，故意再踮了一下脚，够到了那个盒子。那是她面前的格子架上最后一个盒子了，她抱着盒子得意扬扬地下来，说：“老板，专心干活吧，我这个当员工的都比你利索。”

他立刻回嘴：“是啊，要不怎么你是卖苦力的员工，而我是坐镇指挥的老板呢。”

郁桐翻了个白眼，把盒子放到桌上，一看侧面贴着的日期标签，是去年八月，嘀咕道：“嗯，这个是要留的。”刚说完，她忽然愣了一下，重新看着盒子上的标签，标签上除了日期，还有人名。

这个盒子里的物件的主人名叫郑希！郁桐鬼使神差地慢慢地打开了盒子。

盒子是最小号的，里面的东西不多，有一块手表、一个只装了少量现金的钱包、一块手帕，还有一个打火机和一个微型相机。

这时，刘靖初也从梯子上下来了，伸着脖子过来看了一眼，说：“真有人用这部相机？”

郁桐忙问："用这部相机很奇怪吗？"

刘靖初说："这款相机是前年瑞士一家顶尖的电子企业推出的，号称极致款，不仅能照相摄像，高清的画质远非大众相机能比，还有复杂的编程，兼具针孔、窃听、克隆还有什么极速追踪之类的功能。这根本就已经不是一台普通的相机了,而且售价也在十万人民币以上。对一般人来讲，用这种过高配置的相机就等于杀鸡用牛刀，所以很少有人买，听说当时全球买家都不超过五十人。还有人断言说，如果把这些买家都搜集起来，估计就能抓获一大批间谍。"

"是吗？"郁桐暗暗想，一般人不用这种相机，但如果相机的主人是私家侦探，那就不奇怪了吧？她把相机拿在手里翻来覆去、看了又看，跟着又注意到盒子里的手帕下面还压着一张白纸。她把手帕移开来看，原来那是一张名片，跟她在唐家花园的喷水池旁边捡到的那张一模一样。

这个郑希果然就是那个郑希，就是那个私家侦探郑希，就是当初从火海里救了郁桐的那个人！

郁桐曾经试过拨打名片上的电话号码，但无论是移动电话还是座机，都是欠费停机。她甚至按照名片上的地址去找过郑希的侦探社，那是在一栋商住两用楼里面，她找是找到了，但屋子是空的。听大楼的管理员说，那间屋在好几年前的确是被两个人租用做侦探社的，但侦探社早就倒闭了，那个地方后来换了好几任租客，早就和郑希没关系了。郁桐原以为自己找不到郑希了，却没想到此刻竟然又有一张同样的名片如命运的旋涡一般再次转到了她的手里。

郁桐急忙又再看了看盒子里其他的东西，除了相机和名片以外，最吸引她的就是那个金色的打火机了。长方形的有圆角的打火机，形状上并没有任何特别，倒是正面的浮雕图颇有点狰狞，郁桐不禁多看了两眼。她以前就看见过那幅图，那是国外一位名家的作品，图中的该隐披着兽皮，高举利器，正准备砍向他的弟弟亚伯。亚伯躺在地上，胸膛已经被剖开，满地的鲜血和内脏。亚伯早已经死了，但该隐愤怒未消，还想不断地折磨亚伯的尸体。该隐杀亲，这是《圣经》中的一个故事。

虽然被浓缩在这个小小的打火机上的名画已经失去了色彩和细节的冲击，但郁桐还是能想起她那次无意间看到这幅画的时候受到的视觉冲击和不适，是以她握着打火机的手不禁微微抖了抖。她察觉到打火机的背面也有细微的不平，翻过来一看，背面刻了两个英文字母——

M 和……

第二个字母是什么郁桐还没看清楚，主任突然出声了："哎，郁桐，别看里面的东西，分辨标签就行了。每一个盒子装的都是别人的隐私呢，不能看，知道吗？"

"哦。"郁桐有点不舍地把盒子盖好，又问，"主任，这个郑希人在哪儿？我能去看看他吗？"

主任想了想，说："郑希啊？他年前就去世了。"

郑希是在去年八月被送入安澜院的。他遭遇了车祸，大脑也受到了严重的损伤，抢救之后，视力模糊，意识不清，整个人都痴痴呆呆的，也不怎么说话。听撞了郑希的那个司机说，那次其实是郑希横冲马路，责任在他自己身上，但司机还是愿意担负起抢救他的费用，后来因为没办法联系到他的亲人朋友，就把他转到了安澜院。新旧年交替的时候，郑希突发手术后遗症，没几天便走了。

盒子里那块手表就是在郑希出车祸的时候摔坏的，指针一直停在了发生车祸的时刻。

日期也是有的，主任说，是八月十号。

八月十号的晚上八点十分。

这个信息在郁桐的心里忽然又是一顿猛敲，她要是没记错的话，郑希出事的时间跟他救她的时间只相差了一刻钟。也就是说，郑希在离开唐家别墅之后就被车撞了，而被撞的地点就在别墅附近。

郁桐很是惋惜地把郑希的物品理了理，郑重地交还给主任。这时，她妈妈林晚给她打了电话过来。林晚说，唐舜突发脑中风，在家中的浴缸旁边昏倒被撞伤，现在已经被送往妙心医院急救了。

郁桐急忙从安澜院赶去妙心医院，她到医院的时候，唐舜刚被安置到私家病房，已经暂时脱离了生命危险，但是，半身不遂的状况十分严重，行动和语言能力都受到了影响，别说下床走动了，现在就连意识也不清醒，说话也不能。

医生说，唐舜如果早对自己已经亮起红灯的健康状况加以重视，或许还不至于是现在这样的结果，现在他想要完全康复的话，概率是很小的了，他们只能尽力医治他，但前景并不乐观。

病房里，林晚无精打采地坐在沙发上，两眼直勾勾地盯着病床上已经昏睡的唐舜。

唐柏楼也在，他站在窗边，反复地拨弄着手里的打火机，火焰明明灭灭，他的表情看不出悲喜，但是，每当火光亮起时，他的脸被映红，眉宇间就会显露些许阴柔，给人深不可测的感觉。

唐树恒因为正在外地出差不能赶回来，来的只是他的未婚妻夏冬瑾。

又过了一会儿，还有三位唐为影视公司的董事也来了，其中有两位是跟唐舜一起“打江山”的“老臣子”，也是唐舜多年的至交，还有一位是唐舜的表叔。这位表叔在唐舜最落魄的时候借了一笔钱给他，让他赚到了他人生里的第一桶金。后来，唐舜就用这第一桶金租了一个街边铺面，买了一张办公桌、两台电脑和一部打印机，开始接一些打印复印或者名片设计之类的生意。当时，那家店就叫“唐为”。后来，在做生意的过程中，唐舜认识了住在附近的一位电影导演，导演经常到他店里打印合同、剧本之类的东西，两个人从买卖关系变成了朋友关系,他就跟着这位朋友接触到了很多年前还并不发达的娱乐圈。再后来，唐舜不想再做街边小生意了，而想和导演一起投资拍戏，但需要更多的资金，这时，表叔再次借了一笔钱给他。

所以，后来当唐舜的公司越做越大，渐渐成了圈内数一数二的大公司时，他也一直都记着表叔当年对他的支持和信任。他这个人虽然不见得有多大方，对这位表叔却是尽心尽力地在报答。

后来公司向内部招募股东，唐舜便给了表叔一个便利。他说即便表叔不替“唐为”做事，只要表叔愿意入股，公司的董事会就有表叔的一席之地。表叔原本也是企业家，六十岁便退出了商场，打算过点轻松的日子，但轻松了几年，又觉得光阴虚度。既然唐舜开了这个口，表叔便不仅入了股，还利用他以前的人脉替“唐为”开路，参与了“唐为”的一些项目。到现在，表叔手握的股份数量仅次于唐家父子，在董事会已经是位高权重的一个人了。

表叔已经七十多岁了，但精神状态看起来仿佛不过六十出头。他一进病房就看到了站在窗边的唐柏楼，却把目光移到林晚身上，声如洪钟地问：“小林，阿舜现在是什么情况？医生怎么说的？”

林晚暗暗瞟了唐柏楼一眼，恭敬地站起来，把刚才医生说的那番话向三人重述一遍。

林晚说着说着,门外的一点响动打断了她。屋内众人都往门外一看，发现来了一个娱乐报的记者，唐舜中风的消息第二天便成了那家报纸的头条。

作为国内势头正强的娱乐大公司之一，“唐为”近年来签了不少的当红艺人，也出了好几部热播大剧。大老板入院，艺人们纷纷前来探望，他们一来，医院就热闹了。举着相机守候在大大小小的通道处的记者没有一百也有八十，稍有心切的，直接趴在唐舜的病房门口偷听偷拍也做得出来。

林晚要照顾唐舜，还得应付前来探病的艺人和苍蝇般的记者，已经连着几天都没有好好休息过了。

郁桐担心妈妈，于是常在医院和别墅两头陪着她。有一天，她们吃过晚饭回病房，刚出电梯就看见走廊里乱糟糟的。唐柏楼正把一名记者推到墙上，周围还有七八个记者，他们纷纷围过来调解。

唐柏楼眼睛一瞪，恶狠狠地说："我让你们给我安静一点，听不懂吗？要拿新闻我不管你们，你们爱怎么样就怎么样，但是别影响到这儿的其他人！"

被推的记者嬉皮笑脸地说："唐少，您就给个准话吧，听说今晚孙碧霖要来探望老爷子，这消息可靠吗？您也知道，孙碧霖之前因为解约的事跟'唐为'闹得那么僵，她要是真来，是不是说明事情还有转圜的余地？毕竟她现在是国内风头正盛的年轻小花，要挖一点她的新闻也不容易是吧？"

旁边有个女记者看这访问的架势既然拉开了，索性跟着问："唐少啊，唐总的病到底怎么样？脑中风的事，您也知道可大可小，医生是怎么说的呢？还有啊……'唐为'现在谁主事呢？"

"听说那个孙碧霖跳过公司私下跟商家谈代言，老爷子亲自下令说要雪藏她，这是真的吗？"

"'唐为'说到底是你们唐家的产业，是唐总一手掌控的，他会指定继承人吗？是不是也像古代那样传给长子呢？"

"还有还有，你们的对手柏图影视最近动静不小，下届电影节，他们……"

记者们七嘴八舌地又问起来了，刚才也是这样，就因为闹哄哄的，闹得整层楼都跟炸了锅似的，唐柏楼才会发火。林晚和郁桐站在护士台旁边，借贩售机挡着，等唐柏楼把记者们都赶走了以后才过去。

郁桐见唐柏楼走到隔壁病房的门口，把微微开着一条缝的房门拉过来，尽量不发出一点声音地关上。正好护士过来了，准备开门进去，唐柏楼伸手一拦，问：“喂，你进去做什么？”

护士茫然地说：“就是例行的打扫啊，今天的房间消毒我还没做呢。”

唐柏楼说：“现在不用，你等里面探病的人走了再来。”

护士明显不满，酸溜溜地说：“我说唐少，听说这里面住的不是您父亲吧？您怎么还管到隔壁病房来了？”

唐柏楼掏出名片，往护士怀里一扔：“这里，报我的名字，七折。”

护士抱着那张名片，一边嘀咕着“谁稀罕啊”，一边高高兴兴地走了。护士一走，唐柏楼的目光就又回到了那道门上。他盯着门，眉头渐渐皱了起来。过了一会儿，他看起来有点无奈地离开了。

他的背影在刚经过一番热闹之后安静下来的医院走廊里显得过于落寞，他看起来好像都不如平时自信了。

郁桐从来没有见过这样的唐柏楼，就忍不住好奇地多看了他几眼。

唐舜隔壁的病房里住的是一个跟郁桐的老板差不多年纪的年轻男人，有时候那间病房里有人进进出出、开门关门，郁桐看见过他。每一次他的状态都是一样的，安详熟睡，纹丝不动。有时候还会有一个很漂亮的年轻女孩来看他，长时间在病房里陪着他，什么也不做，什么也不说，就只是在病床边安静地坐着，凝望着他。郁桐只觉得那个姐姐看起来有点眼熟，但想不起来在哪里见过。

郁桐也不知道，在这间病房里的这两个人跟自己的老板刘靖初有那么深的渊源。

关着门的病房里，以瑄听见门外的吵嚷声消失了，看见门缝下的影子也缓缓移走了。她慢慢地站起身，又帮病床上两年如一日安静躺着的姜城远整理了一下被盖，说：“我也走了，改天再来看你。”

以瑄刚下班就来了，早就听护士说，隔壁原本空置的病房住了人，是唐为影视公司的董事长唐舜。她心道如果唐舜长期留院，自己总有一天会跟唐柏楼碰个正着，今天倒是真的碰着了。

以瑄在病房里坐了一会儿之后觉得有点困乏，就想趴在床边小睡一会儿，还没有睡着，一阵风轻轻吹开了没有关紧的房门，门外记者的吵嚷声一下子都涌了进来。她正想出去看个究竟，唐柏楼的声音便传进来了："都给我闭嘴！安静一点！还有……离这道门远点。退！都往后退！"

门缝正对着以瑄的背影，外面的人应该能看见她。她似乎明白了什么，于是趴着没动，继续装睡。

以瑄走出医院大门，远处一辆红色跑车慢慢靠近，开车的人按了两下喇叭，声音吸引了她。她转头一看，一脸的轻蔑和无奈："唐柏楼，你还真是阴魂不散呢！"她说完继续往前走。

唐柏楼慢慢开车跟着她："所以，在病房的时候，你就知道我在外面吧？"

以瑄说："挺不想知道的。"

唐柏楼邀功说："我就想看你安安静静睡个好觉。"

以瑄停下来，瞪着车窗处那张脸，问："你觉得我能睡个好觉吗？"

唐柏楼明白以瑄所指，当年害得姜城远摔伤昏迷的魏杨就是替唐柏楼做事的。如果以瑄和姜城远不是无辜被卷入了当年唐为酒店的那场风波，姜城远就不会成了植物人，归根结底，都是幕后黑手唐柏楼在兴风作浪。

以瑄刚参加工作的时候就认识了唐柏楼，而她工作的沈宫文化传媒公司也与"唐为"有过一些合作。唐柏楼风流成性，花花公子的名号早就是响当当的，他刚认识以瑄的时候，不是没有打过她的主意，但她软硬不吃。他驯服不了这匹"胭脂马"，但越是得不到手，他对她的兴趣反而越浓厚。

有一次，魏杨知道唐柏楼对以瑄有意思，于是就用了下三烂的手段把以瑄迷倒，送到了唐柏楼的私人别墅里。幸亏以瑄机警，最后不但逼使唐柏楼没敢动她，还让他亲自开车把她送了回来。

以瑄对唐柏楼，一开始是不屑，后来成了厌恶，姜城远出事以后，她对他就是痛恨了。

男性的尊严与好斗令唐柏楼没能免俗地对以瑄越发感兴趣，她越是不想见到他，他就越想在每次见到她的时候提升自己的存在感。前几年，因为工作上的需要，以瑄有时不得不接触到唐柏楼，直到她去了首尔，这个人才总算在她面前消失了。

以瑄记得上一次见唐柏楼，还是在动身去首尔之前不久。那天，唐为影视公司举办二十八周年庆典，庆典结束，唐柏楼喝得有点醉，但非要自己开车回家。他开着车经过一个公交车站时，看见几个高中生在站台乱涂乱画。他们涂的是一张海报，就是当时以瑄的游戏代言宣传海报。

高中生里面，有一个女生向自己喜欢的男生告白被拒绝了，男生说这个女生不是他喜欢的类型，他喜欢的类型是像苗以瑄那样的，于是这个女生就带着她的朋友来涂画海报泄愤。

唐柏楼把刹车一踩，下车横穿马路就过去了：“喂，小兔崽子，都给我住手！你们听见没有？别再画了！……”

五分钟后，唐柏楼被推倒在地上。几个男生围着他，对他嘲笑打骂，他竟然不急不气，就那么瘫坐着傻笑。

过了一会儿，一辆公交车开过来了，见有人下车，高中生们相互递了个眼色，唱着歌走了。

唐柏楼依然坐在地上，什么有钱公子哥的派头都没有了，衣服凌乱，看起来邋里邋遢的。一双白色鞋子的鞋尖映入眼帘，他抬头一看，半眯着眼睛笑得更开怀了：“苗以瑄？你怎么在这儿？”

以瑄是从那辆公交车上下来的，她只是面无表情地看了他一眼，准备绕过他，却被他一把抓住了脚踝。

她说："唐柏楼，别借醉装疯，松开你的手。"

他喃喃地说："是，我是疯了，真疯了！他们在你的海报上乱涂乱画，我竟然受不了！"

当时，以瑄心里若说一点都不吃惊是假的，她没想到那个一向狂妄自大、心狠手辣的唐柏楼那天竟然会低声下气地跟她说话，那天的他，锋芒尽掩。他说："姜城远的事，你不应该怪我。"

以瑄只是冷笑着，没说话。

唐柏楼说："是魏杨啊……魏杨造成了这一切！我只让魏杨处理檀雅，可姜城远自己要插手，他不是自找的吗？"

以瑄说："我不想听你废话，你松手。"

唐柏楼还抓着以瑄的脚踝，抓得更紧了："我不松！"他突然有点像个耍无赖的小孩。

以瑄不想再和他纠缠，索性使劲地蹬了一脚。他被高跟鞋的鞋尖踢到胸口，吃痛松开了手。手一松，他上半身往后一仰，头撞到了站牌。他两眼发直地盯着前方，说："苗以瑄，其实我从来没有想过要跟你成为敌人，最初认识你的时候就不想，后来、现在就更不想了。"

"你知道吗？我现在竟然有点庆幸，那次魏杨把你送到我别墅的时候，我没能对你怎么样。如果我真对你做了什么，我就不知道我还能不能这么坦然地为了你的一张海报而当街撒野了。"

"苗以瑄，真的，谢天谢地我没有伤害你！"

那天之后，以瑄就没有再见过唐柏楼了。而酒醒之后的唐柏楼就像忘记了自己当时的所作所为一样，依旧是原来那个身在万花丛中的人，甚至对任何有关以瑄的消息都显得很不屑。

但是，那些他所不屑的消息仿佛跟他有仇，偏要往他的耳朵里面钻。

以瑄团队在首尔的项目遇到了问题，以瑄有接拍广告的机会，以瑄错失了广告机会，以瑄提前终止了代言人合约，以瑄回国了……这些，唐柏楼知道的不比刘靖初少。他也知道她经常会到医院看姜城远，父亲住院后，他每次来医院，经过隔壁病房时，都会有意无意地朝里面望几眼。

他其实有点害怕看到她，因为每次看到她的时候，她眼睛里的轻蔑和仇视都会狠狠挫伤他。在她眼里，他比不上一堆垃圾、一摊烂泥，比不上一只猫、一只狗，这是他在其他人面前从未得到过的待遇。

但是，他又更渴望见到她，他想见到她在自己面前鲜活真实的样子，哪怕被她骂，被她恨，那都是这世间与众不同的一道风景。

唐柏楼尽量做出从容的样子，问以瑄："你去哪儿？我送你吧？"

以瑄想了想，一步一步走到他的车门旁边。他以为她要上车了，就高兴地把车彻底停了下来。她却趴到车窗上媚眼如丝地看着他，问道："唐柏楼，我去首尔之前，你跟我说过一些话，你还记得吧？"

唐柏楼隐约觉得气氛不对，没有出声。

以瑄笑了笑："我其实挺想问问你的，你不会是爱上我了吧？"

唐柏楼又一次丢盔弃甲，竟然什么气势都拿不出了，就只是把方向盘抓得紧紧的，眼神里竟然有几分认真。

以瑄说："你千万别爱上我啊！因为我觉得，你很恶心！"

唐柏楼心里狠狠吃了一刀，那刀子捅得他鲜血淋漓。"你很恶心"四个字，从苗以瑄的嘴里说出来，于他，竟然有一种毁天灭地的气势。唐柏楼突然猛按一阵喇叭，以瑄却昂首挺胸地扬长而去了。

唐柏楼疯了一般开着快车在城里乱冲乱撞，什么交通规则都不管了。开到会所，他喊来了一群朋友，花天酒地玩到了半夜。散场之后，他带着一个风骚妖冶的美女回了家。然而，疯狂的缠绵之后，唐柏楼睁开眼睛便听到身旁的女人问他："苗以瑄是谁？你整晚都喊着她的名字，人家吃醋了哦。”他想他是彻底疯了，他疯起来做的第一件事就是打了那女人一巴掌：“你是什么东西？你有资格吃醋？别把自己跟她比，你跟她没得比！立刻滚出我的房子！”

万花丛中过，片叶不沾身，这样的造诣，他唐柏楼竟然达不到了。

……

这时，助理的一个电话把他从粉身碎骨的状态里拉了回来：“喂，唐少，出事了！有人把你出现在宋冉家楼下的照片传给记者了！”

“什么？”唐柏楼噌地从床上站起来，把手机对着窗户一砸，“啪”的一声，玻璃裂开了一大片网状的纹路。

“郁桐！”

「第七章」

暗红流动，
如正在缓缓盛开的花

SHI GUANG
ZOU LE

NI

HAI ZAI

那张照片已经变成了公开发售的印刷品，当郁桐看见那份挂在书摊最显眼位置的娱乐周报时，脸色一下就变了。

“昔日路人口供再被翻出，神秘人提供唐柏楼与宋冉见面的证据。唐柏楼隐瞒真相，警方或将对其展开全面调查。”

报纸上除了文字阐述，还有一张照片，正是郁桐拍到的那张照片。

而且，报道的内文提到，爆料人称，是唐柏楼掌握了宋冉跟男影星之间暧昧关系的铁证，于是以此逼迫宋冉跟自己合作，将男影星的丑事曝光，一并抹黑“柏图”的新电影，企图拉低其票房。

郁桐站在书摊前，匆匆地看完了那篇报道，要不是摊主提醒她，她险些就忘记付钱直接把报纸拿走了。她拿着报纸，一边走一边给林晚打电话。前几次林晚都没有接，后来她终于接了，还没有等郁桐开口就说：“桐桐，如果你是想问《娱乐周报》报道的那件事的话，我承认，我就是那个爆料者。”

郁桐果然没有分析错，她的手机几乎是不离身的，更何况她还设置了锁屏密码，别人想拿到她手机里的照片并不容易。但是，上周日的下午，她在医院陪林晚，林晚说自己手机欠费，想借她的手机打一个电话。那个电话林晚没有当着她的面打，后来她发现手机上连通话记录都没有，就好奇地问林晚打给谁了。林晚说对方是不受唐家欢迎的人，所以她习惯打完电话就把通话记录删除。

但其实林晚根本没有打过电话，她拿走郁桐的手机，只是为了把那张照片传到自己的手机上。郁桐一直以为照片的存在只有她和唐柏楼两个人知道，却不知道，她那次去唐家别墅找唐柏楼，两个人在花园里的对话被经过二楼的林晚听到了。

假如唐舜没有中风入院，林晚并不打算利用宋冉的事情来做文章，可是，唐家的这场变故改变了她的想法。因为，有一天唐舜还算清醒的时候，自己亲口说出要把家和公司都交给唐柏楼。

当时，唐舜的身体任何一处地方几乎都使不上力了。有一天，他躺在病床上，护士刚给他喂过药，他的一只眼睛闭着，另一只眼睛半睁，眼皮一颤一颤地眨着，他有一只手的手指总在很努力向上抬起，嘴巴里“哦哦”地发出一些声音。

林晚问他：“老公，你是想说什么吗？”

唐舜很费力才终于挤出两个字：“柏——楼——”

当时，唐柏楼和公司的两位董事正好一起来了：“爸，权叔和顺叔又来看您了。”

唐舜瞪着自己的大儿子，重复道：“柏——楼——”

在场所有的人很费劲才终于弄明白了唐舜嘴里含混不清说的两个词：公司、柏楼。那位顺叔巴掌一拍，说：“我明白了，你爸的意思是要你暂代他，在他康复之前好好管理公司，是吧老唐？”

唐舜的眼睛都闭了起来，嘴巴一开一合，什么声音也发不出来了。

林晚听顺叔和权叔说，既然唐舜是支持唐柏楼的，那再看看公司董事会其他成员的意思，只要支持率过半，唐柏楼这个代理董事长的位置就坐定了。林晚就是在那一刻萌生出要阻止唐柏楼独揽大权的想法的。

郁桐抱着电话急得直跺脚：“妈妈，即使他掌权，那也是他们唐家的事啊，你为什么要插手呢？我们不够跟唐柏楼斗的！”

林晚的声音听起来有点沙哑，还有轻微的咳嗽，都是这段时间经常跑医院累的。她慢慢地说：“桐桐，这不只是唐家的事，也是我们的事啊！你唐叔的情况其实已经不乐观了，他要走是迟早的事……以前有他在，他就算脾气再坏，对我再呼呼喝喝，但在人前我也是唐太太，我是有立足之地的。可是唐柏楼怎么对我们母女俩，你也是知道的。这个家，宁可唐树恒来当，也不能由他来当啊！否则，你唐叔一走，在家里，在公司，我都没有立足之地了！”

郁桐大声说：“那就没有吧！那就别在唐家待着了啊！那算什么家啊？……妈妈，我们有自己的家，我们搬回去，重新开始生活不行吗？为什么一定要在唐家？难道你在唐家还没有受够吗？”

林晚的声音在电话里听起来似哭似笑，她说：“我就是受够了！因为受够了，所以才不甘心啊！”

这一字一字咬着的愤怒，从压抑的唇齿间迸发出来，就像有一只重锤，一下一下击打在郁桐的耳郭上。

郁桐越听越着急，但不管郁桐怎么说，林晚的态度还是很坚决。她认定了唐柏楼的威胁只不过是虚张声势，只有郁桐单纯，才会被他吓到，可她是不怕的，她不相信唐柏楼真敢做出什么过激的举动来。

郁桐觉得自己走不动了，慢慢地蹲在路边。路边那棵黄桷兰树花开得正好，一树都是热闹，一朵花掉了下来，就掉在她的脚边。她目之所及，只有那一朵，花边焦黄，是一种近似毁灭的孤单。

她说：“妈妈，你是真的相信唐柏楼不会报复我们，还是你觉得，比起被他报复，比起和他宣战，你更不能承受的是失去唐太太这个身份呢？”待她说完，林晚那边忽然鸦雀无声了。

郁桐挂断了电话，两只手紧紧地环抱着自己，眼泪慢慢地聚集成饱满的一颗，“啪嗒”落在地上。

十八楼就在不远处，可是这天她旷工了。

警方经过鉴定以后，确定《娱乐周报》刊登的那张照片是没有经过任何处理，绝对真实可信的。

因此，警方复查了唐柏楼上一次的口供，发现他的口供也有漏洞。

唐柏楼说，他在宋冉坠楼的那天和一帮爱好摄影的朋友去了两百公里以外的红原山，为了拍星轨，他们露宿在山顶。

可是，警方刚刚发现，网上有一些摄影爱好者和驴友一月六号那天在红原山拍到了难得一见的雨幡洞云。当时的天空被夕阳映成了夸张的金红色，而以金红色为背景，颜色稍淡一点的，就像漂浮的水母一般出现在西北方天空的，就是雨幡洞云了。云如水母，天空就如深海，而那种张扬的金红色，又给那片深海蒙上了一层奇幻的色彩。亲眼见证过如此盛况的驴友们都忍不住对那天的天象一再回味。

警方觉得，漏洞就出在这雨幡洞云上。

据唐柏楼说，和他同行那几位朋友都是摄影发烧友，他拿出了他们拍到的下午的红原山和夜晚的星轨，但是没有一个人的相机里有雨幡洞云的照片。对于一个爱好摄影的人来讲，看见雨幡洞云那么既罕见又壮丽的奇观，却不拿起相机记录那一珍贵的时刻，这样的行为按常理来讲是说不通的。

不过，唐柏楼的态度倒是一贯的嚣张，他说，既然警方觉得可疑，那就往可疑的方向去查吧，但还没有查到真正有力的证据就别拿常理说事。他离开警察局的时候，还暴躁得差点掀了文员的办公桌。

警察局外，记者已经等了好一会儿，他们一看见唐柏楼就围过来问东问西，唐柏楼后来是在保镖的护送下才清清静静地回了家。回家之后，他还砸掉了他的红酒架上近乎一半的珍藏红酒。

后来连着几天，唐柏楼都没有去公司，整天都拉着窗帘窝在客厅里看电影。

不断有电话打进来，他心情好就接，心情不好就直接把手机摔了。

有一天晚上，手机屏幕一亮，显示出他弟弟唐树恒的名字，他阴恻恻地笑了：“我就知道你会打给我的，树恒。”

唐树恒很平静地说：“大哥，明天到公司来一趟吧，咱们好好谈谈。”

唐柏楼微微一笑：“好啊，明天见。”

第二天是晴好的一天，草熏风暖，六月的黄桷兰也越开越多，路边有好几棵树，风一吹，香气还会飘进十八楼里。郁桐心满意足地看着自己亲手做出来的生日蛋糕。这一天是林晚的生日。

做蛋糕的每一个步骤都是刘靖初教的，器材也是店里提供的，她做砸了好几个，这一次终于成功了。

阿伊被蛋糕上的进口巧克力酱勾引得直流口水，老缠着郁桐说："你这是公器私用，我们不追究你，你晚上也算我们一份呗？这个牌子啊……"她柔情似水地望着巧克力酱，"我想吃好久了，老板不给，蹭都蹭不到一点。"

小卓说："别理她，她就爱贪小便宜，自己想吃还不肯掏钱买！老板欠你的？凭什么白养你？"

郁桐笑着说："不好意思啊，你想吃的话，我以后请你吃吧？今天是我妈妈的生日，我就想跟她两个人过。"

小卓对阿伊说："就是嘛，人家母女俩的家庭日，你凑什么热闹？真不害臊！"

阿伊轻轻踩了小卓一脚："老跟我抬杠，我能忍你这么久，我也感到很奇怪啊，你再挑战我的脾气试试！"

郁桐看小卓跟阿伊这对欢喜冤家又闹起来了，站在旁边忍不住觉得好笑，转头见刘靖初正盯着她的蛋糕若有所思，她问："怎么了？我的蛋糕有问题？"

刘靖初说："嗯，不过算了，毕竟是新手，不能有太高要求。"

郁桐说："你是在变相地说我做的蛋糕不好吧？没关系，念在你把阿伊那么想吃都吃不到的巧克力酱送了我一份，我不跟你计较。"

刘靖初问她："几点了，你还不走？"

郁桐看了看时间，说她还在等林晚的电话。她正说着，电话就来了。

过了一会儿，刘靖初招呼完几位熟客，发现蛋糕依然还在收银台旁边放着，郁桐的人却不见了。

郁桐已经狂奔在通往唐家别墅的横陵道上了。那条倾斜的上坡路的阻力好像从来没有那么大过，她用尽了全部的力气仍然觉得自己跑得不够快，不管是逆着的风还是迎面过来的每一粒灰尘，所有的东西都好像在与她为敌。她咬紧了牙关，狂奔着的身体里像埋了一颗重磅炸弹。

刚才的来电显示分明是林晚，可电话那端先是一阵安静，接着传来的便是唐柏楼带着醉意的声音。

郁桐抱着电话大吼：“我妈妈呢？你为什么用她的手机？你让她听电话！”

唐柏楼呵呵直笑，说：“她啊，听不了咯。你再晚来几步，我怕你连她的面都见不着了哎！”

郁桐吓慌了，撒腿就跑，跑到唐家别墅门口，迅嫂匆匆地来给她开门，门一开她就直接冲进后花园。

“妈妈——”她累得直喘气。

唐柏楼躺在后花园泳池边的沙滩椅上，天都黑了，他还戴着墨镜。他把墨镜一摘，大笑说：“真来了啊？”他一张嘴就是满口的酒气。

“我妈妈呢？”

“迅嫂没告诉你吗？她刚刚回来了，但是又被医院一个电话叫走了。所以我说你来晚了就见不到她了嘛。”唐柏楼这人的醉与不醉旁人好像永远都定义不了，他烂醉如泥地倒在地上的时候也可以像个清醒人一样说话，但有时他看似还清醒着，说的又是醉话。

他敲了敲旁边的桌子：“哦，手机，她忘拿了。”

郁桐总算松了一口气：“唐柏楼，照片是我给记者的，那些料也是我爆的，你要泄愤冲我来，别动我妈妈！”

唐柏楼打了一个嗝，眯着眼睛打量郁桐："我再借你一个胆，你都不敢做出这种事。郁桐，别当我是傻子，我知道你看不起'唐为'的股份和唐家的财产，可是，你妈妈看得起。她的心思，我会不知道？"

郁桐忙说："真的不关她的事啊！"

唐柏楼冷笑着说："不关她的事？那在公司散布谣言中伤我，跟她的阔太太朋友们说我的坏话，让她们回家跟自己的老公吹枕边风的，难道是你？跟别人串通好下套，骗我签了一张废合同，让公司损失了两百万的人，难道又是你？知道我表叔公对我有意见，就借着宋冉这件事频频在表叔公面前煽风点火的，难道也是你？还有，昨天找人去娱乐周报社捣乱，打伤了记者，还嫁祸到我头上的人，你别说也是你啊！"

郁桐心里一沉："我妈妈？她……"她竟然做出这样的事情？

唐柏楼说："想不到吧？我也想不到啊！会咬人的狗不叫，这句话说的就是你妈妈这种人。我还真当她只是一个会做床上功夫的女人呢，我太小看她了！"

更令唐柏楼愤怒的是，今天白天，他去了公司，因为最近的事情而跟唐树恒有争执是免不了的。随后表叔公也来了，而跟表叔公一起出现的，还有公司的另外两位股东。那两位股东原本不和，现在却竟然一致对外，和表叔公一样，流露出了反对唐柏楼的意思。唐柏楼早前就听闻有人在中间做和事佬，想拉拢这两位股东，而那个人不是别人，正是以唐太太的身份三番五次牵线搭桥的林晚。唐柏楼没想到自己低估了林晚这个女人，现在看来，林晚还真的成功了。

唐柏楼在公司受了气，没有立刻回家，而是直接奔着父亲的别墅而来。这时，他又喝完了一杯红酒，拿起桌上的香烟，又在身上摸了摸："咦，我的打火机呢？"他拍拍脑勺，"哦，我想起来了，落在车里了。"

他把车钥匙往桌上一放，又说，“郁桐啊，你去帮我把打火机拿过来。”

郁桐面无表情地说：“你找迅嫂吧。”

唐柏楼搁在桌沿的手指突然动了动，正好碰到那只红酒杯，酒杯掉到地上，“哗啦”一声，玻璃碎了满地。他笑着说：“乖，就你去拿，听话。”

酒杯摔碎的那一瞬，在客厅里的迅嫂也听到声音了，她不禁打了个寒战。但唐柏楼有言在先，现在他的事这屋里的人谁都管不着，他不准迅嫂到后花园去，迅嫂就连远远看一眼都心虚。

刚才唐柏楼气势汹汹地来的时候，还把迅嫂养了几年的乌龟踩死了。她捧着那只可怜的乌龟，到喷水池旁边的大树下挖了一个坑，把乌龟埋了。埋乌龟的时候，她又听见后花园里接二连三传出了很大的动静，声音一下一下，像重锤敲在鼓面上。她不禁直打哆嗦，急忙双手合十，盯着埋乌龟的地方拜了又拜。

又过了一会儿，大门口的电铃又响了。难道是太太回来了？她这个时候回来也不知道是好还是不好啊！迅嫂急忙打开门，一看，门外站着的不是林晚，而是一个她并不认识的年轻男人。

她问：“呃，年轻人，你找谁？”

刘靖初提着郁桐做的那个蛋糕，问：“阿姨您好，请问郁桐在这儿吗？我是来给她送东西的，这个蛋糕她下班的时候落在店里了。”

“哦，她在的。你是她打工的店里那位老板吧？”郁桐打工的事，迅嫂是从林晚的嘴里听来的。

刘靖初说：“是的。呃，蛋糕我自己拿给她，还是您替我……”

“给我吧！”迅嫂急忙伸手去接。

刘靖初见她神色有点慌张，而且接蛋糕的手明显有点发抖，又问她：“阿姨，您没事吧？”

迅嫂抱着蛋糕盒连连摇头：“我没什么，这个蛋糕我会替你转交给郁桐小姐的。”

“谢谢您。”这时，刘靖初忽然听到别墅里传出了一道撞击声，像是有人关门关得非常重。

迅嫂明显也听到这个声音了，而且被吓得打了个哆嗦，差点连蛋糕都拿不稳。

他问：“阿姨，刚才那声音是……”

迅嫂笑得很僵，说：“哦，没什么，可能是风太大，把门吹过来了吧。”然而现在分明就一丝风都没有。

迅嫂又说：“没什么事的话，我就去帮你把蛋糕给郁桐小姐了。”

刘靖初见对方似乎很着急赶客，也不好意思再逗留，便又道了声谢就走了。

刘靖初今天提前关门回家，但是看郁桐总也不回来拿她的蛋糕，又觉得她今晚肯定是要用的，于是就干脆给她送过来了。

他刚坐上车，安全带还没系好，突然从后视镜里看到刚才的迅嫂挥着手朝他跑过来。

他又下车问道：“阿姨，还有什么事吗？”

迅嫂喘着气说：“老板，你……你还是跟我进别墅看看吧，我怕……怕要出事了！”

别墅的后花园里已经没人了，唐柏楼和郁桐都不在那里，倒是游泳池旁边的沙滩椅被掀翻了，地上还溅了很多水。迅嫂往周围一看，发现二楼的主人房里亮了灯：“楼上有人！他们在楼上！”

刘靖初听迅嫂说唐柏楼在对郁桐发酒疯时，就已经很着急了，此时听迅嫂这么一说，拔腿就往楼上冲。

走廊里到处是水，这里一摊，那里一摊，一直通向主人房里。

主人房的门先是关着的，刘靖初一过去，门正好开了。唐柏楼从房间里出来，竟然是赤着上半身的，衬衣拿在手里，一脸得意般地坏笑，头一抬，正好对上刘靖初惊愕的目光："你怎么进来的？"

刘靖初从门缝朝里一看，只见郁桐趴在床上，一动也不动，床罩和被子都被折了起来，盖着她的腰和腿，而她的上衣凌乱，肩膀都露在外面，头发也湿淋淋的，盖住了大半张脸。

刘靖初猛然觉得像被人往心里捅了一刀似的，扑过去揪着唐柏楼不放："你对她做了什么？"

唐柏楼眼睛一眯，耸了耸肩说："我做什么了？我没做什么啊！"说完，他却笑一笑，又改了口，"就算我做了什么，跟你有关系吗？她怎么也算是我妹妹，这就是我的家事，你有什么资格来管？"

"不过……"唐柏楼看了看屋里的郁桐，"现在她可能也不算是我妹妹了，哎呀，那算什么呢？"

"畜生！"刘靖初被激怒了，一拳挥过去，打在唐柏楼脸上，"我当初怎么没有一刀废了你这个人渣！"

唐柏楼没站稳，撞在门上，门全开了，但在床上趴着的郁桐还是一动不动。走廊上两个人的争吵仿佛与她不在同一个时空里似的，丝毫也没有惊扰到她。她睡着了，一只手越来越紧地抓着床单，抓得死死的。她其实很想喊救命，但她不敢，她觉得自己仿佛还溺在水里。就是刚才，她站在泳池边，唐柏楼突然把她推进泳池里。她想爬起来，唐柏楼却一掌又把她摁了回去。

"你忘了吗？啊？你忘了我当初是怎么警告你们母女俩的？"

"忘了我就帮你记起来！想起来了吗？嗯？想起来没有？没想起来就给我好好在水里待着！好好待着！"

"回去告诉你那个妈妈，别以为在背后搞小动作就能整死我！哼，到底谁死在谁手里还不知道呢！"

……

郁桐一度以为自己会被溺死在泳池里，她两手乱抓却抓不到他，两腿乱踢反而越来越借不到力。她真的要死了，大口大口的水呛进嘴里，像要把她的喉咙挤爆了，她不得不把那些水咽下去。她就算不被淹死，也会被那些涌进身体里的水撑死，像个破裂的气球一般炸开，尸骨不全吧？

妈妈，救救我！

来人啊！救救我！

刘靖初，刘靖初……大哥哥，你在哪里？你救救我！大哥哥！

所有的呼救都是无声的，有声的只是唐柏楼恶毒的号叫。

郁桐没有挣扎多久，渐渐地就不动了，手脚开始漂起来。她浮在水面上，后花园里猛然静得可怕。

就连郁桐自己都感觉自己是被淹死了。水底有光，还有看不清模样的人在朝她招手。她的身体开始朝那人漂去。渐渐地，她看清楚了，那是刘靖初。水底的他，还和她十四岁那年遇见的一模一样。

大哥哥，你知道我是谁吗？

我是郁桐啊！那年在紫滨路，在“望江别墅”，你救过的那个郁桐。

我为什么不告诉你，为什么不和你相认？为什么？哪有什么能梳理成章的理由呢？其实，理由还不就是那一个——

我不敢。

我已经不是当年那个天真无畏的小女孩了。这些年，我变了。我不确定你是否还记得我，是否还愿意记得我。

对着你，我胆怯了。

郁桐觉得自己沉入水里，越沉越深，身体越来越轻，而远方的刘靖初依然那么远，他们之间的距离丝毫也没有缩短。

她继续朝他漂去……

突然，有一只手拉住了她，使劲地把她拖拽着，像要把她拽出这无底的深海。光和水在一瞬间消失了，她迷迷糊糊地睁开眼睛，发现刚才的那一幕不过是她的错觉。她发现自己趴在一张乱糟糟的大床上，头昏沉得厉害，身边有人一直在喊她的名字：“郁桐小姐？郁桐小姐，你快醒醒啊！”

郁桐缓过来了：“迅嫂？”她的眼睛只睁了一下就闭上了。

迅嫂看自己总算把郁桐喊醒了，急得都快哭了：“你快下楼阻止他们，我不敢劝，他们闹得厉害啊！”

郁桐被唐柏楼摁进泳池的时候，其实是睡美人症发作了。唐柏楼气也出了，酒也醒了一点，就把她捞了起来，带到了楼上。他自己的衣服也被水溅湿了，所以就换了一件。他其实并没有做出什么禽兽的行为，在刘靖初面前说的那些话只是故意挑衅刘靖初，想找个机会撒撒气而已。

郁桐依稀还能感知今晚的这场风波尚未平息，但发病是很难抗拒的，迅嫂怎么拉她、催她，她最后还是倒回床上，头重脚轻，神思恍惚。

迅嫂都急疯了:“小姐啊,去劝劝大少爷跟你老板吧！唉,老爷不在，怎么就出了这么大的事呢？”

郁桐已经合上的眼皮忽然微微睁开了：“老板？我老板？”

迅嫂说：“是啊，你店里那位老板，说要帮你教训大少爷，都打起来了！我吓死了，大少爷的事，我真的不敢插手！”

郁桐的主治医生曾经对她说过，睡美人症患者在发病的时候如果意志力强一点，或多或少是可以跟病魔抵抗的。比如，有些人至少可以撑着在倒地之前给亲人拨一个求救电话，或者假如在家沉睡期间遇到火灾之类的危险，有的人也是会迷迷糊糊地逃难的，这是出于求生的本能。

郁桐从来不觉得自己能像医生说的案例里的病人那样，有那么强的意志力。可是，这一天，听迅嫂说到自己的老板，她开始挣扎了。她很想下楼去找刘靖初，甚至隐约能听到楼下的吵闹声。但是，她试了几次，始终手脚发软，连房门都出不去，甚至因为紧张而更加头昏脑涨。

这时候，郁桐发现门边的柜子上有一只展翅雄鹰的摆件，是不锈钢做的。雄鹰的翅膀做得很薄，有点像刀片，在迅嫂还没反应过来的时候，她突然抓起那只雄鹰，把翅膀对着右手手臂一划！

“啪嗒，啪嗒……”几滴鲜血落在地上，跟地上原有的一摊水渍混在一起。

背景是透明的，暗红流动，如正在缓缓盛开的花。

钻心的疼痛瞬间如电流般传遍全身，郁桐真的清醒了不少：“迅嫂，带我下去！”

唐柏楼就躺在喷水池旁边的地上，旁边碎了两个花盆，刚换的衣服不仅脏了，还被扯掉了两颗纽扣。他狼狈至极，这不是他想要的结果，在他的想象之中，他应该疯狂将自己的愤怒发泄在刘靖初身上，倒地的应该是刘靖初而不是他，结果刘靖初却以胜利者的姿态站在一旁，居高临下地看着他。他气得大吼一声，一拳捶地，然后又疯疯癫癫地笑，笑得五官都扭曲了，比哭还难看。

“你算什么东西？！”

“苗以瑄算什么东西？！”

唐柏楼连吼两句，第一句还好，第二句一出，刘靖初就提着他的衣领：“你敢再说她试试！”

唐柏楼说：“她嘲笑我！哈哈！她当街嘲笑我！”

其实，这些天以来，网民的质疑、媒体的猜测、警察的盘问，还有公司给出的压力，以及股东们的反对声，都只是唐柏楼今晚失态的其中一部分原因。下午气冲冲地离开公司的时候，他发现公司楼下又有记者在蹲守。他想抄小路离开，以免又被缠住脱不了身，但记者还是发现他了。记者们扛着“长枪短炮”围追过来，他一边挡镜头一边快步离开，却突然摔了一跤。

众目睽睽之下，他“扑通”一下扑倒在地上。

记者们相机的闪光灯闪得他眼花，他又推又骂，让他们不许拍他，就在这时，他看见了以瑄。

她打扮得那样素雅，白衣白裙，端庄而大方地站在路口的红绿灯下。

她的眼睛里有轻微的笑意。

那一瞬间，唐柏楼忽然觉得自己要疯了。身边记者尖酸刻薄的追问他一句都没有听进去。他慢慢地站起来，两眼发直地盯着以瑄。路口红灯转绿，以瑄准备过马路，唐柏楼忽然大喊她：“苗以瑄！”

以瑄转头冲他一笑：“唐柏楼，顾好你自己吧。”她又用嘴型对他说了七个字：多行不义必自毙。

唐柏楼这一整晚的发泄失态，几乎都是因为红绿灯下的那一瞥。

他的行为再次超出了他的想象，在以瑄面前出丑，被她嘲笑，竟然是一件如此令他难以承受的事情。

“刘靖初，苗以瑄有什么好，值得你对她死心塌地？她心里都没有你，她爱的人、她等的人是姜城远啊！”

刘靖初似乎从唐柏楼的态度和言语间领悟到什么了，轻轻地笑了：“是啊，她有什么好，值得你为她发疯呢？”

唐柏楼好像更疯了，像个酒疯子，摊开大字躺在地上：“我会为她？我为她？她算什么？她算什么啊！”他反反复复地说了几遍，声音却渐渐放轻了，又说了一句，“我又算什么啊？”

“她说，别说我比不上你，我就连姜城远都比不上，甚至连她在路边遇见的阿猫阿狗都比不上！哈哈！她有眼无珠！我唐柏楼有名利、地位，要什么没有啊？你们俩算什么，根本不配和我相提并论！”

刘靖初突然有点发愣，唐柏楼说的那些话还有很多都没往他的耳朵里钻，他就只抓住了一句，如在黑暗里抓住了仅有的一束光，满脑子都是那一句。他俯视着还躺在地上的唐柏楼：“你再说一遍，她是怎么说你的？”

唐柏楼眼睛向上翻，恶狠狠地瞪着他，他又问：“阿瑄说你比不上谁？”

唐柏楼突然扯着他的手臂说：“刘靖初，你的阿瑄说，别说我比不上你，我就连姜城远都比不上，阿猫阿狗我都比不上！哈哈哈，这不可笑吗？可笑啊！”

刘靖初倒真的笑了，嘴角轻轻地颤动了一下。他突然听见背后传来脚步声，郁桐已经冲了过来，从背后抱着他，拖他后退了两步，脸贴在他背上：“不要动手，你们别打了，我没事，我没事！”

唐家别墅就像刚经历过一场暴风雨的洗礼似的，一下子风停雨停，变得安静了。

刘靖初回过神来，轻轻拍了拍郁桐的手，拉着她说：“跟我走。”

唐柏楼一听，噌地从地上坐起来：“郁桐！你不等你妈妈了？她应该快回来了吧？”

郁桐立刻站着不动了。

唐柏楼还在，自己如果就这么走了，一会儿妈妈回来，他会不会伤害她？他的话里不也是这个意思吗？郁桐心里直打鼓。

郁桐松开了刘靖初的手，说：“我要等我妈妈，你先走吧。”

刘靖初不清楚唐家的事情，不知道郁桐为什么这么害怕唐柏楼，他看了看唐柏楼，又拉起郁桐的手，说：“你不能和他待在一起。”

郁桐头重脚轻，挣不开刘靖初的手，只能跟着他边走边求他：“我不走啊，我要等我妈妈回来。你放开我，老板！你放开我，我不走！”她越说越急，被刘靖初拽出了别墅大门以后，她急得直掉眼泪，“我真的不能就这么走了，我得听他的……他会伤害我妈妈的，我要等我妈妈回来，我求求你，你别管我了……”

刘靖初突然狠狠拉了郁桐一下，把她拉到自己面前，另一只手也抓着她：“你先听我说，郁桐，是我把你带出这扇门的……”他目光炯炯地看着她，“既然我带你出来，我就会对你负责！”

郁桐目不转睛地看着刘靖初。

他说：“你不能跟唐柏楼那个疯子待在一起，下一步他不知道又要对你做什么了。既然你怕他会伤害你妈妈，那我们就在门外等她，等她回来，我陪你等。”

郁桐一听，好像吃了一颗定心丸，接着眼前的景物又开始模糊，她的眼皮又沉了。她一直都把自己割伤的右手藏在背后，甚至在觉得疼痛感减轻的时候悄悄掐自己的伤口，靠着疼痛的冲击一再坚持，但终于还是快要坚持不住了。刘靖初见她全身还是湿的，想起自己的车里有毯子，就拉着她坐进车里，拿毯子把她裹着：“你放心，我们就在这儿等着，你妈妈回来会看见的。”

郁桐红着眼睛点了点头，很快她的头开始慢慢往后倒，靠着座椅背，嘴里喃喃道：“老板。”

“嗯？”

“你记得，你答应过我的，别让我妈妈跟唐柏楼见面。你答应过我，我就相信你一定做得到。”

“嗯，你别担心了。”

“嗯，我不担心，我……就是好累……我困了……”

“郁桐……”刘靖初恍然大悟，明白她刚才在楼上为什么趴着不动了，“你是睡美人症发作了是不是？”

郁桐点了点头：“也别担心我……”她的声音轻到听不见了，她终于昏沉沉睡了过去。她一直藏着的右手也在这时无力地垂了下来，露到了毯子外面，被车内灯光一照，半臂猩红赫然可见。

……

那晚之后，刘靖初每每回忆起当时她微白的皮肤与猩红的血液、她不设防的熟睡与偶尔的哭喊求救、车内黄光下的平静与暗藏在他心中的旋涡，总会不自觉地皱起眉头。后来，在他送她去医院的路上，她还喃喃地说了些梦话。她说：“迅嫂，带我下去。我没事，不疼……”

她还说：“他才不能有事！因为……他……对我很重要……”

「第八章」

她明白他的等待，就像他很
清楚她的离开

SHI GUANG
ZOU LE

NI

HAI ZAI

两天三夜的沉睡期过后，郁桐没有想到自己会在医院里醒来，伤口缝了针，但还是隐隐作痛。茶几上放着各种药瓶，还有她的睡衣、拖鞋、日常洗漱用品，她的电脑、充电器，甚至是专属水杯和她惯用的枕头，统统都是从她学校宿舍里挪过来的，这个病房俨然成了第二个宿舍。

这时，刘靖初还在，他坐在沙发上，跷着二郎腿，两手抱在胸前，正低着头睡着。一只苍蝇从窗外飞了进来，围着他嗡嗡打转。他察觉到了，别的没动，就是手动了动，在面前挥了挥，把苍蝇赶跑，然后又继续睡。

很快苍蝇就又回来了，依旧在他附近打转。他有点不耐烦，眉头一皱，手又挥了挥，但大概是太累了，还是不愿意睁开眼睛。

郁桐轻手轻脚地下了床，过去帮他赶苍蝇。苍蝇赶跑了，他皱着的眉头也舒展了。她站在旁边，看着他睡着的样子，忽然觉得那一瞬间满世界的花都开了。她心软得不成样子，目不转睛地盯着他走神。他其实睡得很浅，渐渐意识到身边没有苍蝇了，不过似乎有一道影子，于是他睁开了眼睛。

四目相对，郁桐有点尴尬地退后了一点："呃——"

刘靖初打破僵局问："你醒了？醒了多久了？现在感觉怎么样？"

郁桐说："还好，没什么不舒服的。"她又指着病房里的那些东西，问，"这是我妈妈安排的吧？"

刘靖初点了点头。

这里是妙心医院，郁桐一醒就看出来了，房间的格局和唐舜住的那间一模一样："我妈妈在唐舜那边？"

刘靖初说："不知道她去哪儿了，但不在医院。不过你放心，她很好。是她让我帮她照顾你的。"

其实，郁桐心知肚明，以她的情况，她根本不需要待在医院。林晚把她留在医院，还拜托别人来照看她，不外乎是因为林晚自己分身乏术，林晚的精力和时间依然放在唐家和公司。听刘靖初说，这两天林晚只来看过她一次，匆匆地来，匆匆又走了，完全不像以前，她只要一发病，林晚就寸步不离地守着她。

郁桐叹了一口气：“老板，不好意思，麻烦到你了。”

刘靖初一笑：“我也没做什么，主要还是迅嫂在照顾你。不过，你一客气，我都有点不习惯了。”

她问：“呃，你什么时候来的？”

他说：“刚来一会儿。”

她问：“迅嫂呢？”

他说：“她去吃饭了。”

他们正说着，迅嫂就回来了，跟在她身后的还有林晚。

林晚和郁桐四目一对，病房里的气氛变得微妙起来。迅嫂向刘靖初递了个眼色，刘靖初便跟她一起离开了病房。

外人一走，母女俩便抱头痛哭。林晚说，她也没有想到唐柏楼会这样对郁桐，接到迅嫂电话的时候她差点气晕过去，后来亲眼看到郁桐没事了她才放心。她再三向郁桐道歉，说是自己不好，连累了郁桐。

郁桐问：“妈妈，现在你知道了吧，唐柏楼不是你想的那样，他不是纸老虎，他这个人发起狠来是没有理智的。你别说是我年纪小没见过世面所以才会怕他，我是真的怕他，我最怕他下一次伤害的人不是我，而是你！”

林晚连连点头，抱着郁桐安慰说：“妈妈知道，妈妈知道！桐桐，妈妈保证你以后不会再受这样的委屈了！我会跟唐柏楼好好谈的，让他消气，以后也不会再惹他了。你放心，好吗？”

“真的吗？”

“嗯，真的！你是我女儿，我什么事都向你承认了，还会说谎吗？”

“嗯。”

是的，林晚是不会说谎的，或者就算她向全天下的人说谎，也一定不会对自己女儿说谎，郁桐很坚信。

有了这个承诺，郁桐的心算是定了一点。她甚至有点庆幸，自己这次受的委屈如果能令母亲的态度有所改变，也算是值得了。这天原本是个阴天，大家都以为会下雨，但这时候风吹云散，天空反而更亮了。

林晚给郁桐办出院手续的时候，在护士台遇见了刘靖初，两个人只是相互打了招呼，也没怎么说话。过了一会儿，刘靖初见走廊那边匆匆跑过来一名护士，冲到办公室门口大喊："醒了，醒了，醒了！"

里面的护士长问："你鬼叫什么？什么醒了？"

护士说："那边……2206 房的昏迷病人……刚才我经过的时候，他睁睁……睁眼了！"

刘靖初一听，忽然站着一动也不动了。他再仔细听了一遍，护士重复了一遍房号，他确定他没有听错。

2206 房，那是姜城远住的病房。

办公室里，以瑄失神地盯着自己的电脑屏幕，她也不知道自己僵如雕像的状态保持了多久，然后她慢慢走到洗手间，拿出包里的口红，对着镜子小心翼翼地涂抹起来。镜前灯的光打在脸上，光色介乎昏暗的黄与灼眼的白之间，温柔而朦胧。以瑄的两只眼睛看起来有点失焦，神情还是很恍惚。从离开公司，坐车，堵车，下车，到走进妙心医院大门，她一直保持着一种缓而稳的状态。但她的呼吸始终很急，压不下来，所以她怕自己稍微走快一点，呼吸就会从鼻腔里爆出，她整个人都会失控。

他醒了啊！

刚才，刘靖初打电话来告诉她，姜城远醒了。

她等的那个人醒了！

突然，她还是撒腿跑了起来，穿过门诊大楼，冲进住院部的大厅里，在电梯即将关闭的那一瞬间硬挤了进去。

电梯上升的速度太慢了，几乎每一层都有人上下。快一点！快一点好吗？九，十……十九，二十，二十一，二十二……

“叮——”

电梯门一开，以瑄就冲了出去。

姜城远的病房的门是开着的，里面很静。以瑄在几乎要扑进门里的那一瞬间，突然却又站住了。

她微微喘着气，腿都有点发抖。

第一次参加公开的动漫秀，面对数千观众的时候，她都没有这么紧张；以前经常跟刘靖初一起惹是生非、大祸临头的时候，她也没有这么紧张；曾经被作为礼物送给唐柏楼，面对一个对她虎视眈眈的“豺狼”的时候，她的紧张也不及此刻的十分之一。这一刻，整个世界都是安静而温柔的，世界分明从未如此敞亮而开阔，分明是再好不过了，她却紧张得不像她自己。

姜城远愿意见到她吗？

他曾经那么恨她，再怎么折磨她、伤害她好像都不够。她曾经几次下决心要和他相忘于江湖，然而，她始终做不到。说到底，还是她一意孤行要来守他、等他，但他或许根本就不需要她守他、等他。

她又想起他母亲说的，“你们之间有太复杂的过去，是没有将来的”。她下意识握紧了自己有疤痕的右手，站在病房门外好一会儿，一步也没有往前走。

可是，胆怯是有的，决心却更大。她怎能不去看看他呢？两年了，她苦苦等的不就是这一天吗？两年换一眼，哪怕只是一眼，姜城远，别赶我走，把你的恨收起来一秒，就让我看你一眼，好不好？

以瑄鼓起勇气，慢慢地走进了病房。

病房里，医生和护士刚离开，只有姜城远一个人。由于昏迷了太久，他的身体各部分机能都还未恢复，所以他还是不能动，连话也说不出，除了眼睛是睁着的，他跟之前昏迷的时候没有两样。

以瑄走进去，目不转睛地看着他的眼睛。

姜城远也两眼直直地盯着以瑄。

四目相对，病房里很静，只有她缓缓靠近他的脚步声，“咚，咚，咚”……

她走到他的床边，忽然松了一口气，对着他笑了。

这时，床上躺着的人竟然也有点艰难地牵动了面部的肌肉，他竟然也笑了。

其实应该有千言万语，但不知道为什么，到这一刻生活好像成了一部默片，以瑄就只是笑，只能笑，除了笑，她说不出一句话。

姜城远也淡淡地笑着，两个人的目光自始至终都没有离开彼此，他们对视而笑，笑着笑着，眼角又都有眼泪流了出来。

两个人都笑着哭了。

以瑄离开医院时才知道刘靖初还在等她。她坐上车，似乎还有点魂不守舍，望着车窗外发了好一会儿呆才终于开口说话：“跟以前不一样了。”

刘靖初边开车边问：“什么不一样了？”

以瑄说：“姜城远，他看我的眼神不一样了。”她一边回味一边笑着说，“他的眼神里面没有敌意了，也没有冷漠，没有厌恶、不屑，很温和，很平静，甚至都没有……”她顿住了，刘靖初问：“没有什么？”

以瑄耸了耸肩说：“呃，也没什么，我就是觉得他好像不恨我了。”

刘靖初说：“那是好事吧。”

以瑄沉默了一会儿，又说：“刘靖初，今天谢谢你打电话告诉我他醒了。”

刘靖初的手指在方向盘上轻轻点了点：“阿瑄，你不是真跟我客气吧？”

以瑄撇了撇嘴："假的，我干吗跟你客气呢？"她把头向后一仰，很放松地靠着座椅背，闭上了眼睛。

过了一会儿，她觉得刘靖初太安静了，又问他："你平时不是很多话吗，今天怎么了？你那个店员怎么样了？"

刘靖初说："郁桐？她妈妈把她接走了。她没事。"

然后又是一阵沉默。

以瑄也没说话了，车很快就开到了她住的小区门口，她下车之后却听到背后又传来关车门的声音，刘靖初也跟下车来了："阿瑄。"

风吹得一旁的墙上搭满的常青藤微微飘了起来，隔在两人中间。刘靖初的脸时而在温和的路灯下清晰可见，时而又被叶子的阴影朦胧遮挡，以瑄看不清楚他脸上的表情。他忽然说："谢谢你！"

以瑄有点摸不着头脑，问："谢我？你谢我什么？难道我做了什么好人好事是我自己不知道的？"她刚说完，刘靖初竟然几步走了过来，不由分说地把她朝自己怀里一拉，紧紧抱住了她。

以瑄吃了一惊，吞吞吐吐道："刘靖初啊，我们……不是说好的吗……"

刘靖初凝视着地上两人交缠着的影子，说："没什么，我就是想抱抱你。"

以瑄问："你今天怪怪的，真的没什么？"

刘靖初说："没有。"他轻轻地松开了以瑄，摸着身旁被风吹得飞起来的常青藤，故意夸张地苦着脸说，"唉，我可能是看它老不开花，所以觉得有点伤感了吧。"

以瑄知道，有些话不说比说了好，点到即止，是为了避免双方都尴尬。她便说："别贫嘴了，回家吧，你自己路上小心开车。"

刘靖初点头："嗯。你先走吧。"以前她还住在旧区的时候，他每一次送她回家都会在楼下等她进门，看见她屋里亮了灯他才放心离开。

她笑着说："怎么，还是要等我进屋，亮了灯你才走啊？"她指了指步道尽头的那栋楼，说，"我家窗口是朝另外一个方向的，你在这儿也看不到。"她又说，"你放心吧，这个小区的保安很严，我很安全。"

"嗯。"刘靖初虽然又点了点头，但他还是站着没动。

以瑄噘着嘴说："好吧，那我先走了。"

她刚转身，却脚步一顿，像是想起了什么似的，回过头来："刘靖初啊，我要走了，你别等我了。"

刘靖初的心像是被这句话猛然撕裂："我知道。"

常青藤依旧在晚风里飞舞着，隔在她和他中间，模糊着他的视线，划花了她的背影。

可是，他还站在那里。

她明白他的等待，就像他很清楚她的离开。

然而等待与离开都是他们各自的事情，他还不想说破，但她终于忍不住先温柔地抽了刀。

"刘靖初啊，我要走了，你别等我了。"

"我知道。"

假如深爱欠奉，没有人还能在友情的幌子下继续存活，迟早会有诀别的一天。这个道理，他早就知道。一直以来，他所乞求的只是这一天晚一点，再晚一点到来。他想多陪陪她，陪到她幸福为止。

现在，她的幸福或许终于要来了吧？

整个晚上，他心里暗藏着一重一重的浪潮，其实，不全是因为姜城远的苏醒抑或彼此即将迎来的诀别，而是因为那天他从唐柏楼嘴里听来的那句话。那是一个卑微之人所能得到的最好的一句话——

"别说你比不上刘靖初，你就连姜城远都比不上。"

刘靖初怎么都没有想到，以瑄竟然会把自己置于姜城远之上。他为此狂喜过，也狂悲过，直到今天看见她，他最想做的就是抱一抱她，对她说一句谢谢——如果命运让我不能听到你说你爱我，那么至少让我知道你还看重我。谢谢你，阿瑄，你终于还是令我的这些年没有遗憾了。

这年七月的第一天，好几家电视台都在推送着有关牧夫座流星雨的消息。据说这会是近十年来牧夫座流星雨最壮观的一次，而本城今夜天气晴好，又位于最佳观测区域内，所以很容易就会看见流星。

电视里的新闻主播正在热情洋溢地向市民们推荐着城中适合看流星雨的地点，有紫格山观景台、江南汇景公园、昭云禅院，还有科技馆和南门塔。主播每说出一个熟悉的地名，姜城远就会在心中默默跟着重复一遍。

不知道紫格山是不是依旧春有樱花、秋枫成云，不知道昭云禅院的钟声是不是还会吸引很多的白鹭，不知道南门塔横街里养着红头鹦鹉的那间老茶馆还在不在，明知道两年的时间城市的模样应该不会改变太多，但他就是有一种恍如隔世的感慨。他想，等他的身体恢复过来了，他一定要把这座城市走遍，去看他以前没有看过的风景，哪怕是一棵老树、一片绿瓦。

护士敲了敲门，推着轮椅进来："姜城远，带你去做物理治疗了。"

物理治疗室在六楼，姜城远下电梯的时候，另一部电梯正经过六楼，缓缓地升上去。

电梯里面有三个五十多岁的中年男人，个个都表情凝重、一言不发，另外还有一个年过古稀的老人，便是唐舜的表叔。而电梯里唯一的女人就是郁桐的妈妈林晚，这些人都是来看望唐舜的。

但是，说是看望，其实他们的目的并不那么单纯。

这天的唐舜精神还不错，虽然还是不大清醒，但双手能拿得起水杯了，这无疑是一个很大的进步。

而物理治疗室中，姜城远慢慢地松开了扶手，单腿往前迈出一步，险些跌倒，却还是站稳了。

接着他往前走了第二步。

显然，他的身体机能恢复得越来越好了，他的治疗师和病友们都在为他加油，欢呼鼓掌。

同一时刻，在十八楼甜品铺里，也有人开心地鼓掌。因为阿伊、小卓和郁桐的老板刘靖初说晚上要带他们去紫格山看流星雨。

阿伊说要打包隔壁店里的一只卤全鹅还有凉拌猪耳朵，小卓说要带一箱黑啤，郁桐说那再去超市采购一些零食，就当开一个深夜野餐派对，一向嘴硬心软的老板一直点头说好。

傍晚六点的时候，郁桐推着购物车脚步轻快地进了超市。刘靖初跟在她旁边，不断把货架上的各种零食、饮料往购物车里放。一旦她离得远了一点，他就会向她招手："推车的，跑哪儿去啊？过来过来！"

"哦。"郁桐每次听见刘靖初喊她"推车的"，就忍不住偷偷地笑。

傍晚六点的时候，姜城远回到病房里，又打开了电视机。病房里一定要有人声，他才会觉得现状是真实的，而不是他的梦境，所以这几天就连睡觉的时候他也要把电视机开着。电视里说现在流星雨还没有开始，今晚城里一定会有很多人去看流星雨。那她会不会去呢？她会跟谁去呢？

姜城远闭着眼睛躺在沙发上，差点睡着的时候，他突然听到隔壁传来了"哗啦"一声打碎玻璃的声音。接着病房外的走廊就热闹了，不断有人跑来跑去，有人大声喊话，喊的什么他没兴趣听，他还是闭目躺着。

而傍晚七点，郁桐他们正跟两大箱零食一起挤在车里，车子刚刚穿过紫格山的盘山隧道。

沿途的车辆真的不少，看来市民们都对这场流星雨充满了热情。

他们到了观景台以后就占领了一个相对还算僻静的地方，把餐布铺开，把食物一一摆上。

刘靖初忽然问："小卓，你的望远镜呢？"

小卓两手一摊："什么？老板，不是你带望远镜吗？"

刘靖初追着小卓要踹他，他急忙拉郁桐当挡箭牌。阿伊坐在地上已经开吃了，边吃边说："你们玩着，我饿了，先吃会儿。"

郁桐也坐过去："我也饿了。"

小卓往草坪上一倒："算了，老板现在就算要杀了我，我也得先把我的烤鱿鱼吃了，不然某些人得把我的烤鱿鱼杀得片甲不留了。"

刘靖初随手拿起一瓶矿泉水，一拧开就"咕嘟咕嘟"灌了几大口。

郁桐的脸忽然红了。

她想说那瓶水是她的，她刚才已经打开喝了一口，但她故意没说，低头又悄悄地笑了起来。

夜晚九点半，流星雨开始了。

即便用肉眼也能观测到的流星开始一颗一颗地划过天空，每出现一颗，就会有很多欢呼声响起，仿佛整片紫格山的山顶都在沸腾。

同样也是夜晚九点半，有人在网上发布了一则消息，称唐为影视公司的董事长唐舜刚刚去世了。

此时，医院里，有人在痛哭；山顶上，有人在欢呼。

流星不多一颗，不少一颗，依着它的轨道来了，然后消失，不留痕迹。

所有的大起大落都和风景无关。

唐舜是因急性脑干出血而死亡的。下午，病房里，表叔慷慨激昂，说宋冉的坠楼事件至今还没有定论，媒体依旧还在大做文章，令公司声誉受到了严重影响，新剧也遭到网络水军的抹黑和打压，而且对手公司落井下石，趁机在股市攻击“唐为”，令“唐为”股价持续下跌。然而，唐柏楼接任代理董事长以来，面对这一塌糊涂的局面，不仅没有什么作为，还自身难保，态度也很消极。表叔说，唐舜必须重新找人做代理董事长，唐柏楼绝非一个正确的委派对象。

病房里其余的人都在附和表叔，还带着早前搜集好的数据硬塞给唐舜看，大有不说服唐舜就不罢休的架势。这些人都是有备而来的，这个下午，也是林晚等了很久才终于等到的一个下午。

当声浪像潮水似的压下来，众人的一张张脸在唐舜眼前时而模糊，时而清晰，时而还显得狰狞时，唐舜头痛着急，喉咙里就像有火烧似的，想发出声音又发不出。这时，他看了看站在窗边一言不发的林晚。林晚的眼神很空、很冷漠，作壁上观的姿态显而易见。他吃力地指着她：“晚——”

林晚正要靠过去，突然见唐舜颤抖着手按住床头柜，但手滑，身体一斜，人就往地上栽了下去。

唐舜因为受到刺激，情绪激动，突然脑干出血，摔倒的时候又撞伤了头部，导致情况剧烈恶化，最终抢救无效死亡。

可是，这不是林晚想要的结果。她在背后牵线搭桥，煽风点火，甚至栽赃嫁祸，所针对的都是唐柏楼，而不是唐舜。唐舜是她的天，她还没有准备好，她的天怎么就塌了呢？她还没有准备好啊！

这天的林晚哭倒在手术室门口，所有的人都在劝唐太太节哀。

那一刻，她觉得那个称呼好别扭。

后来，那也成了她唯一的一次为唐舜流眼泪。追悼会上她没有再哭，跟遗体告别时她也没有哭，撒骨灰的时候她就更没有哭了。风一吹，骨灰盒里倒出的灰白粉末就散开飘走了，降落到茫茫的江面。她只觉得骨灰盒越来越轻，她因为抱盒而感到酸胀的手臂也没那么不舒服了。

骨灰不埋入地下而是撒入江中，是唐舜生前就提过的。他说，埋入地下太压抑了，他会觉得就连死后都有一个牢笼在困着他。他生前什么都有，只有一样没有，那就是自由。他渴望自由。

利欲、责任、阴谋、猜疑、防备，什么都没有了，随风随水，飘散而去，他终于自由了。

唐舜去世的时候，唐柏楼没在医院，而是在唐家别墅里，正等着喝迅嫂煲的汤，一接到电话就冲出门去了。他赶到医院，见到唐舜的尸体，盯着父亲的脸看了好久，脸上始终没有任何表情。

不一会儿，唐树恒也来了，接着殡仪馆的人也来了。大家各自开车跟在殡仪车后面，跟到殡仪馆。唐柏楼一下车就看见了已经在头侧戴了一朵白花的林晚。他慢慢走过去，在她身边耳语：“刚才在路上，我有个在警察局的朋友打电话给我，他说宋冉的案子彻底结了，确定是由于醉酒而不小心坠楼，跟我、跟‘唐为’一点关系都没有。我看这件事明天应该会跟我爸爸的死一起上报纸了，你……是不是很失望？”

林晚僵硬地站着。

唐柏楼又说：“我不妨告诉你啊，是我逼宋冉跟我合作、自爆丑闻的，可她贪得无厌，想反过来勒索我。我那天是去找她了，我想好好跟她谈谈……”“好好”两个字他故意咬得很重，一听就意味深长。

“谁知道……她那段时间受不了压力。我去的时候，她喝得烂醉，我看着她滑倒扑出阳台……你知道吗？我是可以拉住她的……”唐柏楼说到这里，阴森森一笑，继续说，“但是，我没有。”

林晚还是僵硬地站着。

唐柏楼又说：“你去报警啊！把我跟你说的这些告诉警方，告诉记者也可以……不过阿姨啊，我得跟您说句实话，现在不管您知道我做了什么，都已经太迟了……不信咱们可以走着瞧！”

唐柏楼的声音轻如鬼魅：“我听说是你联合表叔公跟那些人，处心积虑就等今天下午冒死进谏太上皇，想推翻我的江山？呵呵，你听好了，这是我的江山！以后，‘唐为’会完完整整属于我一个人！”

他笑了：“林晚，谢谢你！”

守灵的第一晚，林晚一直在发抖。一想到唐柏楼的那番话，她就气愤、不安、恐惧，什么负面的情绪都有，但她也说不清自己为什么会因为他的那番话而有那么大的压力。她连续四天几乎每天都只睡两个小时，黑眼圈比谁都重，脸色比谁都苍白。来吊唁的宾客都说她明显憔悴了，也都说他们夫妻情深，劝她节哀顺变。

她也不知道他们说得对不对，她只觉得心里是空的，很空，急切需要某种东西来填塞。

撒完骨灰的那天，她一下船就找到了唐家的司机，要司机赶紧开车送她回别墅。途中她一直在催司机开快一点，越催她心里就越紧张，她一紧张，就觉得自己需要被填塞的那个空洞也在逐渐被填满。

她开始回忆唐舜临死前的一幕。

那一幕，她没有告诉任何人，就连郁桐都没告诉。唐舜脑干出血摔倒的时候，其实还对她说了一句话。

准确地说，那不算是一句话，而是四个数字。

当时，唐舜忽然倒地，她过去扶他，他就像一个溺水的人抓到了救命稻草一样，死死地抓着她的衣袖，手背因为过分用力而青筋暴起。他鼓着眼睛瞪着她，一直张着嘴，令她想到了快要死的鱼。

病房里其他人见状都涌过来，抬头的抬头，抬脚的抬脚，唐舜却一直抓着林晚的衣袖没放。她意识到他是有话想说，于是便凑过去。他说了四个数字：八七八四。当时房间里太混乱了，其他人似乎都没有注意到这个细节，只有林晚听得清清楚楚，把这四个数字记得牢牢的——八七八四。

假如她没有猜错，这很可能就是唐舜书房的保险柜密码吧？

林晚一回到别墅就直接冲上了二楼，跑到书房门口，气还没有喘匀就大喊道："迅嫂，迅嫂！"

迅嫂急急忙忙地跑过来："太太，什么事？"

林晚深吸了一口气，嘴角开始有笑意了："马上找个锁匠来，把这道门破了。"

迅嫂脸上流露出了一点为难的表情："太太，这样好吗？要不要跟两位少爷商量一下？"

林晚傲慢地笑了，说："不用了，现在老爷不在了，这房子就是我说了算！"是啊，唐舜视如命根的这间书房，现在终于是她可以为所欲为的地方了。她慢慢抬起头，望着过道斜上方，那里有一个监控摄像头。

她对着摄像头挥了挥手，笑容妩媚而诡异，说："老公，你看见了吗？我要进你的书房了哦……"

林晚嫁给唐舜这么多年，进入书房的次数屈指可数。那间以黑色和灰色为装修基调的房间，一直以来都是除了唐舜以外的所有人的禁地。林晚和唐舜夫妻俩感情最好的时候，唐舜也只允许林晚在有他陪同的前提下进入书房。林晚还记得，自己第一次进去就因为看见唐舜放在桌上的那一沓照片而震惊了。

照片里，唐柏楼跟唐树恒和谁吃饭、和谁看电影、和谁逛街全都一览无余，私生活好像被大起底了。林晚那时才知道，这就是唐舜作为家长对自己两个儿子的掌控。他有他的眼线，时常命人汇报两个儿子的个人情况给他，如果这兄弟俩的社交超出了他允许的范畴，他就会出面干涉。

他对林晚说过这样一句话："我信不过任何人。"

林晚问他："那你是不是也信不过我呢？"

唐舜笑得很温柔，说："我连我自己的儿子都要查，晚晚，你觉得我对你会怎么样呢？”

林晚自讨没趣，一脸僵硬。

唐舜说：“不过，你很好，你大概算是我身边最令我省心的一个人了。所以，晚晚，我爱你。”

林晚永远都忘不掉那一天，那是她第一次在自己的丈夫怀里感到毛骨悚然。

唐舜问林晚：“你有过把你全部的积蓄都交给一个和你从小一起长大的朋友做投资，对方却吞了这笔钱还跟你翻脸绝交的经历吗？你有过被人错当成无牌小贩告进警察局，亲戚们却怕丢脸，一个都不肯来接你的经历吗？你有过落魄到捡垃圾吃，却还有人拿着棍子打你、赶你的经历吗？”

“你更没有被最深爱的人背叛的经历吧？活了半辈子，却突然发现自己一直活在对方的谎言里！”

……

那天的唐舜轻描淡写地对林晚说了一些他过去的经历。但是，关于被最深爱的人背叛一说，他没有讲到个中的细节，林晚也不敢多事追问。唐舜说：“利字当头，人情冷漠，世界也就是如此……什么亲情、友情、爱情，有当然好，那就当锦上添花……可你知道什么才是雪中送炭吗？钱和权啊！”

他又说：“有了钱和权，世界就是你的，你就有硬气可以不信任何人，因为别人会来信你……”

“我是说，这不仅仅是信任的那个信，还可以是信仰的信！”

“所以，晚晚，你也要信我，你只要信我，我就会给你安排这世上最好的。”

……

那场谈话成了林晚心里好长时间都拔不出来的一根刺，她甚至独自出门都会觉得有点别扭，因为总是忍不住疑心附近有人在监视她。

唐舜还在书房的内外也安装了监控摄影头。有一天，摄像头拍到林晚趴在书房门口的地上，还拿着东西朝门缝里掏，于是唐舜一回家，林晚就被审问了。她委屈地哭了，说因为项链断了，链坠从门下的缝隙滚进了书房里，她没钥匙进不去，就想试试看能不能用铁丝把链坠勾出来。

唐舜似信非信，一直到他真的找到了链坠，才承认自己错怪了林晚，又买了一条钻石项链来哄她。

他送她钻石项链的那次，是她第二次进书房。

书房里光线太暗，窗帘很厚，都拉上了，室外晴空烈日，室内昏灯一盏，这让林晚觉得很压抑。那些钻石似乎太重了，她的脖子被勒得慌，胸口也堵着，呼吸都有点不顺畅，所以那条项链她戴了一次就不戴了。

去年别墅失火，重新装修，唐舜为了看着他的书房，一有时间就会在家里守着。

据林晚所知，唐舜的书房里从现金到珠宝，再到一些古董摆件，加起来价值不菲是不用说的，还有唐为影视公司的一些账目、合同，也在这间书房里。当然，唐舜对身边人的监控数据是最重要的，不管是实物还是电子数据，他都会有选择性地保留。书房里有三台电脑，每一台都有不同用途，里面装的内容全都是他的宝藏。只要他不在，他的书房就是门窗紧闭，谁都进不去。

书房里还有一个最关键的所在，那就是藏在移动书架背后的保险柜。

唐舜从来不当着任何人的面去开那个保险柜，林晚更是连书架都不敢碰一下。有一次唐舜酒后失言，说那个保险柜之所以那么重要，是因为里面藏着唐家一个大秘密。而至于究竟是什么秘密，唐舜没说，林晚也一直假装自己没听过他说的那些话，就怕知道得越多，麻烦也越多。

唐舜会在临终前对自己说那四个数字，林晚是极度意外的。她一直都以为，以唐舜的性格，他宁可把保险柜的秘密一起带进棺材，也不会将密码透露给别人，尤其是只作为一个男人的附属品的人。是的，在唐舜看来，女人就是男人的附属品，而林晚就是他的附属品。

林晚一直回忆着病房里的唐舜说完那四个数字之后的眼神，他死死地盯着她，似乎还有什么想说的。

他还想说什么呢？

即将被打开的保险柜里，等待她的是什么？唐家的大秘密到底是什么？

林晚越等越焦急，迅嫂去找锁匠花费的时间超出了她的预想，她等了快一个小时，迅嫂终于带着锁匠战战兢兢地回来了。

迅嫂走到林晚面前时，眼神有点闪烁，故意不跟林晚对视："太太。"

"嗯，你赶紧过来啊！"林晚指挥锁匠，"赶紧把这道门开了！"

锁匠忙活了一会儿，弄得满头大汗，总算把锁撬开了。一打开书房的门，林晚急忙冲进去跑到窗边，把紧闭的窗帘朝两边一扯。"哗啦"一声，大片的光直射进来，刺得她差点睁不开眼睛。

"迅嫂。"

"是。"

"你送锁匠师傅出去，把开锁的钱结了。"

"哦。"

可是，迅嫂没有送锁匠，她只是塞了两百块钱给他，示意他别出声，他便揣着钱自己下楼走了。

迅嫂静悄悄地躲在书房门口，屏气凝神地看着林晚打开了那个保险柜，这时，她突然大声喊道："太太！"

林晚被吓了一跳，头也没回地说："你喊什么？这儿没你的事了，你别进来。"

但迅嫂又低声喊道："大少爷，二少爷。"

林晚一听，心里突然一紧，一回头，书房的门口竟然出现了唐柏楼和唐树恒的身影。

不只是他们，一起进来的还有两个中年男人。他们当中，其中有一个因为少白头而故意把头发全染白了，林晚认识他，他是唐舜的律师，名叫罗起航，而另外一个是罗起航的同事曾律师。

林晚似乎明白了什么，原来迅嫂不是找锁匠花费了时间，她是故意拖延时间。怕事的迅嫂在太太和大少爷之间当然只敢选后者，唐柏楼要她汇报太太回家后的情况，她就只能如实汇报；他要她晚一点再带锁匠去开锁，她就只能晚一点；他要她别告诉太太他们已经回来了，她就守口如瓶；他还要她偷看太太开保险柜，她就真的躲在门外偷看。

"大少爷，太太刚把保险柜打开，还没动里面的东西。"

唐柏楼笑着说："阿姨，爸爸临死前把保险柜密码告诉你了，这么大的事你怎么不跟大家说呢？"

林晚脸都白了，盯着唐柏楼，心想：他怎么会知道的？

其实，唐柏楼所知道的并不止这一件事。唐舜住院这段时间，医院里来了哪些人，什么时候来的，跟谁结伴，说了什么，送了什么礼，很多他都清楚。甚至是林晚偶尔在楼梯间悄悄跟别人打电话，谈话的内容也会有人告诉他。替他监视这一切的就是专门负责照顾唐舜的那个程护士。

唐舜摔下床的时候，程护士是第一个冲进病房里来的。她就在林晚旁边，所以唐舜对林晚说的话，她也听见了。

这时，唐柏楼看了看跟他同来的罗起航律师："罗律师，我爸生前交代你的事，你现在可以告诉我阿姨了。"

罗起航习惯性地转动着他左手中指上那枚与他笔挺的西装很不搭调的骷髅头戒指，点头说："好的。唐太太，唐先生其实在三年前就已经委托我和曾律师做见证人，拟定了一份遗嘱。"

什么？唐舜立过遗嘱，而且还是早在三年前就立了？林晚突然紧张起来。

罗起航又说：“一直以来，那份遗嘱就保存在唐先生的保险柜里。”

众人的目光都随着罗起航这句话而移到了保险柜上。柜门已经开了，林晚刚才也已经看见了，那里面除了一个牛皮纸袋，别的什么都没有。想来那个牛皮纸袋里面装着的就是唐舜的遗嘱了。

「第九章」

从此她再也不是生于沙漠的
仙人掌，她可以温柔地开花了

SHI GUANG
ZOU LE

NI

HAI ZAI

对不相关的八卦民众而言，这天的娱乐版头条显得有点无聊。大家都抱怨说这算什么娱乐新闻，没有骂战，没有揭秘，也没有重大动态发布，不过是一个富翁的妻子只分到了一百元人民币的遗产而已。

这个富翁也是绝了，生前那么好面子，一死就不管了，也不怕落人口实，竟然对妻子刻薄到这种地步。

一纸遗书，他把财产都给了两个儿子，最后用一句话就打发了跟了他这么多年的妻子——一百元人民币。

这哪里算是遗产？根本就是羞辱嘛！

这个富翁就是唐为影视公司的大老板唐舜。很多人即便不知道唐舜，但也知道唐为影视公司的“三生三旦”和近几年的热播大剧。尤其是现在十八楼大堂正中间的那一桌女大学生，议论起小生、花旦来，个个都是一副点评专家的样子，顺便还提一提富翁遗产的事情，对桌上摊开的八卦周报指指点点，什么都敢说，十八楼里别的客人的声音都被她们叽叽喳喳的声音淹没了。

报纸刘靖初已经看过了，郁桐这两天精神不好，想来也是在为她妈妈的事情操心。他知道她一会儿要到店里来，便特别调了几杯柠檬汁，亲自端给那桌女大学生：“美女们，能不能帮个忙？我有位熟客指定要坐这桌，劳烦大家挪到那边包间里，不额外收费，还送你们一人一杯特调柠檬汁，怎么样？”

女孩们你看看我，我看看你，心想：有这种好事？其中有一个女孩率先就站起来了：“行！老板亲自招呼，我们有什么说的？挪呗！不过老板，你能把你的电话号码给我吗？”女孩一副女中豪杰的样子，可是同伴们一起哄，她还是脸红了。

刘靖初帮她们挪了位置，还悄悄地扔掉了那张报纸。正好这时郁桐来了，一进来就看到他跟一个女孩有说有笑，还互留了电话号码。她表面上不动声色，但原本已经很低落的情绪就更提不上来了。

这天，郁桐不是来打工的，只是来拿阿伊替她暂管的设计稿。因为林晚的情况不是太好，郁桐就把她打工的时间都挪到了林晚身上，尽量陪着林晚，她已经一个星期没有到店里干活了。

拿了设计稿以后，郁桐还要赶去城南的华来酒店，因为酒店里有一场珠宝拍卖晚宴，晚宴秀场模特的服装就是郁桐做实习生的那间工作室提供的，所以，工作室的人都要到后台帮忙。

要走的时候，郁桐才知道刘靖初也要去酒店附近，他有一位朋友在那边也开了一间甜品铺，生意一直不错，但朋友打算移民，想把铺子转手，他想接手，所以双方就约了商量买卖的事宜。

刘靖初开着车，郁桐坐在车里，目光涣散地望着窗外。

车内安静得有点尴尬，他便打开了广播。

交通广播正好播到了本周的娱乐热点，男主播开口就说："唐为影视公司大老板……"

刘靖初急忙把广播关了。

郁桐看了看他，说："没关系的。"

刘靖初顺着她的话问："你妈妈怎么样了？"

郁桐说："唐柏楼逼她把在公司的职务辞了，昨天她也搬出别墅了，现在住回我们原来的家里了。"

那天律师宣读遗嘱的时候，林晚几乎崩溃了。唐柏楼是遗嘱的最大受益人，由唐舜所持有的唐为影视公司百分之四十的股份将全数由唐柏楼继承，而他名下的所有物业和存款则由兄弟俩平分。至于唐太太林晚，根据唐先生的遗嘱，她得到的是他名下的现金人民币一百元，这件事情成了全城的笑话。

消息传开之后，还有记者在别墅门口等着访问林晚，林晚只好故意不出门。唐柏楼却一个电话打过来，要林晚立刻去公司办理离职手续，并且在天黑之前搬出别墅，使林晚的现状雪上加霜，林晚再一次崩溃了。

自从嫁给唐舜，林晚就很少回她们原来住的家了。家里的墙壁已经有了裂纹，有些地方像被水泡过，凸了起来，手指一戳就掉下来一大块。鞋柜的门已经关不严实了，电风扇也生锈了，水龙头每次打开都会发出很大的响声，有一个燃气灶已经点不开火了。就连床头的背靠都有木刺,她被扎了一下,看着血珠子像一颗毒瘤一样从指腹冒出来，越变越大，突然就哭了起来。

整整一个星期，郁桐时常会听到林晚哭，听到她在卧室里打电话骂人，她还因为楼道里的垃圾而和邻居闹得很不愉快。林晚甚至对郁桐说，她不相信唐舜会对她这么狠，她怀疑遗嘱是假的。这话她说了不止一次，每次一说都咬牙切齿，目露凶光，还有点痴痴癫癫的，郁桐看着都心里发寒。

郁桐能劝的都劝了，但林晚根本听不进去。有一天，唐柏楼打电话来告诉林晚，说遗嘱里提到的那一百块钱已经存入她的账户里了。他显然是故意来嘲讽林晚的，林晚一时激动，还把手机从窗户里扔了出去。

楼下是一个垃圾站，林晚扔了手机以后就后悔了，急忙又追下楼去捡。

郁桐回家的时候，看见自己的妈妈跪在垃圾堆里乱翻。她弄清楚是怎么回事以后，冲过去拉着妈妈：“你起来，妈妈，你站起来！你别这样！过去就当做了一场梦,旧的东西没有就没有了,咱们重新开始,没什么过不去的，你起来啊！”

林晚还是跪着：“那个手机很贵的，你让我再找找。桐桐，现在生活不一样了，手机可不能说不要就不要了。”

郁桐吼道：“生活不一样了，所以你就要翻垃圾吗？”

林晚也吼了起来：“我不是在翻垃圾，我在捡回我自己的东西。那是属于我的，应该属于我，我凭什么不拿回来？”

郁桐手一甩，说：“好，你要捡，就捡个够吧！”她转身就跑，但是，冲进楼道后，脚步却渐渐慢下来了。

她又走回了垃圾站，什么也没说，跟林晚一样，开始在那恶臭熏天的垃圾堆里翻找。她一边找，眼里一边有大颗大颗的眼泪往下掉。这天，回家洗澡的时候，她擦了三遍沐浴乳，却还是觉得满身都是垃圾味。站在已经有锈迹的喷头底下，她又哭了。

她真的好想好想跟刘靖初说说话。就像十四岁的时候，她有什么委屈都写在那个小小的作业本上一样，大哥哥说没关系，她就觉得真的没关系；大哥哥回她一个笑脸符号，她就真的笑了。

她多想再听那个大哥哥对她说：没关系，郁桐，你笑一笑吧。什么挫折都会过去的，你笑一笑吧。

可是,她坐在黑夜里,没有打电话,也没有发短信,最后什么也没做。十四岁那年的勇气，好像早就一去不复返了。

郁桐回过神，华来酒店还没到。车子正好经过唐为影视公司，她突然看见路边有几个人在拉扯，于是大喊了一声："停车！"

刘靖初吃了一惊，踩着刹车问："怎么了？"

郁桐说："我看见我妈妈了！"

林晚原本应该待在家里的，她答应过郁桐不会去想那些烦心的事情了，还说要买新鲜的猪肺回来煲汤，留给郁桐晚上回家喝。这时的林晚却当街抓着一个男人的衣袖，喋喋不休地跟对方说着什么。对方显然并不乐意听，几次想避开她，她却还是紧跟不放，一副不饶人的样子。

郁桐不认识这个满头白发的中年男人,直到听见林晚喊他罗律师,她才知道这个人就是唐舜的御用律师罗起航。

跟罗起航同行的还有五个男人，有他的同事，也有"唐为"的员工，大家都在劝林晚："唐太太，您别说了，别揪着毫无根据的事情不放，我们跟罗律师都赶时间呢。"……"既然事成定局了，您还是接受现实吧。"……"唐太太，您要是真对遗嘱有怀疑，我觉得还不如去找唐总说来得实际点。这说到底也是你们的家事，您得和唐总去解决。”……“对啊，这样当街拉扯真的不太好……”

大家七嘴八舌，林晚还是缠着罗起航，说：“不，罗律师，我不相信我老公会对我这么绝情，遗嘱肯定有问题！他立遗嘱的时候清醒吗，或者情绪稳定吗？你们的程序走得正规吗？他为什么会在那个时候立遗嘱？你告诉我啊！你不肯说，是不是心虚？是不是我猜对了？遗嘱就是有问题……”

林晚边说边拉扯罗起航，一不小心抓到了他的公事包，他没提稳，包就掉在地上。因为包里被填塞得太满，所以拉链被撑开了，有几份文件掉了出来。罗起航火了：“唐太太，你觉得哪个亏待你，哪个报复你，那是你的事，你别侮辱我的人品和职业道德！你真不服气就去找唐总，我没时间应酬你！”

郁桐过去一看就知道是怎么回事了，她拉着林晚：“妈妈，你怎么不在家待着，还到这儿来做什么？”

林晚根本不理郁桐，继续追着罗起航。罗起航把他的文件一张张捡起来，有几张掉得远的，有人帮他捡了，递过来给他。“谢谢。”他说。

“不客气。”刘靖初说完，又盯着罗起航看了看，一个四十来岁却满头白发的人想不引人注意都难，他觉得罗起航有点眼熟，但一时间也想不起什么来，“呃，我们是不是在哪里见过面？”

罗起航意识到刘靖初是跟郁桐一起来的，所以也没给他好脸色，说：“对不起，我不认识你。”

同事把车开过来了，罗起航上了车，林晚甚至还追着车子跑了几步。追不上了，她就站在路边，两眼发直地盯着车尾。车都消失了，她还是站着一动不动。郁桐见她这样子，眼眶都红了，过去说：“妈妈，走吧？”

林晚似乎这时才意识到郁桐的出现，她有气无力地说：“桐桐啊，你要去华来酒店吧？你去吧，去吧。”

郁桐说：“我不去酒店了，我陪你回家。”

林晚失魂落魄地说：“回家？”她抬头看了看身旁高耸的大厦，“我要去找唐柏楼，我要问问他！”

郁桐急了：“你到底想怎么样？你要问什么啊？妈妈，求求你了，别这样了好吗？跟我回家！”

林晚想挣脱郁桐的手：“好吧，好吧。你放开我，我回家，我自己回家。”她的声音轻飘飘的，“那你去酒店……别耽误了正事，好吗？你不是说今天的活动很重要吗？缺席可能会影响你的实践评估的。”她一边说话，眼睛却还往大厦那边瞄，“妈妈自己回家，我回家了，桐桐，我这就回。”

林晚不是第一次提出她的怀疑，也不是第一次流露出想找唐家的人刨根问底的意思。她最近一直精神恍惚，爱钻牛角尖，有一次走神还差点把洁厕剂当矿泉水喝。郁桐不放心她，也不相信她会乖乖回家，说什么都拉着她不肯放手。她们僵持不下的时候，刘靖初在旁边轻轻说了一句：“郁桐，我替你照顾阿姨吧？”

郁桐不知道刘靖初用了什么神奇的方法安抚了林晚，这天晚上活动结束以后，她回到家里，饭厅暖黄灯光下的餐桌上，等待着她的是一碗热腾腾的猪肺汤。林晚的情绪明显比下午好了很多，脸上甚至还有点笑容了：“桐桐，去洗个手，来试试这猪肺汤。”她接着又嘀咕说，“你老板还教了我清洗猪肺的窍门，他不说我都不知道，原来我之前的方法是错的，难怪我经常洗不干净，还那么费力呢。”

郁桐见林晚状态不错，觉得奇怪之余，倒也松了一口气。她看了看那碗汤，说：“妈妈，你怎么放香菜了？你知道我不吃的。”

林晚说：“你老板说，加点香菜能提升汤汁的鲜美。你放心吧，加香菜的量也是他告诉我的，保证既能提鲜，而你还不会被香菜的气味闷到，不信你喝一口试试。”

郁桐一听，噘着嘴偷偷地笑了：“哦，他说的啊！”

在郁桐的记忆里，那是她喝过的最好喝的猪肺汤了。母女俩对坐在一张小小的两人方桌上，被橘色温暖的灯光笼罩着，一边喝汤一边聊天。话题终于不再围绕着唐家，林晚也没再提遗嘱的事了，两个人都挺心平气和，有说有笑。时光仿佛屏蔽了最近的不愉快，她们又回到了从前。

和从前不一样的是，她们不必再数着时间用了，不必再匆匆相见又匆匆告别，还会有大把大把这样月圆风熏的夜晚供她们挥霍。她们可以一起散步去公园看老头老太太们跳交谊舞，可以一起淋着雨穿过三条街，两个人分吃一个酱猪肘；她深夜回家的时候，会有人为她留灯，开门的那个瞬间不会再看到黑漆漆的一片；她也不必在每次生病的时候嘴硬地对妈妈说“我没事”，转身却躲起来偷偷抹眼泪。

虽然郁桐也知道林晚有多痛惜失去了阔太太的生活，但是，暗地里郁桐反而是庆幸的。现在这一间白漆泛黄的旧屋，这一盏褪色蒙尘的吊灯，这一张十年前买的餐桌，餐桌上有一碗热汤，隔着汤碗里升起来的白雾，她能看到自己的妈妈温柔地坐在对面，这些都是她想要的生活。

她算是终于等到了。

一回到房间，她就迫不及待地给刘靖初发了一条消息：谢谢你。

过了一会儿，他回她：猪肺汤好喝吗？

郁桐捧着他的回复心花怒放：好喝到我妈妈一直不停地夸你。

他问：怎么夸我的？

郁桐说：夸你人长得帅，既年轻又能干，很有礼貌，而且嘴甜，会卖乖。

他说：后面半句怎么都不像她夸我的，像你在损我！

郁桐对着手机屏幕噘嘴：我也夸你呢，你是老板，我哪敢损你？

接着她又问：你下午到底跟我妈妈说了些什么？为什么她突然心情就好了很多？

刘靖初回：因为我带她去游乐场骑大笨象了，骑大笨象的人心情都会变好，你信不信？

郁桐咯咯地笑：骗人！

她又问：那你跟朋友谈转让的事情耽误了，改期约好了吗？

刘靖初说：放心，耽误不了，我已经跟他重新约时间了。

郁桐心里好一阵翻涌：老板，真的谢谢你！

刘靖初开玩笑说：感激我就在工作上好好表现，也算报答我了，千万别以身相许啊！

郁桐心中一动，故意问：为什么？反正你都没有女朋友。但是发送完这句后她又有点后悔了，心里突然紧张起来，生怕泄露了什么。她赶紧补充一句：完了，我老板可能想要一个男朋友！

正在伏案翻查资料的刘靖初看见郁桐接连发来的两条消息时，伸了个懒腰，想回她一句“胡说八道”，却又想起了那次她发病时的梦呓，当时的那句话和当时的情形后来时常都会在他的脑海里浮现。她说“他对我很重要的”，这七个字，比他最熟悉的一句七言诗还要令他记忆深刻。他想了想，决定这样回她：因为我心里一直有一个人。

黑夜里，仿佛充斥着几不可闻的叹息。

郁桐看着刘靖初的回复，窗外一阵风吹进来，窗帘被掀起，裹住了台灯的灯罩，室内忽然暗了。

他心里有一个人啊！哦，原来，他心里也有一个人。

真巧啊，我也是。但是，她不敢这样回他。

她趴在床上，两眼发直地盯着前方，茫茫黑夜，前方是书桌，是窗台，是两棵云竹，是橙黄的路灯灯光和别人家的灯火；前方又好像什么都没有，是黑暗的，空白的。她还保持着优雅的微笑。

其实，没关系的。刘靖初，你心里有人，我也喜欢你。你视我如尘埃，如浮云，如镜花水月般虚无，我都当你是日月，是天地，是深入骨髓的执迷。所以，真的没关系的。

那晚聊天之后，有四天刘靖初都没有看见郁桐来十八楼打工，人也联系不上。他想她应该只是睡美人症发作了吧，以前也有过类似的情况，她会因为发病而突然消失几天，但之后总会精神抖擞地出现在大家面前。

他嘴上还和阿伊、小卓说要淡定，有这样一个情况特殊的同事，大家适应适应就好，但那天他在十八楼里突然听到有人喊了一声："郁桐——"他立刻抬起头，循声找过去："郁桐来了？"

阿伊"扑哧"笑了："老板，谁不淡定了？人家喊的是豫栋，就是每次来都只吃烧仙草的那个豫栋呢，你忘了？"

刘靖初顿时觉得有点尴尬，就没说什么了。

天黑之后就开始下雨，还降了温，有点冷。刘靖初忽然很想喝一碗暖暖的猪肺汤，于是开着车去了老邹家的大排档。

他到大排档的时候已经快十一点了，四合院里正是热闹的时候，门口排队等座的人有好几拨，他排在第六组。

老邹过来招呼门口那桌客人的时候看见了等在人群里的刘靖初，于是打了个手势："你过来，过来。"

刘靖初笑着走过去："怎么，要给我开后门？"

老邹斜着眼睛看他："开后门？你倒是想，我还不愿意呢！我是想跟你说，进去搭个台，你的小姑奶奶在七号桌。"老邹说完，还拧紧了眉头把他从头到脚打量了一遍，叹了一口气，又摇了摇头。

原本刘靖初还不明白老邹为什么会有这样的反应，但是，当他走向七号桌的时候他就明白了。

七号桌那个背对着他的人知道他来了，缓缓转过头来，冲他淡淡地笑了笑："刘靖初。"

他也笑了："你也在啊，姜城远。看来你恢复得不错。"

姜城远把桌上多出来的一份碗筷推到刘靖初面前，顺手还给他倒了一杯茶水。

刘靖初说："喝酒吧？"

姜城远笑了："医生说我最好还是以清淡的饮食为主，忌烟酒辛辣。"

刘靖初说："那你可来错地方了，老邹这里的招牌菜都是以辛辣出名的。你不能吃，那还不如不来。"

姜城远耸了耸肩，说："所以我刚才就说，我来只是负责埋单的。"

刘靖初说："你放心，这个我不跟你抢。"

姜城远说："我倒没有预算你那一份。"

刘靖初说："这个你也放心，我不喜欢的人即便想替我埋单，我也不会接受的。"

姜城远点了点头："刘靖初还是那个刘靖初啊！"

刘靖初却摇头："不是了，要还是以前的刘靖初，我就不会坐下来跟你好好说话，我得动手了。"

是啊，要是以前那个刘靖初，他恐怕就已经抓着姜城远的衣领，威胁地说：如果你还想继续伤害阿瑄，我一定不会放过你！而以前那个姜城远也会用一脸挑衅的表情予以还击，把两个人之间堆积如山的恩怨再清算一遍。他们不是不欢而散就是大打出手，这样的常态，竟然没有了。

两个人都还算心平气和，面对面坐着，虽然没有太多正面的交流，但以前那些不愉快的往事都没有再提了。

刘靖初想起自己曾经对以瑄说过："既然你还爱他，我又能怎么样呢？"他想，他和姜城远之间就算始终做不到化敌为友，但他至少说服了自己，学会了尊重。他决定尊重阿瑄的选择。他再也不会像以前那样赌气地在她面前说：没有人会比我更爱你，没有人会比我对你更好了！

他已经不复当时的年少轻狂了。

时光真的让人变得不一样了。

他如今最希望的也不过就是自己身边这个女孩在吃尽了苦头以后会得到幸福，幸福到不给他留一点情面。因为他是真的接受了这个血淋淋的现实——能给她幸福的人，怎么也不会是他了。

他们吃完夜宵，雨已经停了。路面凹凸不平的老街上，隔几步就有一个水坑，路灯不太亮，他们都走得比较谨慎，要低着头看路，似乎也就可以不必非得找话题了。三个人都沉默了一会儿，走到停车的地方，刘靖初心里忽然轻轻揪了一下，今晚送她回家的人也不是他了吧？

黑暗中，以瑄悄悄看了刘靖初一眼，好像猜到了他的想法似的，故意先开口说："刘靖初，我好久没有来这一带了，还想在这附近散散步，你不用管我了。你自己回家吧，小心开车。"

刘靖初看了看以瑄，又看着姜城远，问："你没问题吧？"

姜城远说："我会陪着她的。"

这时，马路上突然有一辆私家车飞驰而过，她身旁就是一个大水坑，车轮碾过的时候，水坑里的水飞溅开来，刘靖初急忙喊道："阿瑄，当心！"他一步跨过去，张开双臂，挺直了背，毫不含糊地确保自己能把她瘦瘦的身体挡住，污水全溅在了他身上。

车一开远，他抬头一看，才发现有人也做出了跟自己相似的举动，只是，自己张开的双臂里抱着的只是一团空气，而那个人却把以瑄抱进了怀里，推到了路的里侧，还轻轻摸着她的头，问："没有被溅到吧？"

以瑄摇了摇头："没事，谢谢你。"

刘靖初张着的双臂缓缓垂了下去，他想到了一个词——功成身退。

这天，时断时续的雨并没有停得很干脆，以瑄和姜城远才走了十分钟不到，渐渐地满耳都是雨点打在行道树树叶上的声音。散步是不能了，姜城远只好拦了一辆出租车，打算送以瑄回家。

被泥水溅湿的衣服和裤子一直贴着后背和腿上，午夜风凉，一吹就是寒意，一路上，姜城远打了好几个喷嚏。

走到家门口的时候，以瑄犹豫了一下，问他："进来整理一下吧？得把衣服弄干，不然会感冒的。"

姜城远想了想，很客气地说："好啊，谢谢。"

这是他第一次跨进以瑄家里的大门。他出院后不久的一天，他也来过这里，但是那次他没有进屋。

那一次，他在商场碰见以瑄，看见她抱了一个半人高的花瓶，还有很大的几束干花，被和她擦身而过的人一撞，花瓶和干花都掉在地上。他急忙过去帮她捡，她抬头发现来人是他，还愣了一下。

那天他送她回家只送到了家门口，把花瓶和干花放下就要走。她突然抓着他的衣袖，于是他的转身只完成了一半，他就愣在那里。她问他："姜城远，你还恨我吗？"言下之意是：你还怪我间接害死了舒芸，还想为了舒芸来报复我吗？

他低着头，一直沉默着。

于是，她又换了一种问法："姜城远，你爱我吗？"

那天的姜城远在长久的静默之后终于缓缓说出了一句话："以瑄，我对你的伤害已经够多了。"他目不转睛地看着她，无比郑重地对她说，"对不起。"

以瑄突然哭了。

她等他这句话，等了多少个晨昏昼夜，她还以为等不到了。

对姜城远而言，这两年来，他在生与死的边缘一次又一次徘徊，重新睁开眼睛的那一瞬间，他只有一个念头：没什么好执着的了。跟生死相比，再大的事都是小事，没有什么比活着更重要了。

他突然觉得自己轻得好像能飞起来，他想给这个有温暖、有光明的可爱世界一个大大的拥抱。

他新生了。

以瑄又问了姜城远一遍：“姜城远，既然你不恨我了，那我们还有机会吗？”

姜城远犹豫了一下，说：“以瑄，我现在还记得我当年出事的一瞬间脑子里的第一个念头是什么。”

她问：“是什么？”

他说：“我想，幸亏来的人是我啊，幸亏是我代替苗以瑄来见魏杨，否则出事的人就是她了。”

以瑄向来硬朗，但姜城远这么一说，她还是没忍住，哭得更厉害了：“姜城远，你昏迷之后我总是在问自己，既然你那么恨我，为什么还要故意撇开我，替我去见魏杨。你是担心我吧？你是不想让我犯险吧？我真的好希望你有一天醒来之后亲口告诉我，是的，就是这样的，你就是在意我。”微光暗涌，以瑄目不转睛地看着姜城远，“我告诉自己，如果你真这样说了，那我就不管不顾我们之间以前发生过什么，一定要再问你一次，只问你这一句——姜城远，你是爱我的，对不对？”

楼道里，静如深海。两道被照明灯拖长的影子各自铺开，像两条平行线。

他缓缓地伸出手去，替她擦了擦眼角的泪痕。他说：“以瑄，从今天起，我们重新开始吧？”

那一刻，她想，她大概真的苦尽甘来了。

所有的兵荒马乱、血腥杀伐，都在他的振臂一呼之后戛然而止。他新生了，所以她也随之新生了。

从此她再也不是生于沙漠的仙人掌，以浑身的尖刺来应对这世界的炙烫与风沙，她可以温柔地开花了。

后来，他们便保持着每天一通电话或者几条短信的来往，聊聊新同事、旧同学，聊聊城里的好天气、坏天气，叮嘱早晚添衣，三餐不忘，再相约看一场电影，或者听一出歌剧，平平淡淡，倒也静好。

每次约会后，姜城远送以瑄回家，不是在楼下和她道别，就是只送她到家门口，那道门他始终没有迈进去。今天，他一进去，心里莫名还有点紧张。他看她从鞋柜里拿了一双男士的拖鞋出来，还是全新的，连标签都是现剪的。他抿了抿嘴，说："谢谢。"

以瑄眼中暗光一转，回他："不客气。"

通常这种时候最能缓解微妙气氛的一句话就是："你家里装修得很漂亮，我能四处参观一下吗？"他也如是说了。

以瑄说："你随意吧，我去拿条毛巾给你。"

姜城远四处看了看，忽然被楼外那些半隐在烟雨之中的灯火吸引住了，于是慢慢地走到了阳台上。

这里是二十九楼，位于城市的坡地，站在这里，半城风光都能尽收眼底。

深夜一点，大雨薄雾，高楼的轮廓若隐若现，不眠人窗口的夜灯似有还无，城市充斥着一种苍茫的美感，苍茫而孤独。

以瑄缓缓走到姜城远身后，说："我以前住旧楼的时候就特别期望能搬进这样的高楼里，夜晚的时候，看见每家每户的灯都亮起来，高高低低，错落有致，会觉得特别繁华、特别热闹。"

他隐约觉察到她话里是会有转折的，便问："那住进来之后呢？"

她说："住进来之后啊，刚开始很欣慰，觉得终于实现愿望了，风景也和我想象中的一样漂亮，尤其是在夜晚八九点的时候，放眼看出去，真的很繁华、很热闹。"她把手里拿着的浴巾递给他，手扶在栏杆上，望着模糊的城市轮廓，"但是，就像朱自清写的一样——热闹是它们的，我什么也没有。"

"我有时候就想，就这样日复一日地看着别人的繁华热闹，到底要看多久。要一个人看多久呢？”她意有所指，故意瞟了他一眼，见他没接话，又说，“别顾着聊了，你赶紧把衣服换下来吧，我帮你吹干。”

姜城远刚走到洗手间门口，突然室内全黑了。不仅是室内，就连窗外能看见的为数不多的灯光也全消失了。

以瑄这才想起：“糟糕，我忘记楼下出过通知了，说今晚要停电。”

姜城远觉得颇有不便，摸黑把浴巾搭在洗漱台边上，说：“以瑄，我还是先走了，你自己就早点休息吧。”

以瑄没有说话。

姜城远刚走到门口，突然后背一暖，他脚步一顿：“以瑄？”

以瑄抱住了他，贴着他的后背，柔声说：“姜城远，别走了，今晚留下来好不好？”

城市的另一端，刘靖初在楼下停好了车，看了看表，已经深夜一点了。他住在六楼，是楼梯房，走到五楼的时候，转角的声控灯突然闪了闪，然后熄灭了。他这里也停电了，楼里楼外黑得伸手不见五指。

他掏出手机，用屏幕光照着脚下的台阶，继续往上走。突然，他听到前方有一点窸窣的声音，隐约有一团黑影缩在他家门口。他吃了一惊，问：“谁在那里啊？”

黑影动了动，但没有说话。

刘靖初用手机光一照：“郁桐？”

黑影慢慢地抬起头来：“你终于回来了。”

刘靖初见郁桐一脸惨白，眼睛又红又肿，还淋了雨，头发全湿了，贴着额头和脸，问：“你怎么在这里？”

郁桐幽幽地说：“我在等你啊！”

刘靖初还是一贯的说话不温柔：“下这么大的雨，怎么没带伞呢？也不知道躲一躲！你这几天都没来店里，一来就跟个女鬼似的，想……”

他正数落着，郁桐已经站起来了，向着他手里那一点微光走了过来。

她就像时钟的秒针那样，一步一步地走着。她走到他面前，突然伸手抱着他的腰，人钻进了他怀里："我妈妈失踪了。她不见了。我找不到她了。"

「第十章」

他走时，你隐忍不哭；他回来，你却泪流满面

SHI GUANG

ZOU LE

NI

HAI ZAI

这几天，郁桐之所以没有去十八楼，的确是她的睡美人症发作的缘故，她这几天都在家里昏睡。她一直以为自己发病这几天林晚都在照顾她，但是，昨天晚上她的沉睡期结束的那一刻，她发现自己是躺在地板上的。家里没有人，她的身体上还有几处不明来历的瘀青，可能是发病期间自己撞伤的，而且水龙头和冰箱门都开着，厨房里到处都是乱放的杯碗和食物碎屑。

郁桐立刻给林晚打电话，得到的提示却是——您所拨打的用户暂时无法接通。

她开始慢慢地回忆，几天前的那个晚上，她跟刘靖初在微信里聊天，聊完之后她就失眠了，躺在床上戴着耳塞几乎听了一整夜的歌。

第二天很早，林晚来敲郁桐房间的门，说她发现她搬家的时候落东西了，唐舜送给她的一条钻石项链她没有带走，她想回别墅拿。

郁桐一听，又有点不高兴。但林晚说那条项链是丈夫生前送给她的礼物，也算有纪念意义，她舍不得就那么不要了。她知道郁桐会不高兴，所以她想让郁桐和她一起回去。郁桐觉得她现在的情绪已经稳定了，除了拿项链之外她没有任何别的想法，看她态度很坚决，只好答应了她。

于是，林晚便先和迅嫂联络了一下。之前一直觉得愧对太太的迅嫂在电话里说，唐柏楼这几天都住在别墅里，他在的时候她们肯定进不去，不过他晚上要去参加一个宴会，她们可以等他离开了以后再去。

然而，就在林晚动身之前，郁桐的睡美人症却发作了。林晚只好一个人去别墅，去了之后就没有再回过家。

白天郁桐还到唐家别墅去找了迅嫂，但迅嫂和迅叔两口子就在一天前已经被唐柏楼辞退了。别墅里暂时没有请工人，郁桐按了很久的门铃都没有人来给她开门。后来，住在附近的一位大婶经过，跟郁桐一聊，郁桐才知道迅嫂被辞了。幸亏那位大婶和迅嫂是朋友，她把迅嫂的住址告诉了郁桐。郁桐忙不迭找过去，迅嫂一看见她，第一句话就是："我什么都不知道啊！"

迅嫂慌乱的表情和闪烁的眼神首先就吓了郁桐一跳，什么都不知道就意味着什么都知道。郁桐一把拉着迅嫂问道："迅嫂，前几天我妈妈真的回过别墅是不是？到底发生什么了？你告诉我！你和迅叔为什么不在唐家做了？"

迅嫂禁不住郁桐的追问，最终还是松了口："来过，来过的！太太来过，呃，去过别墅了。那天晚上……后来……"迅嫂咬了咬牙，说，"撞上大少爷了！"林晚回别墅的时候撞见唐柏楼了。

林晚的项链果然是卡在衣帽间抽屉的夹缝里了，她其实一进别墅就直奔主卧的衣帽间而去，找到项链只花了两三分钟。这期间，迅嫂去了洗手间，出来的时候，看见林晚手里比来的时候多出了一个公文袋。

林晚本来想趁迅嫂没有发现就带着那个公文袋跑出别墅，可还是慢了一步。迅嫂打了个激灵，那个公文袋不是前几天唐柏楼拿回来的吗？于是她立刻喊住林晚："啊，太太，你不能动大少爷的东西！"

林晚不听，继续跑。

迅嫂在别墅大门外把她拦住了，问："太太，你找到项链了吗？"

林晚说："找到了。迅嫂，谢谢你啊，我这就走了。"

迅嫂不依："可是……你这又是拿的什么？这公文袋是大少爷的，你不能拿走，他肯定会发现的。"

林晚说："你都让我拿走项链了，也不差一个公文袋吧？"

迅嫂说："不不，大少爷他根本不知道有项链的存在，不然我也不敢放你进来。可是这东西就不行了，大少爷肯定会发现的！"

迅嫂一直死死抓着林晚不放，央求她最多只拿走项链，公文袋一定得留下。

两个人在别墅大门口争执不休的时候，门前的斜坡下面突然开上来一辆车，车头灯一照，把她们都笼在了中间。

那是唐柏楼的车。

唐柏楼在赴宴的途中忽然觉得有点不舒服，于是就半路返回了。

林晚见状，使劲把迅嫂一推，撒腿就跑。

迅嫂摔倒在地上，而车里的唐柏楼在模模糊糊看见林晚手里拿着的那个公文袋之后，赶忙从窗口探出头来问："迅嫂，那个女人拿了什么？"

迅嫂声音都发抖了，说："是……是您的公文袋！"

唐柏楼一听，油门一踩，便开车追林晚去了。

……

迅嫂说起当时的经过，几乎不太敢抬头和郁桐的目光对接："其实，可能……我如果不拦着太太，早让她走了，还好一点……"

郁桐头皮发麻，焦急地问："你为什么这么说？"

迅嫂说："因为……因为后来……大少爷回来了，我看他还把公文袋也抢回来了。但是……但是那个公文袋上，竟然有好多……好多血……我知道那不是大少爷的血，他只是手指被割伤了一点点，很小的伤口……不会流那么多血的。他还把公文袋直接拿进书房了，大概以为我没有看见吧。后来……我还故意问他，太太怎么样了……"

"他怎么说？"

"他没有说，他什么都没说……只说，要我们两口子立刻搬出别墅，以后不用再给唐家做事了。"

郁桐讲完整件事，跟着刘靖初进了屋，屋里漆黑一片。他让她在沙发上坐着，给她拿了毛毯，又点了蜡烛。因为停电，用不了饮水机，他只好在灶上烧了点热水，装在杯子里给她："先抱着，多喝几口。"

郁桐裹着毛毯，捧着水杯，缩成一团窝进沙发里，两眼发直地盯着蜡烛的火焰：“我妈妈肯定出事了。”

刘靖初拍了拍她的头，安慰说：“先别乱下结论，别往坏处想。”他摸到她的头发还是湿的，便拿了一条干毛巾给她，说，“来，尽量把头发擦干。”

郁桐想放下水杯来接毛巾，但手一离开温暖的杯子就打了个冷战。

刘靖初知道她肯定冻坏了，眉头一皱，说：“哎，算了，你好好坐着。”他坐到她旁边，帮她擦着头发，边擦还边教训她，“情绪不好就可以淋雨了？你要是生病了怎么办？看你平时倒是个冷静的人，这种时候怎么就不爱惜自己呢？你自己不好好的，还怎么去找你妈妈，怎么等她回来？……”

刘靖初嘴上凶，手上的动作却很温柔。他微微偏着头，看起来有点懒洋洋的，但眼神很专注，目光一直没有离开过她的头发。他把她的头发分成一缕一缕，裹在毛巾里，轻轻地揉搓着，还把擦过的和没擦过的谨慎地区分开。

郁桐乖乖坐着，抱着水杯，咬着嘴唇，背还挺得笔直。偶尔刘靖初的手指会碰到她的耳朵或者脖子，她就会很敏感地动一动肩膀或者头，脸也变红一点，心跳也加快一点。尤其是当他教训完了，不说话了的时候，忽然安静下来的房间里霎时感觉暧昧无比，她觉得自己都紧张得口干舌燥了。

她捧起水杯喝了一大口：“呃，老板，我……我……”她欲言又止。

刘靖初问：“什么？”

郁桐也不知道自己想说什么，吞吞吐吐了好一会儿：“你能和我一起找我妈妈吗？”

刘靖初继续擦着她的头发，说：“嗯，今晚你先在我这儿好好休息一下，别想太多，明天我陪你找。”

郁桐问：“要是明天找不到呢？”

刘靖初说：“那就后天继续找，后天也找不到，大后天还找，总之，有我陪着你呢，你别怕。”他说完想了想，又补充说，“还有阿伊和小卓，他们也会陪着你。在十八楼，一个人的事，就是大家的事。”

郁桐勉强笑了笑：“嗯。”

刘靖初又问：“你有没有给你妈妈那些朋友打电话，或者去她平时常去的地方找找？”

郁桐说：“我打过了，和我妈妈关系最好的几个朋友我都问了，他们也都不知道。我心里很乱，不知道应该去哪些地方找她。我只是……我下午去了‘唐为’，找了唐柏楼……”

唐柏楼自然是把事情跟自己撇得干干净净的。他说，他那晚是追上林晚了，但他抢回了公文袋之后就没再管她，她后来去了哪里他根本不知道。郁桐又问他怎么解释公文袋上的鲜血，唐柏楼却说那是迅嫂看错了，公文袋上根本没有血。

唐柏楼这样一说，郁桐立即就发飙了。他一定是在撒谎！她分明看见了他右手腕外侧有一道伤口，就像迅嫂说的那样，那伤口很细很短，更像是抓伤而不是被什么利器割伤的。不管这伤是怎么来的，总之迅嫂没有理由连这么细小的伤口都看见了，却还会对公文袋上的鲜血看花眼吧？她相信迅嫂不会捏造事实，当然不会相信眼前这个像魔鬼一样的男人。他的否认恰恰令她觉得事情更可疑了，甚至更可怕了。

她激动得在办公室里跟唐柏楼吵闹拉扯起来，哪怕她平时对他再畏惧，那个时候也完全不管不顾了。她歇斯底里地叫喊着，外面写字间里的人隔墙都听到了她的声音。后来保安来了，才硬是把她架走了。

以前，她分明觉得这座城市很小，在这里出生，在这里长大，这么多年了，桥有多长，江有多深，某条路上种了几棵树，墙上画了几个小人，她都了如指掌。但是，被赶出唐为大厦的那一刻，她却觉得这座城市陌生得像她从不认识似的。她不知道自己还可以去哪里打听妈妈的消息，能问的人她都问了，能找的地方也都找了，她已经束手无策了，或者说，那种感觉更像走投无路。

在外游荡了几个小时，淋了一身雨，饿了一天，粒米未沾，她走到了砂曼街，终于能看见刘靖初家里的阳台了。阳台上晒着衣服，有灰白条纹的衬衣、藏蓝色的休闲西装，还有深灰色的牛仔裤，一件一件都是她看他穿过的。即便看不到人，但看着那些衣服，她心里也踏实了一点。

她缓缓走到他家门口，敲了敲门，但他不在。她就靠着门坐着，抱着膝盖，一直等。大雨时急时停，灯光忽明忽暗，风灌进楼道里，呜呜咽咽。她想，为什么从相遇的第一天起，她就总是等他。

她等他甩脱了那两个流氓回来接她，等他到“望江别墅”见她，等他骑着摩托车以胜利者的姿态回来救她，甚至，等他下班后共走一段回家的路，等他闲时分她一杯新泡的茶。

她等他看她一眼，等他对她一笑，等他一次不经意的温柔缱绻，便能让她一整个世界的星辰瀚海疯狂。

可是，她真的等到他了吗？

这晚后来发生的事情，郁桐就记得模糊不清了。她渐渐觉得腹痛、头晕，捂着肚子趴在茶几上，额头也开始发烫。她发烧了，高烧接近四十度。她一直浑浑噩噩，这一折腾竟然又是两天两夜。

这两天两夜，郁桐不仅发着高烧，而且睡美人症也发作了。

她明明上一次的发病期刚结束，才醒了一天，竟然又发病了。医生说，除了受高烧的影响以外，还有一个重要原因，就是林晚的失踪对郁桐造成了很大的心理压力。只要她能减轻心理负担，不要有过分的紧张、惶恐等负面的情绪，这种频繁发病的情况就能够避免。

郁桐发病的这两天两夜，刘靖初都留在家里照顾她。

家里客房的阳台门锁是坏的，关不严，他怕风大吹进来再加重她的病情，便把自己的主卧让给了她。

有时候半夜听见窸窣声，他怕她有什么不适，就立刻起身察看，通常一晚上要醒好几次。

郁桐一喊渴他就给她喂水，她一喊热他就用冷毛巾给她敷额头。她热得难受要掀被子，他就像个严厉的家长似的命令她不准动，说发烧就得捂出一身汗才好。可她哪里听得见他说什么，只顾自己在被窝里翻来覆去地折腾。

他只好坐到床边，两只手压着被子，不准她乱动。

后来，他自己也困了，便睡着了，醒的时候发现自己也躺在那张床上，跟郁桐一人分了半张床。她在被子里面，他在被子外面，胳膊还被她压着。她睡得很香甜，偶尔轻轻地咂巴咂巴嘴，显得很可爱。

他推了推她："郁桐？郁桐？"

她终于被喊醒，有点意识了："嗯？"

他说："吃药了，吃了再睡。你肚子饿不，要不要吃早餐？"

郁桐昏昏沉沉的，似懂非懂地点了点头："哦。"

刘靖初把药兑好，喂到她嘴里，她艰难地吞下去，还被水呛到了，直咳嗽，他又急忙给她拍背。

她缓了缓，含混地说："吃了……吃了药，能睡着了吗？"

刘靖初扶着她枕到枕头上："睡吧，睡吧。"

郁桐又嘀咕："能睡着了吗？"

刘靖初说："能，能，能睡得跟猪似的，你担心什么？"

郁桐说："担心？担心那个人看着我。他在看着我。"

刘靖初听不懂她的话：“谁在看着你？”

郁桐说：“死人啊，有个死人在看着我。”

刘靖初被她这句话弄得心里有点不舒服：“瞎说什么啊？做什么乱七八糟的梦了吧？”

郁桐跟着说：“嗯，乱七八糟的。”

刘靖初给她拉了拉被子：“好好睡，不准掀被子啊！”

他刚想走，郁桐就掀了被子，伸手把他抓住：“有个死人在看着我！大哥哥，我好害怕！”

刘靖初一愣：她喊我什么？这个称呼为什么有点耳熟？

郁桐抓着刘靖初不放：“大哥哥，我喜欢你，我们不见不散啊！”

当年，郁桐对刘靖初说“不见不散”，她就真的像她说的那样，每天放学都到“望江别墅”等刘靖初。每天她也都会给他发一条短信，告诉他她在“别墅”了，会坚持等他，等到他去为止，一定不见不散。

无畏的人往往固执，那时的郁桐便既无畏又固执。哪怕刘靖初每次都没有回复她，她的等待每一天都是空等，她都还是坚持着。

有几天，城里连续下大暴雨，低洼地段严重积水，而紫格山一带则偶尔会出现大树倾倒或者山泥滑坡的情况，但这些还是没有妨碍郁桐风雨无阻地到“望江别墅”去。

那一天，大约是夜里七点多吧，天刚刚黑，停了一个下午的雨突然又下了起来。郁桐还和往常一样没有等到刘靖初，正打算离开的时候，有两个人却来了“望江别墅”，他们是来躲雨的。

三个人，六目相对，郁桐全身猛然一阵战栗。

她认出了那两个男人，他们就是那晚想非礼她的那两个酒鬼。

而那两个男人也认出了郁桐，连带着那晚在刘靖初那里挨了打的愤怒也一并转移到郁桐身上了。

他们追着郁桐，想抓到她，还想再对她施暴。

郁桐被他们堵在“望江别墅”里，连大门都出不去。

她乱跑乱躲，手边能抓到什么就扔什么，烂木头、破瓦片、花盆，统统砸过去。

突然之间，他们都听到了一声巨响。

郁桐后来再回忆起那个瞬间，她想，那个瞬间大概很好地诠释了大家常用却其实很难亲眼看见的一种景象：山崩地裂。

因为雨水的冲刷，“望江别墅”后面有一棵百年老树倒了，粗壮的树干，庞大的树根，还有树根附近的大片山泥，都在几秒钟之内倾覆下来，还压垮了好几间屋子。而郁桐他们三个人就在那几间屋里。

足以湮灭灵魂的黑暗瞬间吞噬了郁桐，垮塌的仿佛不仅仅是几间房屋，还有整个世界。

郁桐倒在地上，闭上了眼睛。她以为自己必死无疑了，但是，九死一生，她的眼睛还能睁开。她发现自己还活着，竟然是两面倒塌的墙壁交叉架在一起，形成了一点空隙，她被困在了那道空隙里。

那个空间非常狭窄，郁桐几乎不能动。而她也不敢动，她害怕自己乱动反而会令压在上方的那些砖墙山泥失去支撑，塌下来彻底把她埋住。她也知道自己不是身处在一个完全封闭的空间里，因为空气还很足，她没有感到呼吸困难，甚至还感觉有冷风在朝这个空间里面灌。

但是，天太黑了，目之所及，郁桐只看见了黑色，黑得很纯粹，深不见底。

她想，她只有等了，等到天亮，或许还能借光看清楚自己所处的环境，再找到逃生的办法。

这是第一个夜晚，郁桐一直睁着眼睛，再困也没有闭一下。

第二天，天亮了。当白昼的光开始一点一点照亮郁桐目之所及的地方，她突然发现有人在瞪着她。

是的，那是一个身体向下趴着的人，他侧着头，鼓着两只死不瞑目的眼睛，眼睛里全是惊恐和绝望，血糊糊的。他就那么瞪着她，在离她不出两米远的地方。

郁桐吓得尖叫了起来。

她一尖叫，感觉自己的喉咙像要被声音震裂似的，于是急忙闭了嘴。她知道自己的力气只能用来逃生，剩余所有的精力都必须用在刀口上。

死的那个人是昨晚的两个恶徒之一，也是被垮塌物压住了，还被砸中了头部，而另一个男人则逃走了。郁桐曾经期望那个逃走的男人会带来救兵，后来她才知道自己是妄想了。那个人以为同伴和郁桐都死了，他自己做贼心虚，害怕惹麻烦，所以没敢对任何人提起“望江别墅”的事情。

冷静下来之后，郁桐开始思考逃生的办法。呼救是没有用的，“望江别墅”下方是车来车往的紫滨路，任何一辆汽车呼啸而过的声音都会淹没她那微小的呼救声，那附近也很少有人会步行经过。

再看看四周，倒塌的墙壁交叠撑起来的空间非常有限，郁桐只能趴着，后背几乎已经触到墙了，左边的胳膊和肩膀也被压着，没有挪动的空间，只有身体右侧还有大概不到二十厘米宽的空间，她于是试着慢慢地把压在肚子下面的右前臂抽了出来，缓缓地去够自己牛仔裤的口袋，因为手机还在口袋里。

一个小时之后，郁桐终于不仅掏出了手机，还调整了自己的姿势，把右手弯了起来，把手机放到了和头部平行的位置。她兴奋得都想哭了，然而，短暂的兴奋之后却是巨大的失望。

她手机的电量已经不足百分之五了，连屏幕都自动减弱了亮度。

她该打给谁呢？

她也许只有打一个电话的机会，甚至只能说两三句话。她要打给谁呢？

还有人比刘靖初更合适吗？

“望江别墅”这么偏僻，郁桐甚至不知道怎么向其他人描述这个地方。但是，打给刘靖初就简单了，她只需要说一句话：大哥哥，我在“望江别墅”出事了，救救我！

是的，没有人比刘靖初更合适了。

郁桐拨了刘靖初的电话。

电话通了，而且也被接听了。

刘靖初一接听电话，郁桐就冲着手机猛喊：“喂，大哥哥，救命啊，我……”

“啪！”电话却突然被挂断了。

电话被挂断的那一瞬间，郁桐就像站在悬崖边被人推了一下，坠了下去：“大哥哥？喂，大哥哥？”

她的眼泪“哗”地就涌出了眼眶。

但是，万幸的是，电量还没有耗尽，或许还有百分之三，百分之二，百分之一……总之她还有机会。

她再次拨给了刘靖初。

这一次，对方干脆都没接听了。嘟嘟的等待音重复响着，响着响着，突然不响了，手机彻底变成了一块废铁。

那之后，郁桐被困了三天三夜。

她没有食物，也没有饮用水，口渴的时候只能张着嘴接雨水，甚至舔地上的脏水。前前后后，四个夜晚，三个白天，郁桐如生存在地狱里一般。她觉得最不可思议的是，这么长的时间，她竟然硬生生撑着眼睛都没有合一下。因为她不敢睡，也不允许自己睡，她怕错过可以求救的机会，更怕自己会就此一睡不醒。后来知道她那段经历的人都说她意志太强了，能获救简直是一个奇迹。

当连日的暴雨结束之后，有一个流浪汉来到了“望江别墅”，发现了奄奄一息的郁桐，郁桐终于得救了。

救援的人把郁桐抬出“望江别墅”的那一刻，她想，她大概终于可以睡一个好觉了。

然而，当她安然躺在医院里，还有妈妈在身边陪着时，她却还是睡不着。她一闭上眼睛就会想起当时房子垮塌的情形，还会想起那个死去的男人的惨状，依旧觉得那个人还在离她两米的地方，鼓着眼睛瞪着她。想起她跟尸体为伴的那几天几夜，她根本睡不着。最后她只能借助医生开的安眠药入睡。

服药之后，郁桐一睡就是两天，再之后她的作息就变得很混乱，不久便被确诊患上了睡美人症。

虽然郁桐一直不太清醒，说话断断续续，逻辑混乱，但是，刘靖初问她什么，她都会毫无防备地回答。她给出的信息量已经足够刘靖初打开自己的回忆之门，找回记忆里那个说要和他同路的小女孩了。

刘靖初坐在床边，低着头，静默了好久。

郁桐翻来覆去，似睡似醒地说：“大哥哥，大哥哥？”大哥哥刚才好像一直在跟自己说话吧？

刘靖初静静地看着她。

她说：“不要告诉大哥哥，否则他会赶我走。”

刘靖初叹气道：“他不会赶你走的。”

郁桐说：“大哥哥不喜欢我，我只要看到他就好。否则，他会拒绝我，会赶我走。”

刘靖初的眉头皱得更紧了。后来这一整天他都拉着窗帘躺在沙发上看电视，可是电视里演的什么他都没看进去。有时候觉得犯困，他就闭着眼睛想小睡一会儿，但一闭眼睛就感觉郁桐屋里有动静，于是他又起身去看她，看她睡得安分多了，就又重新倒回沙发上，抱了一本书看，但还是看不进去。

他两餐都吃得很清淡，没什么胃口。他自己吃完了，又把饭菜拌在一起，便于吞咽，然后就去喊郁桐起来吃。她不起来，他就只能喂她。房间里很静，光线很暗，整个世界都是萎靡的，仿佛带着一种暗伤。

郁桐一边乖乖地吃饭，一边慢慢睁开眼睛看周围：“好黑啊！”

刘靖初说：“我去开灯。”

郁桐说：“拉我出去，拉我出去就不黑了。”郁桐还沉浸在往事里，觉得自己眼前的昏暗是埋在废墟里所致。

刘靖初继续喂她：“先把饭吃了！”

郁桐忽然说了一句：“大哥哥，你听到我喊救命了吗？”

刘靖初拿着饭勺的手顿时停在了半空。

是啊，当年，假如他没有听到郁桐喊救命，现在也不至于如此懊悔自责。可他就是听见了，听得清清楚楚。

对曾经的刘靖初而言，他的人生里所有的相逢或相交，都可以被归为两类。第一类叫作苗以瑄，这个分类有且仅有一个人。而第二类则如奔腾的流水、过眼的云烟，去留无意，他都不在乎。

当年的郁桐便在他的不在乎之列。

当年，作业本传信传的大多是郁桐的字，她说了什么，刘靖初其实看过就忘了，而自己回了什么，他写完其实也就不在意了。直到她说“我喜欢你”，他才知道，原来不在意的只是他，对方是在意的。

小女孩的名字、模样，他都没有记住。她还说了她的电话号码，他也没有保存，他只隐约记得号码里的三个尾数。每当看见那三个尾数，他能想起来的也只是深夜的紫滨路和一张模糊的脸。

他从来没有把一个小女孩的风花雪月放在心上。

接到郁桐的求救电话时，刘靖初正和一群朋友在一起疯狂。他看见来电显示的是郁桐的手机尾号，以为她又想约他见面了，便想点屏幕上的红色的拒接键，但旁边有人撞了他一下，他的手指一滑，点到了绿色的接听键。于是，他听见电话里的小女孩喊了一声“救命”，但他还是把电话挂了。

一直过着叛逆的、不知天高地厚的生活的刘靖初，对“救命”这两个字毫不敏感。他听过很多人喊救命，有人被灌酒灌到酒精中毒就会喊救命，有人打架打得胳膊脱臼了也会喊救命，有人无聊到死的时候还会瘫在天台上乱喊救命呢，他还从来没有遇到哪个喊救命的人真的是命悬一线的。

更何况，真要是千钧一发了，她应该求救的对象难道不是她最亲的人吗？怎么会是一个要跟她断绝联系的人呢？她既然向他求救，断然也不会是什么严重的事情吧？

女孩子嘛，说不定就是想撒撒娇，装个可怜，多喝了两杯，哭哭啼啼地说“我想你了”、“没有你我都要窒息了”、“你救救我的命啊”之类的。这样一想，刘靖初还觉得自己一定猜透了她。

接着朋友们也一窝蜂地拥了过来，问刘靖初在跟谁打电话，他把手机朝头顶一举，说：“关你们屁事啊！来来来，是不是轮到我了？我要一杆清台，输的人全给我跪着唱国歌。”那天他们玩得很疯。

郁桐第二遍来电的时候，刘靖初只看了一眼屏幕就把手机扔到了沙发上。再之后，他们还去唱歌，吃饭，去游戏厅玩到半夜，凌晨他才满身酒气地回了家,然后倒头就睡,醒了之后就更把郁桐抛在脑后了。

又隔了很久，他再去“望江别墅”，发现有几间房屋塌了，老树还压在房顶上。他不知道那里究竟发生过什么，而那个说要与他不见不散的小女孩也不再有消息传来，看来她终于还是放弃了吧。

郁桐的确放弃过。一次一次从劫后余生的噩梦里醒来，惊恐发抖、头痛欲裂的时候，她放弃了；突然发病从跳台上摔下来，差点溺死在泳池里，或者像个无家可归的流浪汉睡倒在街边的时候，她放弃了；看见自己最亲的人为自己担心而憔悴，身边同学却把自己当包袱唯恐避之不及的时候，她放弃了。

可是，人在一生中总要遇到这样一个人吧？他冷漠心狠，绝尘而去，你含笑送他，在没有他的成千上万个日子里昂首挺胸，活得风生水起，仿佛你的人生里从来没有过他的存在似的。然而，他突然回来了，他的一声“好久不见”，瞬间就摧毁了你的歌舞升平，揭穿了你华而不实的坚强。

他走时，你隐忍不哭；他回来，你却泪流满面。

对郁桐而言，刘靖初就是这样的人。

重逢的第一天，郁桐看他的第一眼，她就知道，他是她的人生里，有且仅有的，这样的人。

「第十一章」

穷极一生，做不完一场梦

SHI GUANG

ZOU LE

NI

HAI ZAI

郁桐醒来之后，刘靖初陪她报了警，然后就是等消息。而关于发病期间他们之间发生过什么，她都不太记得了。她知道是他在照顾她，记得他给她掖被子，喂她吃药，一想起来，她的脸还会红，心会怦怦跳。

刘靖初很关心警局那边寻人的进展，经常都会问郁桐有没有林晚的消息。如果郁桐来十八楼，他看得见她，他就当面问；如果她不来，他就会打电话给她，在电话里问。她想去哪里找人，去哪里打听消息，他也都会尽量陪着她去。他还担心她独处的时候容易胡思乱想，情绪低落，便经常抽空约她出来散心，还特别嘱托了阿伊和小卓，有空也陪陪她，有活动也可以带着她。

他本来有睡觉关机的习惯，但现在也不关了，二十四个小时都开着，方便郁桐找他。

他说，只要郁桐一个电话，他是可以随传随到的。

有一个周末，郁桐没有住校，回了家里。睡觉前她不知道自己压到了手机，电话拨到了他那里。他在电话里听不见她说话，只听见一些窸窸窣窣的摩擦声，担心她出事，就立刻赶来了她家里。她睡得昏昏沉沉，敲门声响了好一会儿她才醒。她梦游似的开门一看，心中顿时波涛汹涌。

为了不错过警局的电话，郁桐一直手机不离身。哪怕是在店里工作，手忙脚乱的时候，她也要拿着手机。那天，有客人要了一份奶油蛋糕，郁桐一只手端蛋糕，另一只手就拿着手机，中途有人撞了她一下，她胳膊肘一麻，手一松，手机正好掉在蛋糕上。客人一个眼神扫过来，瞧见这一幕，噌地就站起来了，大声数落她："你怎么回事？这么笨手笨脚的，当什么服务员啊？"

阿伊想过去帮郁桐解围，刘靖初伸手挡了挡，示意她不要过去。

郁桐显然紧张她的手机更胜过那个被毁掉的蛋糕，她急忙把餐盘放在旁边桌上，把手机捞起来心疼地擦着，客人说什么她都不理。

客人连蛋糕也不要了，找到刘靖初，要老板给个说法。刘靖初看着还浑浑噩噩的郁桐，笑着给客人道歉，不但给她重新上了一份蛋糕，而且饮料免费。

郁桐过来的时候，他问她："你的手机怎么样了？"

郁桐说："弄干净了，没事。"

他说："给我。"

她有些惊讶："嗯？"

他又说："给我！"她糊里糊涂地把手机递过去，他拿过来揣进了自己的外套口袋里，"我帮你保管着，有电话我替你接，去做事。"

她不同意："可是……"

"可是什么？"刘靖初眼神凌厉地看着她，"如果漏接电话我负责！"

郁桐不敢跟凶起来的刘靖初顶撞，抿了抿嘴，说："好吧，有电话来了喊我。"

就这样，刘靖初帮郁桐保管了好几次电话，都是一管就管大半天，每次不但没有警局的电话进来，别的任何电话都没有，社交软件的信息提示也没有，郁桐的手机安静得就像一块废铁。

她真的是一个很寂寞的人吧？

这天晚上，他们提前了半个小时关门，刘靖初说请大家去吃夜宵。阿伊跟小卓一听，点头如捣蒜，虽然知道老板是想变着法关心郁桐，但不管怎样，自己能沾光，跟着吃香喝辣也是不错的。

吃夜宵的时候，小卓说想喝酒，问老板愿不愿意奉陪。

刘靖初笑着把伙计喊了过来，问小卓："要几瓶，你说。"

小卓很开心地说："咱老板就是个耿直的人。"他比着手指头，"四……还是六瓶吧，先预计一人三瓶。"

阿伊不满了："喂，我跟郁桐不是人啊？你们能喝，我们就不能？

就算郁桐小姑娘喝不得，姐姐我可是女中豪杰，千杯不醉。”她向服务员比了比手指，“帅哥，十瓶吧！哎呀，干脆直接来一打好啦！”

小卓悄悄撞她胳膊：“喝醉了我不管你。”

阿伊翻着白眼说：“要你管？”

服务员直接抱了一箱啤酒过来，小卓先开了一瓶，递给阿伊：“你自己倒。”然后他又开了两瓶，一瓶给了刘靖初，“老板，咱们直接喝了。”

阿伊是个对自己的酒量很自豪的人，也跟着说：“我也要来！”

这时，一直闷头吃不吭声的郁桐也抬起头来：“也给我一瓶吧？”

刘靖初皱眉道：“你能喝？”

阿伊说：“是啊，郁桐，我记得你说过你不喝酒的吧？”

郁桐说：“凡事总有第一次吧？呃，也不是第一次了啦……我只是不喜欢喝酒，但我现在想喝。”

小卓说：“那给你倒一杯吧。阿伊，从你那儿倒。”

郁桐捂着杯子：“我也要整瓶。”

大家都当她是心情不好，想借酒浇愁，所以都不同意。她却自己走到啤酒箱旁边提了一瓶，边开边说：“我就是想跟你们一样，你们吃什么我吃什么，你们喝什么我喝什么。我有很多的同学，还有同事，但是，我只有一个亲人，和三个朋友。阿伊、小卓，还有老板，只有你们是我的朋友。能和你们做着一样的事情，我可能会觉得没那么孤单吧。”她说着说着，酒瓶开了，眼睛也有点红了。

阿伊比两个大男人感性多了，眼睛也有点湿了。她摸了摸郁桐的下巴：“跟刚来的时候完全不一样了啊，嘴甜多了。”

郁桐笑了笑，没说话。

刘靖初看看大家，点头说：“那就喝吧。”

阿伊抱着郁桐的肩膀，用酒瓶跟她的酒瓶碰了碰：“好妹妹，来，喝，喝醉了，大不了我们仨抬你回去。”

郁桐豪气地把酒瓶举高：“嗯，干了！”

“干了！”阿伊和小卓也附和着。

刘靖初喝得很低调，一边喝，一边打量着郁桐。他看她喝这瓶酒中途停了几次，脸涨得通红，便劝她：“慢慢喝，不着急。”

郁桐擦擦嘴，还打了个嗝，说：“没事，我能喝，友谊万岁，万岁！”

吃完了夜宵，阿伊跟小卓咬耳朵说悄悄话，不一会儿阿伊就打着哈欠说困了，要回家睡觉。小卓立刻站起来说送她。

刘靖初知道他们是故意的，也没说什么，看他们先走了，就对郁桐说：“我去取车，你在这儿等我。”这里灯火通明、人来人往的，她在这儿他很放心。

她点头：“嗯。”

他又问：“你没醉吧？”

郁桐摸了摸自己发烫的脸，说：“没醉，就是脸太红了，但是脑子清醒。”

刘靖初说：“那我很快回来。”说完，他还没走几步，突然听见背后的郁桐大喊了一声“妈妈”。他回头的时候，郁桐已经冲上了马路，追向马路对面的一个中年女人。

马路上车来车往，司机暴躁地按着喇叭，郁桐横冲直撞，刘靖初急得也跟着冲了过去。

那个中年女人的背影是很像林晚，但她不是林晚，郁桐拉着她喊“妈妈”的时候，她一回头郁桐就愣住了。

“对不起，她认错人了。”刘靖初追上来替郁桐道歉。

郁桐低着头：“她不是我妈妈。”

刘靖初一忍再忍，总算忍住没有冲她暴吼，只是稍微加重了语气：“刚才很危险你不知道吗？”

郁桐说：“我知道。”

刘靖初说：“我们大家陪着你，开导你，是为了什么？就为了看你这样浑浑噩噩、一蹶不振？”

郁桐说：“对不起。”

刘靖初叹了一口气，说：“算了，走吧，跟我去取车。”

郁桐乖乖跟着他，走着走着，突然说：“我想起来了！”

刘靖初问：“想起什么了？”

郁桐说：“我还有一个地方没有找！就是我妈妈小时候跟着我外公外婆住过的那个小村子。”

刘靖初皱眉问：“村子里还有你们家的亲戚？”

郁桐说：“没有。他们就只是在那里住过两年，不是当地人，亲戚都不在那里。”

刘靖初问：“那……朋友？房子？”

郁桐说：“我不清楚，妈妈没有提过。”

那只是一段过渡的日子，他们住了两年就搬走了，跟村里人的关系断得干干净净，哪还有什么朋友、房子？更何况，当年的林晚只有三四岁，长大以后她连那村子什么样都记不清楚了。

但是，郁桐知道村子在哪里，她很坚持一定要去村里找找。她怕林晚因为遗产的事情想不开，所以想找一处避世的地方，也许那个村子是很好的选择呢。刘靖初劝不了她，只好陪她去。

去村子的那天下过大雨，山路泥泞，有一段路车根本没法开。他们只好下车走路，越走越觉得两条腿上像绑了石头似的，因为小腿以下的部位全都被泥土裹住了，多走一步就多裹一层。

郁桐拿着一张林晚的照片，沿途见人就问他们有没有看到过照片上的女人。

但是，即便还有老人知道几十年前外来的林家一家三口，但哪还能认出现在长大成人的林晚呢？林晚不可能在这个村子里，刘靖初从一开始就断定郁桐不会有收获，他陪她来只是想让她不再对这个地方心存幻想而已。

天色渐渐晚了，还有乌云覆盖，看样子昨天的那场雨还只是热身，天气预报说未来几天都将有大暴雨，看来果然没错。

郁桐终于肯放弃了，再一次抖掉了裹在脚上的泥巴，对刘靖初说："回去吧。"

他们又艰难地走了几里山路，走到刘靖初停车的地方，天色已经晚得只剩下最后一丝光了。

刘靖初忽然注意到他的车子门边有个黑影在动，心里顿时警觉起来："喂！这是我的车，你在干什么？"

那是一个偷车贼。刘靖初喊话的时候，偷车贼正好撬开了车门，钻进了驾驶座。

刘靖初腿上还裹着泥巴，连走路都不方便，就更别说跑了，他得先把腿上的泥巴抖掉才能过去制止偷车贼。就在这时，他看见郁桐已经用比他更快的速度弄掉了脚上裹着的泥巴，朝车子跑了过去。

刘靖初喊她："郁桐，别过去！"

这时，偷车贼已经踩油门，车子开始往前移动了，但是因为路不好走，车子移动起来也是非常缓慢的。郁桐抄了一条近道，跑到了车子前面，突然朝车头扑了上去。偷车贼被郁桐这个举动吓到了，狠狠一踩刹车，方向盘一扭，车头就冲路边的大树上撞去。郁桐打了个滚，倒进了路边的草丛里。

还好有惊无险，车没事，人也没事，郁桐只是在摔倒的时候擦伤了手肘和额头。

第二天，郁桐到十八楼之前，阿伊和小卓就已经听刘靖初说起昨天的事情了。阿伊看见郁桐，把她额头上贴着的创可贴看了又看，问："不会留疤吧？留疤的话可就坏大事了，女人的脸很重要的。"

郁桐说："应该不会吧。"

阿伊说："应该？应该可不行，得百分之百确定。哎，我告诉你，我小时候受过比你这惨十倍的伤，喏，就在这里，这里，你看……”她指着颧骨给郁桐看，“很光滑吧？一点痕迹都没有吧？因为我姥姥有个除疤的祖传秘方，回头我再问问她，要过来给你用。”

郁桐说：“我这个伤就指甲盖那么大，真的没什么。”

阿伊说：“又来了又来了，不是说友谊万岁吗？这么点事，我都没嫌麻烦，你还不好意思哦？”

郁桐心里涌起一阵感动：“那谢谢你啊，阿伊。”

没多久，店里来了一群年轻的学生，有十几个。一张桌子太小，他们说要拼桌，喊店员来帮忙。

郁桐急忙过去：“我来，我来吧。”

“还是我来吧。”小卓已经追过来了，一边拉桌子一边说，“你胳膊不是伤了吗？力气活就交给我这样的帅哥来做，你去洗洗碗、结个账什么的。”

郁桐看看忙碌的小卓，又看看不远处正在为客人下单的阿伊，鼻尖微微有点酸，走到后院，眼泪就悄悄地落了下来。

这天下午，刘靖初来了，一到十八楼就问：“郁桐呢？”

后院里还红着眼睛在洗碗的郁桐赶紧用围裙在脸上胡乱抹了几把，答应道：“我在这儿。”

刘靖初说：“你出来，我带你去一个地方。”

郁桐问：“去哪儿？”

刘靖初故意没说：“去了你就知道了。”

刘靖初开车把郁桐带到了她平时做学徒的那间服装工作室，车停在工作室楼下，她抬头一看，惊讶地问他：“我们要来的地方就是这里？”

刘靖初点了点头：“嗯，你先进去等我，我把车停好。”

工作室开在一条闹市商业街的正中央，是一栋独立的三层楼房，一楼是服装售卖区，二楼和三楼都是办公区域以及服装制作间。

郁桐一下车就和往常一样，目光不由自主地飘向橱窗里陈列的一件白色婚纱。每次来工作室，她进门之前总会看看那件婚纱。

那件婚纱是两个月之前她亲手做的，和工作室的其他三件作品一起参加了一个服装展。

而她的婚纱是四件参赛作品里唯一一个拿了奖的，而且是金奖。

这也是郁桐在自己的专业上得到的第一个荣誉。

但是，这个荣誉被工作室收归己有了。因为实习合约上写明，郁桐在工作室期间可以享用工作室的各种资源，但是，她的作品也是属于工作室的，而不归她个人。林晚失踪后，郁桐曾经很想拿回这件婚纱，她央求过带她的师父帮她向老板说情，甚至表示愿意出钱买走这件婚纱。但工作室老板也很看重这件婚纱获奖的意义和价值，最终并没有答应郁桐把婚纱买走。

郁桐看着那件婚纱，目光还是一如既往的恋恋不舍。刘靖初停好车过来，她还站在橱窗那里。

他说："进去吧。"

她问他："我们为什么要来这里啊？"

刘靖初没说，只是吩咐她："你就在楼下转转吧，等我一会儿，我上楼去一趟。"

郁桐看着刘靖初一边打电话一边小跑着上楼，她更加茫然了。这时，做销售的女孩糖糖过来喊她："郁桐，你今天不用来工作室上班吧？咦，跟你一起来的是谁啊？男朋友？好帅哦！"

郁桐尴尬地说："他是我老板。"

糖糖嘀咕："老板？你到底有几个老板？你除了帮工作室做事，还有别的工作？"

郁桐点了点头。

没多久，楼上有人下来了，是设计部的负责人大林哥。大林哥跟郁桐打了个招呼就喊糖糖过去帮他把橱窗里的婚纱取下来。郁桐看他们忙活，疑惑地问："大林哥，这件婚纱不挂这儿了？"

"不挂了。"刘靖初在楼梯上接话，"以后这件婚纱你想放在哪儿，想怎么处置都行，它是你的了。"

郁桐最初并没有冀望她做的婚纱能够获奖，只是师父有任务给她，她觉得这也是一个锻炼的机会，所以就投入进去了。她做这件婚纱的理念是童真，她幻想着懵懂无知的少女人生里第一次对婚纱有了憧憬，会希望自己的婚纱是什么样子，便大胆地加入了一些幼稚与夸张的元素，还在婚纱的腰部用贝壳做了海浪般的装饰。她曾经以为等参展结束，这件婚纱或许会跟她以往的作品一样，被束之高阁甚至被拆掉再利用，到时候她只想把那些缝在腰间的贝壳拆掉拿回来。

那些贝壳很有纪念意义。林晚嫁给唐舜以后，母女俩一起制造的回忆并不多，绝无仅有的一次共同旅行，她们去了海边。当时她们在海边捡了很多贝壳，林晚还因为为了给郁桐捡一颗九孔螺而差点被海浪卷走。

那是一颗孔雀绿带琥珀色波浪纹的九孔螺，也是所有贝壳之中最别致、最漂亮的。郁桐便把它作为主打，缝在了婚纱腰部最显眼的位置。而那些贝壳装饰，也成了整件婚纱最大的亮点。

拿到了婚纱，坐在车上，郁桐忍不住把婚纱从袋子里拿了出来，轻轻摩挲着那颗九孔螺，给刘靖初讲它的来历。

"那一次，我看到这颗九孔螺躺在沙滩和海水交界的地方，阳光一照，特别显眼，特别好看。我很高兴，喊道：'妈妈妈妈，那个贝壳好看。'妈妈一听，就说去帮我捡，可她刚过去，一个小浪打过来，贝壳就被卷走了。"

“我想算了,但我妈妈竟然说她还能看见这颗贝壳,就追着去捞它,结果不小心滑了一下，整个人就脸朝下栽进了海水里。正好又有一个更大的浪头涌过来，把她盖住了。我吓坏了，差点以为她肯定要被这一浪拖走。还好她自己又爬了起来，吃了一嘴的泥，手里还拿着这颗九孔螺向我炫耀，我都不知道是该哭还是该笑了。”

“后来，有个人告诉我们，这颗九孔螺的色彩和纹理都很罕见，有一定的观赏和收藏价值，还说愿意出价买走它，但我妈妈没答应。她说：‘这是我女儿喜欢的东西，因为她喜欢，所以我才拼了命去捡。’她还说：‘我女儿喜欢的东西啊，能换再多钱都不卖。’”郁桐继续说。

“以前，我妈妈还经常说：只要能和桐桐一起吃饭，吃的是鲍鱼燕窝还是青菜稀饭都不重要。……她说：只要是桐桐送给我的东西，就算是一张纸、一根小羽毛我都喜欢。……还有，她说：只要能跟桐桐一起挤着睡觉，就算是睡又硬又窄的单人床，也比睡别墅里的豪华大床强。……”

刘靖初没怎么说话，基本都在听，只是偶尔会用余光瞟一瞟郁桐。他以为她把贝壳的事情说完了就会安静了，可是过了一会儿她又说开了：“后来呢，她以前经常爱说的那些话渐渐就不说了，开始跟我说唐家的人是怎样自私自利、钩心斗角，又说公司里的高层们是怎样对唐家父子三人阳奉阴违，计算利益，虚伪周旋。每个人都是墙头草，每个人的心里也都有一个如意算盘。”

“她还说，她要为了我争取更好的生活，不想看着我为了区区一件衣服或者一次集体活动的经费而发愁。”

“再后来，她说：我嫁给唐舜这么多年了，我得到过什么？得到那些名牌皮包、珠宝首饰？得到了在唐为公司的一官半职？得到别人恭恭敬敬的一声‘唐太太’？还是得到他的呼来唤去了？”

郁桐苦笑起来：“有些事我以前不想承认的，后来我发现其实由不得我不承认，她真的变了。”

“我甚至在想，她失踪会不会跟唐舜的遗产有关？她要是不那么在意遗产，她是不是就不会失踪了？”

“她是躲起来了吗？是在图谋什么吗？也许有一天她会突然如有神助地出现在大家面前，宣告她是有权分到遗产的呢？”

郁桐说话的声音都有点嘶哑了，刚开始刘靖初还没察觉，后来听她说得越多，就越觉得她说话费力，就像嘴里含了一块烙铁，烙铁正在烧着她的喉咙一样。他终于忍不住出声问道：“你感冒了？”

郁桐清了清嗓子，说：“嗯，可能有点吧，没事。”她还想继续说林晚，“我妈妈她还……”

刘靖初突然把车靠边一停，一把拉下副驾驶座的遮阳板，调整遮阳板上的镜子让它正对着郁桐的脸。

“你看看！”他敲着镜面，“你看看这里面的人！看看！”

郁桐见镜中的自己披头散发，眼圈浮肿青黑，脸苍白得没有半点血色，嘴唇上还有因为干燥而起的白皮。她抿了抿嘴唇，说：“我没事。”

刘靖初吼她：“没事？没事的人长你这样的？”

郁桐说：“我真没事。”

刘靖初问：“你妈妈失踪多久了？”

郁桐说：“三个星期了。”

刘靖初说：“上周是你跟阿伊聊起了这件婚纱的事情，阿伊告诉了我，所以我特意去工作室找了你师父和老板。”

郁桐说：“嗯，我只跟阿伊提过婚纱的事，我猜到是她告诉你的。”她又问，“你一定花了很多钱来买这件婚纱吧？我现在可能没那么多钱立刻还给你，但给我一点时间吧，总之我会还的。”

刘靖初说：“你这件是获奖作品，不是普通的婚纱，普通的婚纱再好看都到不了这个价钱，我看你还不了！”

郁桐低着头，下巴都快贴到胸口了。她小声说：“那就分期还吧，从我工资里面扣，就算我明年毕业了也还给你打工，直到把钱还清为止。”

刘靖初拍了拍方向盘：“不是钱的问题！”

郁桐问：“那是什么问题？”

刘靖初说：“我帮你把这件婚纱买回来，是希望你能少留一点遗憾，希望你为此高兴，而不是难过。”

郁桐说：“我没有难过。”

刘靖初严肃地说：“你有！”

郁桐说：“我没有！”

刘靖初说：“要是你妈妈一直不回来，一直没消息，你就打算继续像这三个星期一样消沉下去？”

郁桐还是说：“我没有消沉。还有，我妈妈会回来的。她一定会回来！”

刘靖初说：“要是不回来呢？”

郁桐说：“会回来的！”

刘靖初故意刺激她：“不回来了呢？”

郁桐捂着耳朵：“她会回来！她会回来！她就是会回来！她会……咯咯……”她一激动，差点呛到自己，咳了几声，喉咙里火辣辣的。

刘靖初“啪”地一下把遮阳板推了上去：“算了，不说了。身体是你自己的，你自己都不爱惜，别人能怎么样？”

郁桐见他准备继续开车了，说：“你不用送我了。”她解开了安全带，说，“这里就有地铁口，我想去搭地铁。”

刘靖初知道她在赌气，也冷冰冰地说：“好，随你的便！”

郁桐下了车就快步跑起来，地铁口人多，她提着一件那么重的婚纱有点不方便，袋子的角总是不小心撞到旁边的人。她连连道歉，一路道着歉进了地铁口。进去之后，她确定刘靖初看不见自己了，便站着不走了。

每一个经过身边的人都化成了一道流动的光影，光影如绸，时明时暗，时素时艳，狂乱飘摇着。

只有郁桐是静止不动的。

半颗晶莹剔透的眼泪从眼眶里挤了出来，挂在下眼睑，慢慢变圆润，变成很重的一颗，然后，“啪嗒”一声落在地上。

地上出现了一个晶莹的小圆点，但很快就看不见了。

她把婚纱袋子抱到胸前，双手紧紧勒着，从轻微到剧烈地哭了起来。

她无声地哭着。

路边还有弹吉他的年轻人在唱马頔的《南山南》：“你在南方的艳阳里，大雪纷飞；我在北方的寒夜里，四季如春。如果天黑之前来得及，我要忘了你的眼睛。穷极一生，做不完一场梦……”

这天晚上，郁桐回宿舍后很早就睡了，第二天上完了课，又要去十八楼，去之前她特意回宿舍换了一件颜色更鲜艳的衣服，又补了妆，比平时多刷了两遍腮红。但她对着镜子依旧能看见明显的黑眼圈，于是又在眼周涂了一层遮瑕膏。反复确认之后她才去了十八楼，但这天刘靖初没来店里。

听阿伊说，新店的转让手续已经开始提交有关部门办理了，刘靖初打算把店内重新装修一遍，所以去预约装修公司了。

跟装修公司完成了初步的沟通以后，刘靖初已经有好几天都没有看见郁桐了。他听阿伊说，郁桐在忙一个系里的活动，具体内容她也不清楚，只是说郁桐这几天会比较少来或者不来。

郁桐偶尔也会经过十八楼，只要一经过，目光都会不自觉地往里瞟，但每次也都没看见刘靖初。

有一天，她看见他的包放在柜台上，就假装进去买饮料，哪知道包是在柜台，他人却在后院，半天都不出来。阿伊看她朝后院张望，问她："你找老板吗？进去啊！"

她尴尬地摇了摇头："我没事找他做什么？我走了。"

她一转身走出店门，后院的小门便开了，刘靖初端着一碗拌好的玫瑰酱出来了。

阿伊说："老板，郁桐来了。"

刘靖初抬头四处一看，问："在哪儿呢？"

阿伊说："刚走了。"

刘靖初瞟了她一眼："有话一次性说完。"

阿伊笑得很暧昧："哦，知道啦。"她又说，"她看起来状态不错，比前阵子好些。"

这句话很受听，刘靖初笑了笑："是吗？"

阿伊眨了眨眼睛："但是呢……"

刘靖初瞪着她："但是什么？你还要说什么？就不能一次说完吗？"

阿伊笑得肩膀一颤一颤的："我刚才问她这次跟不跟我们去安澜院做义工，她说那天刚好是系里有活动的时候，去不了，让我们不用等她了。"她又说，"哎哟，好哎，副驾驶座的位置又是我的了，我终于不用跟小卓那个浑球坐后排了。"

小卓听见了，把手里的搅拌勺一放，说："哎哟，好哎，这回后座可终于宽敞舒适、空气清新了，我都快被某人那肥硕的身形给挤死，还有那粪臭般的香水给熏死咯。"

阿伊拿起一根筷子指着他说："你非得歪曲事实是吧？你再说！"

到了月底，心鱼义工社的活动刘靖初也缺席了。他的一个高中同学从外地回来，把留在本市的同学都约出来了，办了一场小型同学会。

大家下午喝茶，晚上吃饭，吃完了饭还觉得不尽兴，又去唱歌了。

刘靖初只在KTV里待了一会儿就跟大家告辞了。一离开KTV，满脑子嗡嗡嗡的声音就消失了，他揉了揉太阳穴，总算松了一口气。

因为预料到这场聚会必然会推杯换盏无数，所以他没有开车。附近正好有个地铁站，他便打算坐地铁回家。

夜晚十点半的地铁站里人不多，但也不少，有像是刚加完班，灰头土脸，哈欠连天，手里还抱着一大摞文件的人，也有拎着花花绿绿的购物袋的年轻时髦女孩，还有拖着行李箱来旅游的外地人、背着书包的初中生、戴着耳机听歌的老年人，形形色色，刘靖初觉得看着他们似乎比看见他的那群已经不再熟悉却要假装熟悉的同学更令他轻松。又过了两分钟，地铁缓缓靠站了。

刘靖初站在一号门的位置等开门的时候，忽然发现八号门那边有个穿黄衣服的女孩正望着他。

那不是郁桐吗？他又看了看，门开了，然后随大流进了车厢。

其实，刘靖初从扶手电梯下来的时候，郁桐就发现他了。她犹豫着要不要过去和他打招呼，但也只是犹豫，最终没有付诸行动。她面无表情地站在车厢里，盯着车窗上映出的自己，又想起了那天刘靖初说她人不像人、鬼不像鬼的评论。现在的自己看起来还好吗？她抿了抿嘴，睁大了眼睛，把车窗上的自己看了又看。

她刚想从包里掏出粉饼来补补妆，突然，某一节车厢里传出了几个人的尖叫声，跟着就变成了很多人大叫着。一时间人群大乱，所有人都在朝一个方向涌，有人在高喊“快停车”，还有人在猛拍车窗，小孩子的哭声霎时也响了起来。

郁桐也被挤得跟着人流跌跌撞撞地走，她问身边的人发生什么事了，那人说他也不知道，既然大家都在跑，他就跟着跑了。背后有个中年妇女说：“出大事了！一号车厢那边有人拿刀乱砍！”

郁桐的脑子里“嗡”地一下炸了：一号车厢？刘靖初不就在一号车厢吗？

这时，地铁真的停下来了，车顶的灯闪了闪，更恐怖的气氛瞬间开始蔓延。人群依旧没有停止骚动，混乱和尖叫还在持续，所有的人都在朝远离一号车厢的方向移动，郁桐却突然开始逆流而行。

她要去一号车厢，因为刘靖初在那里。

因为刘靖初在那里，所以，不管发生什么事，那都是她冲锋陷阵的方向。

她一定要去一号车厢！她拼了命地逆着人流往前挤，迎面而来的人潮几次将她推后，她险些摔倒被踩，但她就像一头向着红布猛冲的疯牛似的忘乎所以地往前冲，一边还大喊着刘靖初的名字。

那一刻，身边的人群再次化成了流动的光绸，席卷着她，吞噬着她，她只得不停挣扎。

刘靖初，你在哪里啊？

突然，一只强有力的手从旁边伸过来抓住了她的胳膊，她已经要从胸腔里爆裂出来的心脏瞬间稳下来了——

他在这里，他没事！

那一刻，一号车厢到底发生了什么，是不是正有失控的歹徒持刀猛追猛砍过来，她竟然不管了，不怕了。她只是有点失控地大笑了一声，目光锁定在刘靖初脸上，一寸一厘都舍不得挪开。

光影如绸，她一动不动地站着，望着他，那一眼，恍如隔世。

令人哭笑不得的是，地铁惊魂只是一场误会。一号车厢里有人避开了安检，把自己饲养的仓鼠带进来了。仓鼠从笼子里跑了出来，吓坏了车厢里几个年轻女孩。女孩们一乱，车厢里的人就跟着乱了。

很多人根本没弄清楚是怎么回事，恰好那段时间有好几个公众场合肇事伤人的事件在新闻上出现，大家就自动将两者关联起来了，于是才有了后来的大混乱。

等风波平息后，地铁恢复运行已经十一点了。刘靖初问郁桐：“现在还能赶在宿舍关门前回去吗？”

郁桐摇了摇头。

刘靖初从包里掏出十八楼大门的钥匙给郁桐：“今晚就在店里住吧。”

郁桐接过钥匙：“哦。”

郁桐下车的时候，发现刘靖初也跟着下来了：“你？”

他说：“你什么？你老板我是个有风度的人，都这么晚了，送送你。走吧。”他撇了撇嘴，一脸埋怨地说，“你就不能早点回学校吗？”

郁桐说：“有事情，刚办完。”

他问：“就是阿伊说的你系里的那个活动？”

郁桐说：“嗯！我们这次为一个车展的模特做服装造型，今天去主办方公司了。”

他板着脸：“嗯。”

郁桐沉默了一会儿，说：“还是没有我妈妈的消息但是……”她担心他又会骂她，所以后面两个字几乎跟前一句话之间一点停顿都没有，“我还好！我没有再大意做错事了，也没有借酒发泄，没有在大街上认错人，没有像无头苍蝇似的到处乱找了。”一口气说完，她巴巴地望着他。

刘靖初脸上的表情还是很严肃，什么也没说。

郁桐又缓缓地说：“我不想做一个令你讨厌的人，你能不能别再对我不理不睬、不闻不问了？”

刘靖初左右看了看，指着店铺玻璃门上映出的郁桐的影子：“你看看你。”

郁桐委屈地说：“我现在也没有人不像人、鬼不像鬼了吧？”

刘靖初还是说：“走近点，好好看看，远了光线不好。去看看。”

郁桐摸不着头脑，但还是乖乖走到玻璃门前，看着玻璃上映出的自己，妆容简洁，着装整齐，端端正正，没有哪里不妥："我很好啊！"

刘靖初说："脸都苦成这样了，拧得跟苦瓜似的，这叫很好吗？"

郁桐更委屈了，一时想不到怎么反驳自己这个刁钻的老板，急得跺了跺脚。

刘靖初却说："笑一个。"

郁桐一愣："啊？"

他说："笑一个！"

她："笑？"

他说："不是要我别对你不理不睬、不闻不问吗？笑一个，笑了我就理睬你。"说完，看郁桐还是一副委屈茫然的样子，他实在忍不住了，自己就先笑了。

他一笑，郁桐也明白过来了："哦——"

刘靖初说："好了，其实仔细想想，我也有不对的地方，我没有设身处地考虑到你的立场和感受。"

郁桐认真地点头道："是的。"

刘靖初又说："我不是逼你一定要怎样做，就只是希望你能爱惜自己，振作回来。"

她说："嗯，我回来了。"她说得字字铿锵。

"哦，回来了啊？那你还要不要回十八楼睡觉呢？"

"要！"

"那就走啊，还傻站着干吗？"

"哦！"

深夜的城市就像一套唯美的爱情文艺片，街道是它的布景，灯光是它的色彩，一切的静止和流动都是剧情，地上一长一短的两道影子就是倾情出演的主人公。影子时而在前，时而在后，时而细长，时而扁圆，时而交缠，时而分开。

不，能不能不分开呢？

郁桐悄悄地想，分开了，她就被打回原形了啊！分开了，她一个人的时候，就又在深渊里了。

终于有一天，郁桐接到了来自失踪人口调查组李警官的电话。李警官让她立刻去一趟警察局，说是有很重要的线索，但是，详细的情况他在电话里不肯说。郁桐觉得李警官语气沉重，欲言又止，她隐隐有一种不好的预感。她不敢一个人去警察局，便找了刘靖初陪她去。

他们一进李警官的办公室，李警官就合上了手里的公文，站起来说：“先坐吧。”

郁桐站着不肯坐：“李警官，警方是不是找到我妈妈了？”

李警官犹豫了一下，说：“那个……郁桐啊，喊你来呢，是想让你认认。”

郁桐小声问：“认什么？”

李警官缓缓地说：“是这样的，今早有人打电话报警，说他在河边钓鱼的时候发现了一具女尸。”

「第十二章」

有一些人，近的是身，远的却是心

SHI GUANG
ZOU LE

NI

HAI ZAI

河边女尸的年龄和大体的外貌特征都符合郁桐的描述，只是尸体在水里浸泡太久，五官已经发胀腐烂了，警方很难辨认，所以通知了郁桐。李警官问郁桐：“你妈妈的身体还有什么明显的特征吗？你可以说出来交给我们警方辨认，或者如果你能接受，你也可以亲自去认尸。”

这天的阳光似乎很好吧？天蓝、云白，空气清新，能见度也很高吧？是十月了，金秋十月呢。阳台上那棵兰草长得可真茂盛。李警官是不是说了很多话？他都说什么？怎么他的嘴巴一直在动，表情那么丰富，他的声音却传不到她的耳朵里？整个世界都那么安静，静得像要毁灭了一样。

郁桐僵硬地站着，两眼瞪着前方，眨也不眨一下。

李警官拍了拍她，喊了喊她，刘靖初也拍了拍她，喊了喊她，可是她都不想动，也听不见，他们拍她喊她有什么用呢？郁桐，郁桐，郁桐……她听不见啊！她什么都听不见啊！

刘靖初扶着她的肩膀：“郁桐，李警官在问你话呢！”

郁桐的眼珠子终于转了一下了，她说：“哦，我们走吧。”

刘靖初小声说：“不是喊你走，是李警官在问你，你妈妈有没有什么特……”

“还问什么？”郁桐突然吼道，“有什么好问的呢？跟我没关系……问什么？我要回家了！”一说完，她竟然拔腿就往门外跑。

刘靖初和李警官都没防备，她一溜烟就冲了出去，他们赶紧在后面追：“郁桐！”

长长的走廊里，每一缕从右侧窗外射进来的阳光都是一把刀，郁桐狂奔而过，无数的刀砍过她的身体，砍得她鲜血淋漓，体无完肤。突然，她觉得走廊里的那些窗户全都垮了，地面也裂了，大楼在倾斜，整个世界都在倾斜，逐渐变成无数的碎片和粉末。

她的胸口剧烈起伏，每呼吸一下，身体里的某个部分就会痛一下，头很沉，眼皮很沉，两条腿像被砍断了似的撑不住身体。

她突然不跑了，猛地往下一跌，瘫坐在地上。因为过度的刺激，她的睡美人症又要发作了。

她几乎想躺到地上，仿佛那样才能在一种天摇地动的环境里得到最后一点安稳。

刘靖初轻轻地走到了她身后："郁桐，站起来。"

郁桐置若罔闻。

刘靖初又说："站起来，不能逃避，去面对！"

她摇了摇头，而且觉得四肢更乏力了，撑着地面的手快要撑不住她愈显沉重的身体，她逐渐往地上趴去。

刘靖初蹲下去拉她："起来！你给我起来！"

郁桐哭喊起来："我没力气了，我起不来了，我起不来了啊！"

刘靖初继续拉她，一只手拽着她的胳膊，另一只手抱着她的腰，把她纤瘦的身体向上提："起来！"

"我起不来，起不来，起不来！啊——"郁桐突然挣扎得厉害，全身都在发抖，声音也变尖了，失控地大叫起来，"那不是我妈妈！别逼我，别逼我去认！别……"

"郁桐！"刘靖初用力一拉，把她拉向自己，揽进了自己怀里，紧紧抱住了她。

有点粗暴的鼻息吹着她发凉的后颈，他说："郁桐！你忘了你还有我吗？"这一次，他不说她还有阿伊还有小卓，还有朋友和十八楼这个大家庭了，他只说了他自己。

你还有我。郁桐，你还有我啊！

郁桐贴着那温热的胸膛，有一瞬间，眩晕无力的感觉都凝住了，她整个人也凝住了。

她呢喃道：“老板？”

他一遍遍摸着她的头，像安抚一个刚受过伤还哭着喊疼的小孩子一般：“起来吧，那个地方就算是地狱，我都陪你一起去。有我在，以后你所有的恐惧、孤单、困难，就都不是你一个人的事了，而是我们的事。”

郁桐真的没有再倒下去了，她紧紧扣着刘靖初的手，刘靖初也由她扣着。他们回到了李警官的办公室。郁桐说，林晚做过阑尾手术，腹部有疤痕。

李警官立刻给法医部打了电话，接着三个人都坐在办公室里等消息。

过了一会儿，座机响了。

李警官一接完电话，脸上就露出了轻松的表情：“郁桐啊，那个人不是你妈妈，你可以放心了。”

心里压着的那座大山突然被移走了，郁桐狠狠松了一口气。但是，她扣着刘靖初的那只手却没有松，那只手像抓着汪洋里的一块浮木，抓得很紧，两个人的手心里都是汗了。她是故意不松的。

她松掉这只手，就没有再牵的机会了吧？

他们走出了警察局，各自抬头看了看天，看见一片落叶打着旋飘下来。她深吸了一口气，听见他问：“回家吗？”

她其实想说肚子饿了，不如去吃东西，背后却碰巧有人借过：“两位，麻烦让让行吗？”

有三个人抬着一口大箱子要从门口经过，刘靖初急忙挣开了郁桐的手，退到和她相对的另一边，给那三个人让出了中间的通道。

郁桐手里空了，心里仿佛也忽然空了一块。天气已经转凉了，风一吹，刚才掌心里炽热的温度也消失了。

她说：“老板，谢谢你，今天幸亏有你在。”

刘靖初把手背到背后，故意摆着老板的架子说：“嗯，既然不是，就别胡思乱想了，希望还在的。”

郁桐看了看外面的大街：“呃，那个……我想起我还有点事情要去我同学家里，咱们分头走吧？”

刘靖初说：“你同学家在哪儿？我送你。”

郁桐说：“不用了，她就住在这旁边，我自己走路去就行了。”

刘靖初点点头：“那好，记住，别胡思乱想，别让自己又发病了，有事打我的电话。”

“哦……”

看着郁桐先走了，刘靖初才缓缓把自己背在背后的手拿到前面，盯着掌心看了又看。其实，这是她第二次牵他的手，跟他十指紧扣了，只是她自己不知道。她上一次发病，说着往事，流着眼泪，就已经向他伸出手，用自己的手去交握他的手了。

她还哭着央求他：“你救救我啊！我被埋在废墟下面了，你拉我出去，再牵着我的手逃跑，去一个没有黑暗、没有恐惧、没有死亡的地方，好吗？大哥哥，救救我！”

她说：“大哥哥，我喜欢你。”

刘靖初看着郁桐微微睁开了眼睛，仰起小脸望着他，苍白的脸上满是泪痕。她说：“我现在还喜欢你，刘靖初。”

那一刻，刘靖初甚至分不清郁桐到底是发病糊涂还是已经清醒了。她说得那么铿锵，那么勇敢。

所以，刚才在警局，郁桐差点崩溃的时候，他知道自己的拥抱和承诺或许会对她起到支撑鼓舞的作用，他就拥抱她了，承诺她了。那也不是一时意气之言，他向来是说得出就会做得到的人。他知道现在是郁桐最难熬的一段时光，也愿意陪着她度过这段时光，就如同照料一个刚开始学步的婴孩一样，他期望很快可以见到她稳稳行走的一天，那时他再放开她的手，不再搀扶。

而且，他也应该陪她度过这段最难熬的时光，他应该在她的人生再次被埋入废墟之下的时候拉她一把。他已经漠视过她一次了，不能再有第二次了。

十月是林晚失踪的第三个月了。十月的新闻里说，我国东部沿海正经历着六十年来最强的台风，北方的沙漠里出现了壮观的海市蜃楼。有一个心怀梦想的女孩因为选秀而红遍了大江南北，从此命途转变；也有一个腰缠万贯的富翁在股市里输光了自己的未来，走上了人生的绝路。

世界瞬息万变，不变的只有郁桐家里客厅的墙上那个已经停止走动的时钟，还有她怎么等都没有等到的团圆。

林晚还是音信全无。

十一月是店庆月，一号这天，十八楼推出全场半价的优惠活动，顺带满额赠新店的代金券，生意果然比往常好了很多。郁桐上完了课，一到店里就被小卓催着换衣服开工。这天的小卓似乎特别毛躁，做甜品的速度快，跟客人说话语速也快，收拾残局快，走路的步子更快，好几次差点跟郁桐撞上。

天色越来越晚，客人终于开始少了。一脸辛辛苦苦，终于可以喘口气的表情的小卓擦着汗走到刘靖初面前，别别扭扭地说：“老板，我……我那个……家里有点急事，你看，我能不能就先走了？”

所谓的急事显然不是不好的那种急事，因为小卓的脸上并没有焦虑忧心之类的表情，反而有一点狡猾。

刘靖初知道小卓不会说谎，一说谎就容易被看穿，他慢条斯理地问：“什么急事啊？你说说看。”

小卓挠头说：“呃，我……我舅舅的……他老婆……”

刘靖初说：“那叫你舅妈。”

小卓说：“嗯，我舅妈她……她……”

阿伊从背后过来了，叉着腰在小卓旁边一站：“你就老实说吧，大老爷们的，还害臊哦？是这样的，老板，我跟他要去参加为一个朋友举办的饯行宴。”

刘靖初看着阿伊：“给朋友饯行？你们？你也要去？你们还有共同的朋友？”

阿伊贼笑着说：“是的，以前没有，但是，以后就有了。我跟小卓啊……”她撞了他一下，还去拉他的手，他躲开了，她却追着把他的手拉了起来，往上一举，“我跟这个浑球在一起啦！”

这算是苦闷了几个月以来，郁桐遇到的最开心的一件事情了。没想到每天见面就斗嘴的阿伊和小卓竟然真的吵出感情来了。恋爱关系是刚确定的，据说还是阿伊先开的口，而且说得特别霸气。

她问小卓：“你是不是爱上我了？”

当时正在喝水的小卓差点没一口水喷到阿伊脸上：“什……什么？我爱上你？我会爱上你？我……”

阿伊指着他的鼻子：“你呸，你呸出来试试！”她又说，“好吧，就当你不爱我吧。那你既然不爱我，为什么又要让我爱上你呢？啊？这笔账咱们可得算算吧！卓亦聪，算不清楚，你就别想走出这扇门！”

小卓问：“我怎么你了？啊？我到底怎么你了？”

阿伊说：“我胃疼的时候，经常吃的那种药吃光了，是你跑了十条街把药给我买回来的吧？”

小卓说：“是我。”

阿伊说：“我说我噩梦缠身，睡不安稳，心里不踏实，是你傻乎乎地跑到庙里给我求了道平安符吧？”

小卓说：“是我。”

阿伊说：“你嘴里总说我胖，但是每次一起吃饭都故意把我喜欢的菜让给我，你说有没有？”

小卓说：“有。”

阿伊说：“还有啊，你不是嫌我家里养的那条鹿犬吗？说人家没毛，瘦，抱着没肉，还经常对你乱叫。可是，宝宝走丢的那天，是谁陪着我在大街上找了一整晚？没有找着，是谁把肩膀借给我哭的？后来，又是谁千辛万苦买了一条更丑的给我，还非说它跟我的宝宝长得一模一样？”

小卓咧着嘴笑：“嘿，是我，是我。”

阿伊说：“你没爱上我，干吗对我这么好？哦，我哭的时候，你抱也抱过了，亲也亲过了，想赖账啊？你不爱我？你不爱我又对我好，这不是挖了个坑给我跳吗？我告诉你，你责任大了！”

大家又忙碌起来了，阿伊和郁桐一人收拾一张桌子。隔着过道，阿伊把自己跟小卓表白的经过讲给郁桐听，周围的客人也听到了，一会儿看阿伊，一会儿看小卓，都乐呵呵的。小卓一开始由着阿伊说，可听到这里他就沉不住气了：“喂，什么叫抱也抱过、亲也亲过了？是你主动来亲我的好不好？我是看你丢了狗那么伤心，觉得你需要一点安慰，所以才没拒绝你，吃亏的是我哎。”

阿伊把手里的抹布丢给他：“反正就是那么回事。三号桌的摩卡奶酪杯，客人催了，老板。”

三号桌的客人起哄道：“亲完之后呢？还有下文吗？”

阿伊回头翻了个白眼：“有也不告诉你们，小屁孩别闹。”

郁桐看了看，老板一直站在操作台后面，阿伊说的话他听见了，他喊：“三号桌，摩卡奶酪杯，郁桐来端。”

郁桐过去，顺便又偷偷打量了一眼不动声色的老板，发现他的眼神静如止水。她在心里把阿伊的话想了又想，思绪万千。不是每个人都能像阿伊和小卓那样各得其所，有一些人，近的是身，远的却是心。

小卓又送走了两桌客人，更急不可耐了：“嘿嘿，老板，时间不多了，我跟阿伊能走人了吗？”

虽然能听见阿伊说话，但一直没有停下手里的活，头也没有抬过的刘靖初现在终于把头抬起来了：“嗯，走吧。”

阿伊立刻脱掉了围裙：“谢谢老板！”她又对小卓说，“走了走了，你先去外面拦车，我补个妆。”

刘靖初笑了，看着阿伊手忙脚乱地跑出店门，目光收回来的时候，正好跟郁桐的目光一撞，还是对视上了。只剩四桌客人，没有新客人进店了，他问：“你不是也想请假吧？我一个人可不行。”

郁桐淡淡一笑，说：“看来我还蛮重要的。”

刘靖初也笑了笑，开始清洗水槽里积着的一叠杯盘。

又过了一会儿，四桌客人走掉了三桌，已经八点了。郁桐伸了个懒腰，捶着肩膀问：“不会再有客人来了吧？”可是她话音刚落，就有人进来了。

进来的是一个五十来岁的中年女人，她在门口站了一下，没有走向点餐台，反而直接朝着郁桐走过来了。

中年女人问道：“你是郁桐吧？”

郁桐茫然地点了点头：“呃，我是。”她觉得对方似乎有点眼熟，但一时又想不起是谁。

中年女人得到了肯定的回答，脸上的表情顿时悲喜交加，她说：“郁桐，你还认识我吗？我叫顾秀厢，是你妈妈的好朋友。”

林晚的好朋友顾秀厢最近大半年一直都在国外休假养病，现在身体状况好转了，她也终于回国了。她出国之前还跟林晚一起吃过饭，还说好了等她回来林晚要介绍郁桐给他们两口子认识。她的老公是一个服装公司的老总，在圈内很有人脉，林晚想借这位老总的实力来给自己女儿的事业铺路。

顾秀厢说，林晚这个人啊，无论何时，只要说起她的女儿，都是眉飞色舞的。她说她这辈子的路走得再坎坷、再艰难，哪怕走到最后全是败笔，但这个女儿都是她一生最大的骄傲。

郁桐一听，眼眶就红了。

顾秀厢哽咽地说：“唉，好端端的一个人，老觉得是昨天还见过的，可怎么今天就失踪了呢？”

顾秀厢说，她回来之后，几次打电话想联系林晚，都被告知号码是空号。她还以为林晚换号了没告诉她，还有点生气，前天正好跟“唐为”一位导演的太太吃饭，问起林晚，才知道林晚失踪了。

郁桐问：“顾阿姨，您怎么知道来这儿找我？”

顾秀厢说：“我也是听你妈妈提起过，说你在学校对面的甜品店打工。我今天正好在这附近跟朋友吃饭，就想顺便找找看，看能不能找到你，要是找不到，我还得上你们家去。郁桐，阿姨有话跟你说。”

郁桐看顾秀厢神情严肃，点了点头：“嗯。”

顾秀厢说：“你妈妈失踪前托我办事，你知道不？”

郁桐有点茫然：“我……不知道。办什么事？”

顾秀厢说：“她要我帮她私底下查一个人三年前的出入境记录。”顾秀厢是在出入境管理部门工作的，她说，“那个人是你后父的律师，叫罗起航。”

郁桐和刘靖初互看一眼，神情也都严肃起来了：“阿姨，我们到后院说，好吗？”

到了后院，顾秀厢从包里拿出了一张折成方块的打印纸递给郁桐：“这就是罗起航的出入境记录打印单。”

顾秀厢又说：“当时我还在国外，你妈给我打电话的时候，她还在电话里哭。我问她怎么了，她说她出事了。”

“我很少跟国内这边的朋友联系，而我丈夫也没告诉我唐总去世的消息，你妈说了我才知道，我当时都慌了，不知道怎么安慰她。可她又说她哭的不是这件事，另外还有一件事情让她过得很痛苦，就是唐总的遗产问题。她希望我能帮她查遗产的见证律师罗起航的出入境记录。”

郁桐仔细看了看那份打印记录单，三年前，罗起航在当年一共有四次出境，一次到柬埔寨，一次到新加坡，还有两次是到欧洲。而他最后一次出境是在十月二十四日这天，去的英国伦敦。

郁桐忽然想到了：“十月二十四日离境飞往伦敦？”

唐舜立遗嘱的日期是十月二十五日，罗起航如果在二十四日便出境了，第二天他不是还在空中就是已经到伦敦了，还怎么为唐舜做遗嘱见证？假如他冒充遗嘱的见证律师，又或者遗嘱的见证程序并不符合法律标准，那那份遗嘱的有效性便值得商榷了。

郁桐猛地感到后背发凉，她之前总听林晚唠叨说遗嘱有问题，还以为那只是林晚不甘心而乱说的，可现在看来，难道遗嘱真的有问题？

当时，顾秀厢说，查询别人的出入境记录涉嫌侵犯隐私，没有正常的程序很棘手，况且她人在国外，这种事她也不好假手于人，如果要做，肯定得自己出面。顾秀厢本来想婉拒的，但是林晚再三请求，还说事情很严重，关乎她丈夫的声誉和财产，甚至有可能是她丈夫之死背后隐藏的一个巨大阴谋。她还说她现在就已经身陷在这个阴谋里面了，她的处境很艰难。

“你妈妈当时一直跟我强调，有人要害她，不查清楚她会死得不明不白。我问她到底谁害她，她说就是这个律师。”

“当时，我的心肺治疗的疗程还剩最后两个月，疗程不能断，我也回不来。我们也都知道这种私底下的事不好假手于人，传出去麻烦也大，你妈就说可以等我，等我回国了再查，我们就这样说定了。那时候，她明明说，她还等得起……”可现在，顾秀厢回来了，记录也查了，说等得起的林晚却失踪了。

顾秀厢对郁桐说：“我想来想去都觉得整件事很诡异，所以我觉得应该来找你，把这份记录给你看。郁桐，你说说到底怎么回事！你妈妈在电话里说得不清不楚，我只觉得听起来挺可怕的，但对具体的情况还是不清楚。她究竟怎么失踪的？谁要害她？真是这个律师？”

郁桐呆呆地摇头：“我也不知道。”

顾秀厢看郁桐都要哭了，又安慰她：“你别着急，急也没用，情况可能没你想的那么坏呢。报警了吧？”

郁桐点点头。

顾秀厢问：“有没有登报寻人？网络上呢？”

郁桐继续点头：“都有。”

郁桐缓和了一下情绪，问顾秀厢：“我妈妈有没有告诉你，她为什么会怀疑罗起航？她从哪儿知道罗起航去过英国的？”

顾秀湘努力回忆：“她好像说，是别人告诉她的。”

郁桐忙问：“别人？她有没有说是谁？”

这时，后院的小门那里传来了刘靖初的声音：“郁桐，是我。”

刘靖初还记得，两个月前，他送郁桐去华来酒店，途中经过唐为大厦，看见林晚和罗起航在路边争执。他后来还答应帮郁桐照顾林晚，他送林晚的时候，还带林晚去市场买了新鲜的猪肺。

郁桐也还记得，那天，她回到家以后，家里暖光弥漫、清香四溢，她喝到了她人生里最可口的一碗汤。她以为那是苦尽甘来的序幕，却没想到那只是噩梦的前兆。最可口的猪肺汤转眼变得苦涩，像穿肠的毒药。

刘靖初说：“我当时只觉得罗起航眼熟，但想不起来在哪儿见过，后来，我送你妈妈回家的时候终于想起来了，三年前我见过他。”

三年前，罗起航搭夜机飞往伦敦，去机场的途中，出租车忽然抛锚了，而经过的出租车都是载着客的，他情急之下只好向私家车挥手。很多车主都没有理会他的求助，只有刘靖初把车停下来了。

罗起航的白发给刘靖初留下的印象还算深刻，刘靖初想起自己还问过他的头发是天生的还是染白的。罗起航自恃经常出国，见多识广，就在刘靖初面前大谈特谈他在国外的见闻，似乎一定要听众用羡慕加崇拜的眼光把他看着，他才会得到满足。然而刘靖初故意表现得漫不经心，他后来就有点兴致索然了。

那天的刘靖初是到机场去接一位朋友的，他把罗起航送到机场以后，朋友也接到了，接着那个夜晚还发生了一些事情令他至今也难忘。他的朋友和机场的工作人员因为一点误会而起了冲突，双方闹得不可开交，他们先是被安顿在机场的休息厅，后来还去了一趟警察局。

那天正好是十月二十四日，是刘靖初的生日。后来这两年，刘靖初一过生日，他的那位朋友都要提起当年，说自己差点在警察局里给他唱生日歌了。

顾秀厢没有久留，她和郁桐互留了电话号码，说如果郁桐有需要可以随时打电话给她，然后就离开了。她离开之前还以长辈的身份拜托刘靖初，让他平时多照看郁桐。刘靖初点头答应，送她出门，再回后院，发现郁桐还攥着那份记录打印单，坐在屋檐下的小凳子上，弓着背，抱着膝盖，缩成一团。

刘靖初刚才还说漏了一点："我们那天在'唐为'楼下碰见罗起航的时候，他的公文包被你妈妈拉扯掉了，里面掉出了几份文件，我走过去的时候顺便帮他捡了起来，那份正好就是唐舜的遗嘱，我看到了日期。"

郁桐呆滞地点了点头，说："所以我妈妈知道罗起航有问题，她一回家就给顾阿姨打电话了。她或许还觉得自己重夺遗产的事有希望了吧。难怪那天我回家之后看见她的情绪好了很多，原来是这个原因啊，我还以为她真的想通了呢。"

刘靖初想了想，问："她跟刚才那位顾阿姨说，有人想害她，是真的吗？"

郁桐摇头："我也不知道。"她想了想又说，"是啊，她刚怀疑罗起航就失踪了，会不会跟罗起航有关？"

刘靖初心里也隐隐有点不踏实，低头表情凝重地看着郁桐："郁桐，对不起，可能是我多嘴了。"

郁桐有点虚弱地抬起头，说："你怎么说对不起呢？一直以来，希望我好、对我最好的人，除了你还有谁？其实是我妈妈自己看不开，就算你不和她说那些话，她也还是会想方设法揪着唐家不放，没人知道还会发生什么事。"她说完，又低下头，下巴抵着膝盖，两眼放空望着前方。屋檐上有一片焦黄的枯树叶，被风一吹飘了下来，正好落到她头上，刘靖初想帮她拿掉，但伸过去的手还是背回了背后。

郁桐的脑子里不停地有一些念头闪过，过了一会儿，她说："老板，罗起航没有为遗嘱做见证，也就是说，这份遗嘱并不符合法律法规，如果入禀法院，它有可能被判失效，对不对？"

刘靖初静静地等着郁桐说下文。

她说："如果遗嘱失效，最大的受益人是谁？而遭受最大损失的人又是谁？"前者是唐树恒，而后者是唐柏楼，他们都知道。

郁桐幽幽地说："你猜猜，那个最大的受益人愿不愿意帮我一个忙，也算是帮他自己的忙呢？"

刘靖初问："你想找唐树恒做什么？"

郁桐斩钉截铁地说："查罗起航！我说出罗起航的破绽，唐树恒去查他，看他究竟跟我妈妈的失踪有没有关系。"

刘靖初说："唐树恒如果入禀法院，推翻遗嘱，唐舜的遗产就得重新分配。原本唐舜的股份都给了唐柏楼，但只要重新分配，唐树恒也能得到其中三分之一，他或许会乐意。但是你只要把罗起航出境的事告诉他，他应该不难拿到这份记录，除此之外，他还会帮你再查别的吗？"

郁桐说："他会的。你忘了吗？遗产如果重新以法定继承的原则来分配，公司的股份我妈妈也会得到一部分，唐树恒肯定会对这部分股份有兴趣，所以我想，他会乐意跟我们搞好关系的。"

"我妈妈还说过，唐树恒这个人虽然不像唐柏楼那么无所不用其极，但他对权势的渴望绝对不比唐柏楼少。唐柏楼是只张牙舞爪的老虎，但唐树恒也不见得就真是一只温顺的小白兔。"

"假如罗起航真的跟我妈妈的失踪有关，这件事背后真的有什么骇人的阴谋而且他也参与了的话，那应该比他在遗嘱上的失职严重多了。我要是他，宁可承认自己失职，也不会承认自己跟某个人的失踪有关。所以我不想单凭这张出境单就贸然去找他，我想他不会被我吓一吓就轻易交代什么的。”

“对唐家而言我只是个外人，遗嘱的事我没资格插手，如果我要从遗嘱方面着手追查我妈妈失踪的线索，那么，关于遗嘱、律师、亲属、受益人，还有背后隐藏的东西，唐树恒是最有资格站出来说话的一个。”

“而且，质疑罗起航，动摇遗嘱，对现在的唐柏楼来讲就是利益的损失，他是不可能容许我这么做的。所以，我如果要借力，也只能找在遗产问题上并没有受到公平对待的唐树恒，绝对不是唐柏楼。”

……

刘靖初认真地听着郁桐把她的分析一条条一段段地说下来，条理清晰，他心里忽然有些感慨。虽然她的分析也有过于主观的成分，但是，她没有再像林晚刚失踪的时候面对一丁点风吹草动就六神无主了，她比以前冷静了，他觉得这是好事。他问她：“那你打算什么时候去找唐树恒？”

她说：“现在太晚了，明天吧，我不想拖。”

他说：“明天我陪你一起去。”

她重新抬起头望着他，眼睛里都是无言的感激。那双眼睛在黑夜里亮晶晶的，像两颗璀璨的小星星。

他终于还是替她把头发上的树叶拿走了，没有扔掉，就拿在手里。她盯着他那只拿树叶的手，那只手曾经和她十指紧扣过，她恨不能把那掌心的纹路一条一条全记着，画在自己的心里；恨不能把那掌心的温度都留着，变成一件永不冷却的冬衣。他们曾经那么靠近过，然而，还是那么远。

他发现她盯着自己的手看，仿佛猜到了她在想什么似的，故意把手背到了背后，说：“郁桐，回宿舍吧，明天下了课来这儿找我。”

她怅然若失地站起来：“嗯。”

第二天中午，下课后的郁桐随着人流走出教学大楼。大楼外停着的一辆白色豪华跑车吸引了不少学生的注意力，有个穿深蓝色西装的男人靠着车门站着，懒懒散散的，阴天也戴了一副墨镜。他似乎很满足于大家对他的注目，一直微微弯着嘴角笑着。他正在打电话，刚拨了号，手机拿到耳边，一抬眼就看到了人群里的郁桐。他笑了，挂了电话，做了个招手的动作。

郁桐十分不悦地走过去：“唐柏楼，你来做什么？”

唐柏楼把墨镜摘掉，笑得意味深长：“来接你放学啊，妹妹。”

郁桐冷笑道：“高攀不起。”

唐柏楼把车门拉开，下命令似的说：“上车说吧。”

郁桐说：“对不起，我没空。”

她扭头要走，唐柏楼却忽然说：“没空啊？要去‘唐为’还是紫澜苑呢？我送你吧？”

紫澜苑是唐树恒住的小区，郁桐顿时吃了一惊：“你怎么知道？”

唐柏楼不笑了，说：“我还知道，你现在如果不上车，一定会后悔的，因为你会错过你最想得到的消息。”

郁桐心里更紧张了，她最想得到的消息无非就是林晚的下落：“你这话是什么意思？”

唐柏楼说：“想知道啊？那就看你听不听话了。”

郁桐坐在唐柏楼的车里，如坐针毡。车子从十八楼经过，她看见刘靖初正在和阿伊、小卓一起吃午饭。唐柏楼忽然长按了一下喇叭，声音让店里的三个人齐齐看过来。车窗开着，刘靖初看见唐柏楼了，也看见副驾驶的位子上坐着一个女人，他不太确定，但那人依稀像是郁桐。

他急忙给郁桐打电话。郁桐接起来，小声说："喂，是的，我跟他在一起。我们有一些话要说，一会儿再联系吧。"她说完就匆匆挂了电话。

唐柏楼调侃地说："你的老板很关心你嘛。"

郁桐没兴趣和他说废话："你来找我，到底为什么？"

唐柏楼指了指郁桐座位前面的抽屉，说："你先打开看看。"

郁桐打开抽屉，里面放着一部套着浅蓝色外壳的银色手机，这是林晚的手机。浅蓝色的手机壳跟郁桐现在用的这个一模一样，这还是去年林晚买的，同样的两个手机壳，她和郁桐一人一个。

郁桐抓着手机："我妈妈的手机怎么会在你这里？"

唐柏楼说："很简单啊，因为她的人也在我这里。"

郁桐急得手都发抖了："我妈妈……我妈妈为什么会在你那里？她到底在哪里？她现在怎么样了？"

唐柏楼说："你放心，她很好，吃我的，住我的，什么都不用操心，就是稍微有点不自由而已。"

郁桐听懂了："你……你绑架她？"

唐柏楼摇着食指说："怎么说是绑架这么难听呢？你妈妈她啊，就是一不小心知道了一个她本来不应该知道的秘密，我怕她说漏了嘴，就想训练她一下，教她做人做事的正确态度。你放心，她很好，现在人在曼谷，我已经托人好好照顾她了。"他刚说完，"啪"的一声，脸上就挨了一个响亮的耳光。

郁桐气得实在忍不住了："唐柏楼，你这个疯子！你竟然绑架！你……我要报警！你要是不放了她，我立刻报警！"

唐柏楼摸了摸自己被打痛的右脸，继续开着车："你报吧，你觉得警方能找到证据就报吧。但你别忘了，你可以报警，我也可以一个电话就让她好好尝尝她女儿的冲动给她带来的恶果！”

郁桐大吼：“你到底想怎么样啊？”

唐柏楼说：“只要你乖乖的，别多嘴，你妈妈自然就继续好吃好住，过她想要的衣食无忧的阔太太生活。”

郁桐尽量让自己平静下来，她已经猜到唐柏楼所谓的不多嘴是什么意思了：“你知道我要找唐树恒？”

“嗯。”唐柏楼得意地点头。

“怎么知道的？”

唐柏楼说：“下次你们再商量大计的时候，记得看清楚周围的环境，隔墙有耳，你没听过吗？”

唐柏楼说的这个“耳”是指盛骏威。盛骏威跟几个混混在十八楼后院墙外的那条巷子里谈判，谈判完了正好听见了郁桐他们的对话。一向都想巴结唐柏楼的盛骏威哪里舍得放过这个立功的机会呢，于是他把自己听到的内容原原本本地告诉了唐柏楼，所以唐柏楼就到学校来找郁桐了。

郁桐说：“我要见我妈妈，我要跟她通话！”

唐柏楼说：“不是不可以，但不是现在。”

她问：“你真以为你可以只手遮天吗？唐柏楼，你想把她关到什么时候？”

唐柏楼说：“其实，在我的观念里，我有钱，恰好就是可以只手遮天的，这也是我那死鬼老爸教我的。至于把她关到什么时候嘛，我说了，她知道了一个她不应该知道的秘密，我得确保那个秘密不再对我构成威胁，才可以放了她。哦，就像你说的，只手遮天，到我可以在‘唐为’只手遮天的时候吧。”

郁桐说：“你已经是‘唐为’的董事长了，还想怎么样？”

唐柏楼笑着说："我这个董事长坐不坐得稳，不还得看你这个当妹妹的给不给我面子吗？"

郁桐说："若要人不知，除非己莫为。我今天不去揭穿罗起航，难保以后不会有别人发现这个破绽。"

唐柏楼噘着嘴摇头："不会有以后的，很快我就会填好这个漏洞，我就是想跟妹妹你讨要一点时间而已。妹妹啊，大哥我的位子坐稳了，日子过好了，你跟你妈妈也才有好日子过啊！"

郁桐瞪了他一眼："别用那些称呼，听着恶心。"她接着又说，"我要跟我妈妈通电话。"

唐柏楼摇头："都说了不是现在。"

郁桐焦急："你不让我跟她说话，我怎么能相信她真的在你手上？"

唐柏楼说："你可以不相信，信不信随你的便咯。你要是觉得我在骗你，你说一声，我现在就送你去紫澜苑。"

郁桐心头一堵："别以为我不敢！"

唐柏楼加大了油门："正好，从这条路去紫澜苑，最多十五分钟。你有十五分钟的时间可以考虑。"

郁桐抓着安全带，紧紧咬住嘴唇盯着前方。

「第十三章」

你愿意为了她而枯萎自己，
我也愿意为了你永不盛放

SHI GUANG

ZOU LE

NI

HAI ZAI

唐柏楼把车停在了紫澜苑的大门口，但停了不到一分钟就开走了。他又把郁桐送回了学校。他早就知道，以郁桐和林晚之间相依为命的深厚感情，她是没有理由不受他要挟的。

郁桐下车的时候失魂落魄，林晚的手机掉在了座位上。唐柏楼喊住她："这个你不拿走当纪念？"

郁桐急忙把手机抓过来："唐柏楼，我再提醒你一次，别伤害我妈妈，否则你不能想象为了报复我会疯到什么程度！"

唐柏楼挠了挠眉心，说："我也再提醒你一次，记得咱们的约定，谨言，慎行。"

郁桐狠狠一关车门，好像恨不得把车身都震散架似的。走回宿舍楼下，她却掉了个头，出了学校，去了十八楼。十八楼里客人不多，小卓在做奶茶，阿伊在给客人结账，刘靖初在整理食材。

郁桐轻轻地走过去，问："你们午饭吃的什么？都吃完了吗？我肚子饿。"

刘靖初问她："唐柏楼找你做什么？"

郁桐撇了撇嘴说："我没吃午饭，肚子真的好饿。"

阿伊说："你这个时候才来，饭菜早就吃光啦，就算没吃光，还能给你吃剩下的啊？"

刘靖初说："阿伊，到隔壁点两个菜吧。"

郁桐说："我想吃鱼香肉丝。"

阿伊走了，刘靖初又问："你打算什么时候去找唐树恒？"

郁桐摇头："不去了，不找他了。"

刘靖初问："为什么？"

郁桐说："因为我还有别的想法，暂时不找了吧，总之我会处理好的。"

刘靖初见郁桐面有难色，猜到她是有些话不方便说，不想她为难，就不追问了。他说："你需要我们做什么就开口，别藏在心里，知道吗？"

郁桐喉咙一哽，红着眼眶点了点头，说：“嗯，我现在就想吃鱼香肉丝，以前我还嫌我妈妈做的鱼香肉丝是她会做的菜里面做得最不好吃的，可是现在……都吃不到了……”

已经是十二月了，路有悲风的十二月，一街枯树，三两盏霓虹灯，夜归人和车灯都是深夜里冰冷的风景。

在老城区的一个公交车站，一辆双层公交车缓缓靠站。

等着上车的只有两个人，上车以后，他们才发现其实整辆车上都只有他们两名乘客。他们坐到了第二层的最前排，以瑄把脚踩上了车头前面的矮台，身体向后仰，全压在椅背上，一副懒洋洋的样子。她说：“你还记得吗？我教过你的，坐双层观光客车就要这样把脚抬上来，会特别放松。”

姜城远微微笑了笑，说：“记得，可是我把脚放上来，坐得一点都不舒服，坐不直，背还疼。”

以瑄笑他说：“谁叫你长那么高的？”

他们是来夜游老城区的。他们刚才在这片老街老巷里穿行了很久。

这路公交车是二十四小时的，因为它的终点站是在近郊的一个大型国营厂矿，厂里面的工人有上白班和夜班的，上夜班的人如果要进出城，必须得靠这路公交车。而这路公交车必经的一段，就是这片老城区。

老城区是这座城市里一个年代久远的存在，这里有外墙长着爬山虎的红砖楼，有天井里摆满了花的四合院，有门口坐着卖手摇爆米花的老人的蜂窝煤厂，还有两侧都有雕花石窗的席子巷，这里就连街灯都残留着历史的余香。外地游客前来，老城区是必游之地，以瑄也很喜欢这里。

好几年前，以瑄和姜城远大学刚毕业，有一天深夜，大概也是这么晚，他们也坐过这路车，也在老城区里走走停停过。

那个时候，他们之间还没有反目成仇，那大概算得上是他和她最好的一段时光了，她很想再回味那段时光。那个时候，他们也是坐在和现在同样的位置，双双把脚抬起来，像两个没规矩的小孩子。他坐得不舒服，但是，他笑得心无城府。

以瑄说："姜城远，我听人说，这路车到旧历年底就会取消了，因为夜间的乘客其实真的很少。"

姜城远试图也把脚踩上矮台，但是，踩了一下，他还是把脚放下来了。他说："嗯，我也听说了。"

以瑄轻笑道："留不住的，终究还是留不住吧。"

姜城远没出声。

以瑄打了个哈欠，问："几点了？"

姜城远说："过十二点了。"

她说："今天已经过完了啊，都第二天了。呵呵，我本来是打算找你陪我过完今天就够了的。"

姜城远说："没关系，不在乎今天明天的，我再陪陪你吧，你要是困了，可以靠在我身上睡会儿，到站了我喊你。"

以瑄始终保持着笑容："到站？哪个站？终点站吗？钢铁厂哎，那么远。"

他说："远就远吧，没关系。"

以瑄歪着头看着姜城远，接道："那然后呢？再坐回来？再坐回来之后呢？我们能一直这样来来回回吗？"

姜城远看了看她，不知道该说什么。

以瑄拿出手机，查了查这路车经过的站点，说："再往前六个站就是白苍桥路口，那儿离我家是最近的，我就在那儿下车吧。"

姜城远一听，心里忽然一阵绞痛，抓着她的手："以瑄！"

姜城远的掌心很温暖，在以瑄的手背上一覆，暖得她几乎想掉眼泪：“姜城远，你记得那天我们做的那个心理测试吗？”当时他们只看到了测试题，却没有看到结果分析，直到昨天以瑄又在一篇小说里看到作者引用了那道测试题，她才知道结果是什么。

她重复了一遍，说：“如果有两串葡萄放在你面前，一串甜的，一串酸的，你会先吃哪一串？你说你会先吃甜的，因为人永远都不知道下一秒的自己会遭遇什么，不知道自己在吃第一串葡萄的时候，还有没有机会吃第二串，所以行乐须及时。”

姜城远说：“而你的选择恰好跟我相反，你想先吃酸的，因为你觉得做人不应该只贪图眼前，而是先苦才能后甜。”他又问，“这个测试的结果分析是怎么样的？”

以瑄说：“结果啊，其实有点矫情，但我觉得也对，就是说先吃酸葡萄的人乐观，比较容易拥有希望；而先吃甜葡萄的人或许会比较不快乐，因为他能够抱着的只是回忆，而回忆是无济于事的。”

她看了看他，说：“你就是一个很容易受回忆困扰，不会轻易放开回忆的人，你觉得准吗？”

姜城远有点无言以对。

以瑄耸了耸肩说：“所以呢，我这个先苦后甜，还心怀希望的人，就要向着我的希望出发了。”

这时候，离白苍桥路口还剩四个站。

“天上浮云似白衣，斯须改变如苍狗。”白苍桥，据说就是从杜甫的诗文里得名的。

离白苍桥路口还剩四个站，姜城远开始回忆那个停电的晚上。那天他走到门口，以瑄忽然追了过来，从背后紧紧抱着他。她温热的身体紧贴着他被污水溅湿而发凉的后背，她挽留他的声音温柔而充满了诱惑。

她说：“姜城远，别走了，今晚留下来好不好？”

电光石火之间，他也贪恋过那个情到浓时的拥抱。那一刻流年静好，美眷如花，他转过身来，低头看着她：“留下来？”

她仰起头，眼睛里的坚定和勇敢在黑暗之中也异常明亮：“是的，留下来，不要走。”

他拿不定主意，不置可否地看着别处，目光有点涣散。

以瑄见他没有拒绝，便主动吻了他。

在一起之后，那还是他们第一次接吻。

唇舌交缠之际，以瑄拉着姜城远退坐到沙发上，双手在他的胸口很温柔地轻抚着，并且开始解他上衣的纽扣。忽然，他打了个冷战，紧张地抓住了她的手腕，推开她后噌地从沙发上站了起来：“对不起！”

这时候，客厅里那盏羊皮壁灯忽然亮了。

来电了。

灯光照着姜城远的嘴唇，他的嘴唇微微泛着点浓郁的红，是刚才接吻的时候沾到了她的口红。他用手摸了摸，手指上立刻也红了一道，模模糊糊，有点像血。

以瑄说话了：“你现在知道了吗？”

姜城远心里咯噔一下，像忽然被点醒了似的。

以瑄淡淡地说：“姜城远，我想帮你做一个决定。”

其实，以瑄早就应该做这个决定了。姜城远的力不从心在这段关系里早已经是显而易见的事情了。但是，以瑄总以为对显而易见的事情视而不见也是一种智慧，然而，这智慧还是灼伤了她。

慧极必伤，情深不寿。

他们是情侣，却不似情侣。约会的时候，他们轻轻地牵着手，淡淡地看着对方，偶尔拥抱，也是轻轻地。浓情蜜意的话都到嘴边了，她想说出来却又觉得别扭，可又不清楚究竟是哪里别扭。

他们深夜打电话，从政策法规到社会热点，从明星八卦到旅游养生，天南海北、天上地下都可以聊，但是，一触及往事，他就会不自觉地保持缄默，或者顾左右而言他，气氛会忽然变得很尴尬。

他说过：“以瑄，从前的事我们就不要提了吧。”其实她也同意，不提就不提吧，可是，嘴上不提，心里呢？

他还是会想起疯疯癫癫的舒芸是怎样被人从河水里打捞起来的；会想起自己是怎样被刘靖初绑在巷子里，遭魏杨毒打而瘸了一条腿的；会想起因为他的狠心报复，以瑄没能见到沈航最后一面，还差点被唐柏楼侮辱；也会想起，他跟以瑄，如王子和公主，在人群中跳过一支舞，也有过彼此心意相通的守护，还点亮过漫天星子般的孔明灯，更有过一夜赤裸裸的交缠与托付。

温柔的，残酷的，甜蜜的，狠毒的，赏心的，伤心的，所有发生过的事情，其实，一直都在。

每个人都有一座自己的城，过往的经历可以化作城里的风景，比如一座古老的钟楼，或者一墙优雅的壁画。但是，在姜城远这里，往事是一条绕城的河。河水汹涌不绝地将城池环绕，河上却没有一座能通行的桥。他在城里，打开城门，以为这样就能迎她进城了，然而，一河之隔，让人束手无策。

隔着这条河，他总是会在她叮嘱他天冷加衣、下雨带伞的时候，说一句“谢谢，谢谢你的关心”。

隔着这条河，他总是很在意自己是否能优雅光鲜地出现在她面前，给她留个天神般美好的印象；他也很在意自己能否像上帝一样，对她处处温柔妥帖，毫无差错；他还会为衬衫上的一滴油渍而尴尬，会担心江风吹乱他的头发，会为迟了几分钟给她回电话而道歉。他的神经总是绷得很紧。

若要她选，周末她宁可跟他一起逛邋遢的菜市场，穿着短裤、人字拖，偶尔踩到几片烂菜叶，再回家做三五样小菜，把厨房弄得乱七八糟，然后谁也不肯主动收拾，都懒洋洋地瘫在沙发上看电视。但是，周末他会以整洁精致的状态带她去高级的餐厅，两个人中间隔着那张餐桌，各自优雅而僵硬。

若要她选，口渴的时候，车里只有一瓶他喝过的水，她宁可就喝这瓶水，也不愿看他狼狈地横穿马路给她买水，还一定要分得很清楚——这瓶水是你的，那瓶水是我的。什么他都是要分你我的。

若要她选，他感冒发烧，照顾不好自己的时候，她宁可他开口向她示弱，说一声"我需要你的照顾"，也不愿听他说"你别来找我，我怕传染给你就不好意思了"，如此这般地礼貌而又见外。

隔着一条河，他们相望，相闻，可是，不能相亲。

那一晚，姜城远的声音像是来自遥远的星河，有一种近乎虚幻的残酷："以瑄，我曾经很爱你。"

以瑄说："我知道。"

姜城远说："我爱上你在先，知道你间接害了舒芸在后。我想恨你，但是，我所有的咬牙切齿都是假象。"

以瑄说："我知道。"

姜城远说："我曾经说过，我要为了舒芸报复你，还有刘靖初。我看着你们难过，我就会好过。"他说，"但是，那段时间，我没有一天好过。"

以瑄转身背对着他，还是说："我知道。"

姜城远笑了，但是笑得很难看，反而像在哭："很讽刺吧？也许我们相互伤害的那段时间才是我们最好的时间，但我们错过了，很多事情就不一样了。到现在，我反而不知道怎么面对了。"他又说，"假如我能忘掉我们以前的种种，或许我还会比较轻松，重新开始也不是一件难事。"

她知道他还有话要说，也明白他还想说什么，但是她不打算等他说完。她打断了他："姜城远，你知道的，我这人做很多事情都很干脆。可是，我曾经说过那么多次，我们断了，断了，但我都没有做到，我对感情太不干脆了。"她的肩膀轻轻提起又重重落下，"可是，这一次，我想干脆一点。"她说，"我们……算了吧？"

她是孤独的信徒，站在时光的荒原，终于，敲响了他们之间最后的一记丧钟。她想起了他们曾经撕心裂肺、你死我活的那段时光，想起他一而再，再而三对她的羞辱和折磨，想起他们曾经说过的狠话和流过的眼泪，忽然发现，原来，所有的明刀明枪加之于身，依然没能给彼此带来毁灭。

因为那时的他们虽然彼此恨着，但是，也彼此爱着。爱恨强烈，他们都是对方深入骨髓的存在。

可现在不一样了。

现在，硝烟已尽，战火已灭，人也已疲倦至极，恨不在了，那爱呢？

在这个世界上，有一些话可以很简单、很平淡，也很温柔、很优雅，却比恶毒的攻击和下流的谩骂更能伤人，比如，来自曾经相爱着的人嘴里的三个字——算了吧。这才是毁灭，才是终点。

那天之后，他们分开了一段时间，而今天是他们最后一次见面。夜游老城区是以瑄提出来的，她并没有把握姜城远还会不会答应她，但还好他在电话里并没有犹豫，挂了电话就出来了。

她说，再坐坐双层车吧，他也说好，他们就坐上了这辆夜间公交车。现在，离以瑄要下车的站只剩最后两站了，姜城远仍然抓着她的手，抓得更紧了。他说："太晚了，我送你回家。"

以瑄把自己的手慢慢地从他的手里抽离："不用了。你忘了吗？以前在学校我可是别人都闻风丧胆的女霸王，我不是那种一定要别人迁就呵护的女孩子，有很多路我就是一个人走过来的。"

姜城远的手里空了，他整个人心里仿佛也空了："以瑄啊……"

他的话还没说完，她就已经打断他了：“别说了，你能送我到哪儿呢？我家门口？那还送我进屋吗？进了屋，你留下来吗？”

他心里狠狠一堵。

她说：“对不起，可能我没资格跟你说‘洒脱’两个字，我自己要是洒脱，今天就不会约你了。我只是突然好想好想再和你看看这些风景，再坐一坐这路双层车，再回忆一下我们的过去。”

“好的，不好的，我都想回忆……”

“我也承认，来之前我还有那么一点点侥幸，希望这段时间你会改变主意，也许我们还能再试一次。”

“但是，我看到你的眼睛……你的犹豫，你的挣扎，你的闪躲……纠结、愧疚、不坦然……总之，姜城远，我不想看你这么辛苦，你别再为难你自己了，洒脱一点，我们……只能走到这里了……”

他们离白苍桥路口只剩最后一站路了。

“我也知道你有多想和我重新开始，可是，你始终是一个先吃甜葡萄的人，你有太多的回忆，你也太在乎那些回忆了。你抱着我的时候，你也抱着你的回忆，哪怕再沉重，你也丢不掉，不是吗？我和你的回忆都伴生了，你再跟我在一起，又怎么能轻松呢？”

白苍桥路口终于到了，以瑄下了车，姜城远也跟着下来了。她又笑了：“我真的不会有事的。”

他说：“那我不送你回家，但是……我想看着你先走……看着你先走，我心里没那么难受。”

她其实已经难受得肠穿肚烂，快要灰飞烟灭了，但她一直忍着，说：“那好吧，那你就……”她正说着，一辆出租车就开过来了，她急忙招手，车一停她就坐了进去，催促道，“司机，开车！”

司机多嘴问了一声：“你男朋友不上来吗？”

以瑄隔窗看了看姜城远，轻声道：“他以后会是别人的男朋友了。我们……结束了。”她最好的年华，以他为深爱，以他为等待，以他为信仰，到这一刻，就这样结束了。

以瑄突然捧着脸，撕心裂肺地大哭了起来。

回了家，站在洗手间的镜子前面，以瑄盯着镜子里哭肿了眼睛的自己愣了好久。站在花洒下，温热的水流将她全身的每一处都温柔地包裹了起来，那种温暖，那种温柔，有点像姜城远的拥抱，也有点像他和她之间细细密密的回忆，流于体外，却仿佛深在骨髓里，深在心里。

第二天，以瑄照旧在九点准时到了公司。

在电梯里，她碰见了顶头上司，对方一直用赞许的目光看着她，还夸她："苗以瑄，这次的项目你真是做得太漂亮了，给咱们组好好地争了一口气。"

以瑄笑了笑，说："悦姐，这都是我应该做的。"她又说，"悦姐，你现在有空吗？我正好有点事想找你。"

一会儿之后，以瑄带着一封辞职信进了悦姐的办公室。再出来的时候，她忽然觉得整个人都轻松了。

昨天她没有告诉姜城远，她打算辞职了。她辞职之后想去很多地方，比如那些她一直垂涎着却无缘得见的风景。她想到处走一走，看一看，再寻找新的落脚点，她不想再继续生活在这座城市了。

这座城市对她而言太沉重了。

她曾在这里失去过至亲，也失去过至爱，也许，是时候跟往事作别，去往人生的下一站了。

递交了辞职信以后，她便订了去海南的机票。

飞机是在一个周六的清晨起飞的。清晨七点，冬日的天空刚蒙蒙亮，城市光线昏暗，下着雨，寒风阵阵。

这天，也是刘靖初的新店开张的好日子。

刘靖初很早就起床了，衣柜里那套平整如新的西装是郁桐昨天才帮他熨好的。她还想帮他把皮鞋也擦一下，他觉得不好意思，才抢过来自己一边擦一边哼着歌，真是人逢喜事，意气风发。

新店开张没有烦琐的仪式，只是店门外放了几个花篮，挂了两挂气球，贴了一张新店开业优惠的海报。新店的面积和老店差不多，装修风格更为复古一些，里面很多精致的摆设都是刘靖初自己去跳蚤市场和批发市场淘的。阿伊一路打量过去，啧啧赞叹道："老板，我都不知道你除了顾着老店的生意,又顾着新店的装修,还要管郁桐的事情，竟然还有时间去批发市场淘货！"

刘靖初咳嗽了两声，说："不然怎么当你的老板呢？"

小卓插嘴说："可不是嘛，你以为咱们老板的优点只是帅吗？"

刘靖初抿嘴一笑道："比你还是差点。"

小卓挠着头，不好意思地说："嘿嘿，不差，不差。"

这时,有个穿着荷叶边蓬蓬裙的年轻女孩走过来找刘靖初:"老板，七号桌的客人说是您朋友，请您过去一趟。"

刘靖初一望，冲对方微笑示意。他正要过去，女孩喊住他："老板，等一等。"

女孩踮起脚，帮刘靖初拍掉了肩膀上沾着的一点墙灰，顺手还替他理了理微微翘起来的衬衫后领。

阿伊和小卓见状，相互交换了一个眼色。

女孩笑得一脸娇羞，脸蛋都红了："好了老板。"

刘靖初跟七号桌的客人寒暄的时候，郁桐来了："对不起，对不起，我迟到了。"

阿伊说："不迟，你还能赶上午饭呢。"

郁桐说："我糊涂了，忘了今天是周六。我去了十八楼，看见店门关着，这才想起今天这边新店开张。"

阿伊说："这么重要的时刻，你居然迟到！你看见那边角落里的圣诞装饰没有？老板说了，得罚你一个人把那些装饰都布置好。"

郁桐信以为真："哦——"

见她真的打算过去弄那些装饰了，阿伊"扑哧"笑了，说："逗你玩的啦，你傻不傻？"

三个人正聊着，刘靖初招呼完客人回来了："来了啊？"

郁桐说："嗯，来了。"

阿伊说："啊，老板，郁桐说，她刚才来的时候看见旁边有一家韩式料理店，好像很不错的样子，咱们中午就吃那个吧？"

郁桐用胳膊肘撞她，小声说："我哪有？"

阿伊咬着牙说："别不好意思嘛，是你说的，你以前在报纸上就看见过那家店，很有名来着。"

刘靖初看了看阿伊，又看了看郁桐，说："嗯，好。"

阿伊冲小卓比了个胜利的手势，又说："老板啊，你们忙你们的吧，大家自己人，就不用招呼我们了，我们去帮你把那些圣诞装饰挂上。"

他们布置圣诞装饰的时候，店里陆续有客人进来，有的是经过这里，看见新店开业便来凑热闹；也有刘靖初的朋友前来道贺，来捧开业大吉的场。刘靖初偶尔招呼客人，间或也过来帮他们布置圣诞树。

中午他们去吃了韩式料理，吃完饭阿伊和小卓就想开溜，难得新店开张，老板放假，他们想甜甜蜜蜜地约个会。

刘靖初问郁桐："那你呢？"

郁桐说："我没什么事做，还是回去帮你吧，还有一些彩条没挂呢。"

走回店门口，刘靖初的手机响了好几下，应该是有人连续给他发了很多条微信留言。他掏出手机一看，脸上的表情渐渐由笑转为了不笑，最后似乎有一层凝固的痛苦就那样浮了上来。

"怎么了？"郁桐问。

刘靖初失魂落魄地按下手机锁屏键，站着没动。这时候，他听到有人在喊他。隔着半敞的窗户，靠窗的一桌客人都在向他挥手，依旧是前来道贺的朋友。他深吸了一口气，便重新换上笑脸迎了进去。

整个下午，他都保持着笑容。整个下午，郁桐也都在看他。他笑得很用力，因为过分用力反而笑得不真实，有点强颜欢笑的意味，郁桐莫名就想到了临刑之人在死前的最后一次狂欢。这样的形容让郁桐恨不得抽自己一个嘴巴，太不吉利了。

到了傍晚，郁桐去了一趟洗手间出来，发现刘靖初已经不在店里了。店员说他送走了那桌朋友以后自己也匆匆忙忙离开了。他三步并作两步，连走带跑地赶到停车的地方，之后一路开着车，心里急得像有火在烧似的。

他去找姜城远了。

中午的微信都是以瑄发给他的：刘靖初，我走了，不会再回来了。

单是这几个字，就足以在瞬间摧毁他的整个世界。

全世界他最爱的那个人离开了。

对以瑄而言，从辞职到离开，她其实有很多的时间来和刘靖初话别，但她没有。她好几次拿起电话却又放下，最后，她发现她怯场了。她决定在飞机落地之后用文字和刘靖初告别，她以为这样的告别方式是最轻松的。但是，发出那段文字的时候，她还是突然哭了。

陌生的城市，陌生的街道，她蹲在人群里，哭得不能自已。

她想起了几年前，她和刘靖初曾经有过一次告别。那次，刘靖初要和家人搬去北京，他们都以为他们很难再见面了，于是她给他饯行。吃完饭，他送她回家，他们没有坐车，故意步行，而且故意绕了远路。

但是，告别始终还是要来的。黑夜里，她上了楼，却忍不住又重新跑下楼，追着他离开的方向，想再送一送他。他也知道她追来了，在电话里，他说："阿瑄，你别出来，再看见你的话，我会哭的。"然后她就真的没有再往前了。

那一刻，离别是从高山上奔腾而下的洪水，淹没了一座城池，那座城池有一个名字，叫"过往"，里面住着他和她。

城池长眠于水下，但是，它至少还存在。也许有一天洪水退去，它再见天日，仍是过往的模样。

而这一次却不同了。这一次的离别，奔腾而下的不仅是山洪，还有垮塌下来的那一整座山。山能压毁这座城池，令它不复曾经的模样；水会将它的废墟淹没，从此，令它再不见天日。

因为，刘靖初啊，一开始我们就错了！

我错了。

我怎么能明知道你爱我，而我又不爱你，却还要一次一次自私地享用着你对我的赴汤蹈火呢？

我们怎么可能永远在友情的幌子底下存活呢？

刘靖初，你还记得我们以前吵架的时候吗？你说，没有人会像你一样爱我了。我那时很生气，觉得你是在诅咒我。然而，这年复一年，我们走着，爱着，痛过，哭过，我终于明白了，是的，我不会再遇到比你更好的人了。

我这一生，遇到了一个我最爱的人，也遇到了一个最爱我的人，然而，到最后，我还是一个人。

但你，刘靖初，你值得前路风光，锦绣萦怀；你值得高飞自在，无我，有爱。

那大段大段的告别充斥着刘靖初的脑海，就像撒在伤口上的盐，像剜心割肉的刀，令他几乎要疯了。他用力地抓紧了方向盘，狠狠地踩着油门。车越开越快，他像一个亡命之徒。

停了车，下车，上楼，他依旧带着亡命之徒的气势。他捶打着门铃，“叮咚叮咚叮咚……”门铃声急促得像将死之人最后那几口呼吸。

好一会儿，姜城远才来开门。

姜城远的状态并不比刘靖初好，他来开门的时候，眼睛发肿，目光失焦，看起来就像一个魂魄不全的人。门一开，两个人四目一对，刘靖初一句话没说，直接对着姜城远的左脸就是一拳。

姜城远被打倒在地上，刘靖初单腿跪下去，一把提起他的衣领，呼呼又是两拳。

姜城远不用问也知道刘靖初打他的原因，他没有半点要还手的意思，就像一摊烂泥似的躺着，任打任骂。

刘靖初问："她去哪儿了？"

姜城远说："我不知道。"

刘靖初再打了一拳："她去哪儿了，你怎么会不知道？"

姜城远就像一台复读机，重复道："我不知道。"

刘靖初一拳一拳打下去，一边打一边咆哮道："为什么？为什么你们会分手？为什么你不留下她？我还以为你会对她好，我还以为你会对她好！……姜城远，你知道你欠了她多少吗？"

姜城远脸都肿了，嘴角都出血了，除了"不知道"，再没有别的话说了。渐渐地，他竟然笑了。他笑得很凄凉、很绝望，眼睛里还泛起了水光。

刘靖初使劲摇他："姜城远，你说话啊！你给我一个交代，你说话！"

姜城远整个人就像被彻底抽走了骨架，只剩下了一张皮一般，瘫软地躺在地上。

刘靖初渐渐地也觉得自己要虚脱无力，打不下去了，他好像也被抽走了骨架，只剩一张皮一样。他丢开姜城远，往旁边地上一倒，躺成个"大"字。好一会儿，两个人都躺着不动了。

沉默了很久，刘靖初问姜城远："你知道得并不比我早吧？"

姜城远盯着天花板，轻轻地"嗯"了一声。同样的方式，同样的时间，以瑄也给姜城远发了留言，留言里只有一句话：姜城远，我走了，去找我的希望。这是我最后一次跟你说再见了。

姜城远呢喃道："再见，再也不见。"

刘靖初说："不，还会见的，我相信她有一天会回来的。"

姜城远摇头："我留不住她。"

刘靖初也摇头："没有人留得住一个下决心要离开的苗以瑄，就像当初没有人能劝走一个下决心留守的苗以瑄一样。"

姜城远说："我也想留住她。"

刘靖初问他："为什么会这样？"

姜城远反问道："你为什么爱她？"

刘靖初想了想，决定不答，也不问了。

良久，姜城远的声音轻得像要消失了似的，他说："刘靖初，我常常在想，这些年，我到底干了些什么；失去她，我到底失去的是什么。我那么执着于恨，为什么没有早点醒悟，其实，我更执着的是爱呢？"

刘靖初听了忽然大笑起来，只是那笑容十分难看。他说："姜城远，失去她其实是你的报应！"

姜城远说："我在想，如果时光还能再给我们一次重新来过的机会就好了。"

刘靖初摇头："没有机会了，不会重来了。"

姜城远说："如果可以重新来过，我会跟她走一样的路，看一样的风景，我想跟着她一辈子。"

刘靖初继续摇头："你不会知道她到底看过什么样的风景，那里遍地狼烟、满目疮痍，而这一切都是拜你所赐。"

姜城远继续说："后来，我都忘记我最初跟她在一起有多快乐了。"

刘靖初说："你不配拥有那样的快乐。"

姜城远说一句，刘靖初就接一句。但是，刘靖初说的，姜城远也许听进去了，也许没有听进去，他始终像一个自言自语的人。他的自言自语，令刘靖初也成了一个自言自语的人。两个人躺在同一空间，彼此只隔了半臂距离，却像隔了天涯，隔了银河，彼此呼应，却互不相闻。

最后，姜城远用一声长叹结束了他的忏悔。他说：“刘靖初啊，我错了！”他说完，喉咙一哽，眼角有泪水涌了出来。

刘靖初看见了，这一刻，这个男人什么胜败、什么尊严都不要了，在一个厌恶痛恨他的人面前，软弱得像是输掉了整个江山一样。虽然这并不能减少刘靖初对他的恨意，但它令刘靖初沉默了。

刘靖初慢慢地站了起来，再没说什么，缓缓离开了。

姜城远还是那样躺着，一直躺着。地面冰凉，没有人知道他躺了多久，他也不知道自己躺了多久。

离开姜家以后，刘靖初去了酒吧，一个人要了半打啤酒，找了个连灯光都照射不到的角落窝着，一瓶接一瓶地喝。

半打喝完了，他又要了半打。

郁桐的名字在他的最近通话列表里排第一，所以酒吧的服务员给郁桐打了电话，让郁桐来接他。

还不到酒吧打烊的时间，刘靖初自己也并没有要走的意思，但是，他差点闹事。有一个男人踩到了他的脚，他把酒瓶一扔就站了起来，跟对方吵得不可开交。酒吧负责人觉得他小题大做，又看他一副气势汹汹、并不善良的样子，怕他再跟别的客人起冲突，所以就想强令他离开。

郁桐赶到的时候，跟着负责人挤到了刘靖初坐的那个小角落，但沙发上没有人了，只有一件外套还在。

旁边的顾客说，刘靖初好像去洗手间了。

郁桐抱着外套坐在沙发上，等了好一会儿也不见刘靖初回来，索性也去了洗手间。

通往洗手间有一条很长的走廊，走廊里比酒吧内场安静多了，灯光有点暗，空气里还飘着酒精和香水混杂的暧昧味道。

远远地，郁桐看见刘靖初背对着她坐在地上，靠着走廊一侧的墙壁。

他正抱着手机说话。他是在给以瑄发语音信息。

他刚才已经发了好几条，就算知道以瑄不会回复他，还是很执着地一条一条地说着、发着。

他说：“阿瑄，我去找过姜城远了，他也不知道你去了哪里。你到底去哪儿了？我答应你，我不会去打扰你。我只想知道你在哪儿，过得好不好，你就给我一句话，可以吗？”

他又说：“今天新店开张了，你还说过要送我一只招财猫，你记得吗？今天你没来，你没看见店里有多热闹，没看见我有多开心，而且……再过几天就是圣诞节了，我们还布置了圣诞树，还有圣诞老人和雪橇车。……阿伊还说，要我搞一个派对，把大家聚到一起，一起过节。阿瑄，其实，我是想邀请你的。我想，在派对上，我要正式介绍一个人给你认识，就是郁桐。”

郁桐离刘靖初只有几步之遥了，最后这句话他提到了她的名字，她听得清清楚楚，所以立刻就站住了。

刘靖初说：“你还记得吧？我以前跟你提过郁桐，就是那个在我店里打工的学妹。她喜欢我。”

郁桐非但没有再往前了，反而还轻轻往后退了一步。她紧紧抓着包带，即便身后时不时会因走廊门的闭合而涌出嘈杂的声音，但刘靖初的声音还是清晰得像整个世界最刺耳的喧哗。

他说：“哦，应该说，我原来以为，只是她喜欢我。”

他又说：“阿瑄，郁桐是个好女孩，她的遭遇也很可怜。一开始，我只是同情她，想帮助她，还觉得她很像从前的我，那么孤独，身边没有什么亲近的朋友，就像以前我身边除了你也没有别的人一样，所以我很想关心她。”他并没有喝醉，不但说话有条有理，而且声音听起来也很平稳冷静。因为他知道，他必须拿出平稳冷静的态度，他说的话才会具有说服力。

郁桐屏息凝神地听。

他揉了揉眼睛，继续说道："阿瑄啊，你是我最好的朋友，也是我在过去的很多年里最爱……最爱的人！但是，现在，我已经向前了啊！你是对我很重要，但已经只是一个很重要的好朋友了。我已经看开了，不留恋了，不挣扎了。我只是觉得有点尴尬，所以才迟迟没有告诉你。"

他深吸了一口气，说："阿瑄，现在不仅仅是郁桐喜欢我，我也喜欢她了。阿瑄，我对别人动心了。"

他一边说一边死死地握着拳头，几次咬紧牙关又松开。他在用力，他似乎一定要蓄起这一生全部的余力才够支撑自己说完最后这句谎言。他说："阿瑄，我向前了，我已经不爱你了！"

郁桐的眼泪"啪嗒"掉了下来。

与此同时，和她的眼泪一起落地的，还有被刘靖初松开的手机。手机掉在地上，刘靖初像被烈火焚了个彻底，焦枯而僵硬地坐着。他坐了好久，慢慢地，又开始自言自语："如果不爱你就不会失去你，阿瑄，我做得到。我会努力地不爱你！只要你回来！只要你回来，好吗？"

郁桐擦掉了眼泪，又站了一会儿，然后才慢慢走到刘靖初面前。他抬头醉眼迷离地望着她。她说："你怎么坐在地上呢？我到处找你。起来吧！"她去扶他，"来，起来，我们回去了。"

刘靖初问："郁桐，你怎么来了？"

郁桐说："酒吧的人通知我来接你。走吧，我们回去了。"

刘靖初笑了笑，说："回去？郁桐，我们回得去吗？"

郁桐没说话，只是抱着他的胳膊，拉他站了起来。他声音很缥缈地说："可是，我们回不去了啊！"

这个晚上，郁桐亲眼看着这个平时总是带着点桀骜轻狂的男人狼狈至极，他卸下了所有的骄傲与防备，任由自己沮丧，任由自己软弱，任由自己落入尘埃，化为飞灰。她觉得很心疼他，心疼得无以复加。

她也记得他后来说的一句话：“回不去了。郁桐，有些话说出来了，有些关系就结束了。”

她虽然明知道他所指的是他和苗以瑄之间的关系，但是，她又觉得这句话仿佛也是在说他和她——

刘靖初和郁桐。

如果有些话说出来，有些关系就要结束，那就不要说吧。

是啊，刘靖初，我就没有亲口对你说过，我喜欢你。至少，在我清醒着的时候，我没有。而我不开口，你就没有机会拒绝我，我就能继续像个沉默的影子，安全地潜伏在你身边。

我以前觉得我什么都不敢告诉你是我太懦弱，但是，后来我觉得我这样做也许才是对的。

刘靖初，我没有告诉你，其实，在警局你牵我手的那天，我已经回忆起来了。那一次我在你家里发病，我把我们之间曾经相遇过的事情告诉你了，对不对？你已经知道了我就是当年那个被你仗义相救过、给你写信、向你告白、约你不见不散，还在绝境中向你求救的小女孩。

我又一次对你说了：大哥哥，刘靖初，我喜欢你。

从那年的冬天开始，一直到现在，这年的冬天，我还在喜欢着你。

你已经知道我喜欢你了，只是假装不知道。你对我是有愧疚的吧？为你当年的冷漠？为你的充耳不闻？所以，你开始为我二十四小时开机，为我买回了那件贝壳婚纱，还陪我度过了很多个艰难的日子。所以，当我在警局差点崩溃的时候，你知道你的双手能带给我勇气，你就把它们给我了。

我好像说过：大哥哥，我妈妈不见了，我这次好像又被埋在废墟里了，这次，你还救不救我？

你用你的行动给了我一个肯定的回答——救。

于是，我伤心的时候可以借着你的肩膀来依靠，孤独的时候可以借着你的陪伴来取暖。即便你尽量容许我在你那里予取予求，但是，我们始终只是救赎与被救赎的关系。我们之间有时候看似只隔了一层纱，其实，始终隔着一座山，那座山的名字叫爱情。刘靖初不爱郁桐，从来就不爱。

所以我并没有一秒钟相信你在洗手间门口说的那些话，对于你并没有喜欢我,并没有对除了那个人以外的女孩动心这一点,我深信不疑。我知道你在说谎。我并不生你的气，相反，我很心疼你，心疼你竟然这么委屈自己，竟然也跟我一样，做着一个骄傲的人，却只拥有卑微的爱。

你说得对,有些话说出来了,有些关系就结束了,因为它必须结束，必须有一个非生即死的结果。

那么，我不能说。

我曾经做过一个梦，在梦里，我又回到了“望江别墅”。倒塌的砖墙和被大雨冲垮的山泥、树根埋住了我，你忽然出现了。你说要去找救兵，我却轻轻地向你伸出手，说：我不要救兵，我就要你，你把我拉出来，好不好？你说好，然后把手伸向我。我拉住你，突然，更多的山泥倾泻而下，把你也埋住了。废墟之下，我紧紧扣住你的手，流着眼泪笑了起来。太好了，终于有人和我同生共死了。你也跟着我笑了。但是，你笑着笑着就流泪了。你不想和我同生共死。

原来，梦里的你并不是来赴我的约，你是来等另外一个女孩的。你也有你的不见不散。后来，你等的那个人终于脚踏祥云，从废墟之上翩然而过。你一看见她，就歇斯底里地朝她大喊：阿瑄，你救救我啊！你要去哪里？你把我也带走吧，我只是一个需要你救赎的人，我可以伏地对你虔诚膜拜，可以为你粉身碎骨，总之，我对你绝对没有非分之想，我只求你带我走。你把我当成垃圾拴着吧，把我敲成碎块装着吧，把我当成空气抱着吧，总之，我只求你带我走。

你卑微成这样，在尘埃里连花也开不出了。

然而，刘靖初，不幸的是，我竟也和你一样卑微，并且和你一样固执。你对我是同情、可怜，抑或心怀歉意，都好，我都要紧紧抓着你。我知道十指紧扣是一种幻象，但我宁可拥有幻象，也好过什么都没有。

你也把我当成垃圾拴着吧，把我敲成碎块装着吧，把我当成空气抱着吧！

你愿意为了她而枯萎自己，我也愿意为了你，永不盛放。

「第十四章」

如果这世上还有一个人能找到我，那一定是你

SHI GUANG
ZOU LE

NI

HAI ZAI

郁桐把刘靖初送回了家，一回到家里，刘靖初倒头就睡。他不只喝了啤酒，好像还喝了别的什么酒，郁桐只看见了空杯，剩了薄薄一层浅蓝色在杯底，大概是后劲很足的酒，所以他越来越头疼脑热了。

这一晚，郁桐没有离开，她怕刘靖初半夜会醒，还会折腾，她想留下来照顾他。

她睡在沙发上，被子有点薄，她被冷醒了好几次，又把自己的外套也展开，铺在被子上，但还是觉得冷。

天终于亮了，刘靖初倒睡得很踏实，一次也没有醒过。

郁桐觉得肚子饿，打开冰箱看到半袋汤圆，就扔进锅里煮了。汤圆是花生馅的，她不怎么喜欢，她喜欢黑芝麻馅。但她还是吃了个精光，汤也喝干净了，全身终于渐渐暖起来了。

刘靖初还没有醒，郁桐看他的冰箱里什么吃的都没有了，唯一的半袋汤圆都进了自己的肚子，便想去超市给他买些食物回来。她出门的时候动作放得特别轻，很小心地关上门，生怕把他吵醒了。但他还是迷迷糊糊听到了关门声，睁了睁眼睛，看了看四周，嘀咕说：“我回来了？哦，郁桐。”

他打了个哈欠，翻了个身，又继续睡了。

大概睡到午后两点，他终于揉着有点胀痛的太阳穴从床上坐了起来，自己都能闻到自己满身的酒气。他一脸嫌恶，冲进了淋浴房。洗完了澡，酒气似乎被沐浴露和洗发水的味道盖住了，他才渐渐觉得从一场大醉里缓了过来，也终于顾得上进食这种人类最基本的需求了，于是他打开了冰箱。

他有点不认得自己的冰箱了。有那么一个瞬间，他怀疑他要么就是还在做梦，要么就是酒醉进错了门。但他再环顾了一下四周，很确定这百分之百是他家里。他把一个青花瓷的高脚碗端了出来，碗面上蒙着一层保鲜膜，保鲜膜上放了一张小字条，上面写着：芹菜汁，能解酒后脑涨脸红。

他笑了："郁桐。"

冰箱里还有一盒新鲜鸡蛋，还有白菜、黄瓜、蘑菇、大虾、猕猴桃之类的，红红绿绿的蔬菜水果都有，冰箱门上多了一排牛奶，还有吐司和蓝莓酱。蓝莓酱包装上又有一张小字条，上面写着：没有你爱吃的那个牌子，我瞎蒙了一瓶，你将就吃吧！他想：她连他爱吃哪个牌子的蓝莓酱都记住了啊！

他便用吐司蘸蓝莓酱填饱了肚子，打算再养会儿神就去新店。走回卧室的时候，他才发现外面阳台上晒了衣服，不仅有他昨晚穿脏了的那件外套，还有他前几天就扔在洗衣机里面的毛衣和长裤。

他盯着那排衣服看得有点走神。

他不打算休息了，直接就去了新店。

新店也叫"十八楼"。原来的老店算是总店，这是第一间分店，十八楼的花棉街分店。

刘靖初记得他跟郁桐说过，这间分店只是一个起点，以后他还会扩张，希望能开更多的分店，把十八楼做成城里的名店，做出自己的风格与品牌。他说，他被判刑的那会儿，大学的开除通知单也送到了自己手里，他觉得整个人生都是黑暗的，他可能没有前途，不知道何去何从了。他没想到，因为自己从小还有一点煮食的爱好，尤其喜欢折腾甜食，还喜欢把藕粉、芝麻糊、山楂糕之类的乱混一通，自以为发明了什么了不起的新鲜美食，后来就凭着这点喜好报读了甜品师课程，渐渐地乐在其中，竟然有了一种如鱼得水的从容。这就是人生啊，你永远都不知道下一秒等待着你的是灾难还是幸运，山重水复疑无路的时候，总会柳暗花明又一村。

大概那时的郁桐觉得他的头顶是有光环的，两只眼睛忽闪忽闪地望着他。她好像时常都会用那种专注到欲说还休的眼神望着他，尤其是在很多她以为他不知道、以为他没看见的时候。

只是，他没有想过那是爱。他自己心无旁骛，容不下他人，就以为感情这回事也跟他绝缘了。

这一整天，他去巡视了新店，还结识了一位为“城市美食”专栏供稿的作者。然后他也回了老店，又系上围裙，跟阿伊、小卓一起接待客人。其实他还是对老店更有感情，他是个念旧的人，喜欢在这里忙忙碌碌，面对那些因为年轻而随时发光的面孔。他们会感染他，令他产生时光倒流的错觉。

他想起十八楼的上一任老板薄安，那个信奉独身主义的胖子。在他刚给薄安打工的时候，薄安就经常说：“我对这些小兔崽子们啊真是又爱又恨，恨的是他们初生牛犊不怕虎的狂妄和没有见过大风大浪的浅薄，爱的也是他们的狂妄和浅薄。”

经过这些年，刘靖初越来越理解薄安了。

薄安说：“你就待在这里，天天在这儿跟那群学生厮混，厮混到了我这个年纪，我保证你跟我一样，由内而外都比同龄人年轻十岁。哦，不过我独身，你如果不独身，顶多只能年轻五岁。”

刘靖初有点想念那个总是自鸣得意的胖子了。

这一整天刘靖初都没有看见郁桐，阿伊说她没来过，应该是在上课或者去工作室了，要不然就是睡美人症发作了。傍晚的时候，刘靖初一不留神打烂了一套花草茶具，然后就一直莫名其妙地心里发慌，心跳得有点快。他想肯定是昨天喝了太多酒的缘故，尤其是那杯蓝色的混调酒，他是看见别人点了，自己也想要一杯。调酒师说他已经喝了很多啤酒，那种混调酒不适宜在喝过啤酒之后下肚，会延缓体内酒劲发作的时间，但是，一发作起来恐怕就会感觉昏天黑地。

但刘靖初还是很固执地敲着吧台桌面说：“给我来一杯。”

那杯酒没有名字，说话有点文绉绉的调酒师说：“你想管它叫什么，它就叫什么。曾经有人管那杯酒叫‘春宵’，因为它给他带来了一夜艳遇；也有人管它叫‘毒药’，因为他喝过它之后因酒精中毒进了医院。总之，各种各样的名字都被起过。”

调酒师问刘靖初：“那你打算管它叫什么？”

刘靖初始终没有给那杯酒想出一个名字。酒不是一定非得有名字的。

就这样，刘靖初这一整天脑子都没停过，想了很多的事情，关于生意，关于薄安，关于昨天那杯酒，还有，关于郁桐。他都想了，一天就这样过去了。回到家里，他觉得很疲倦，躺在沙发上就睡着了，电视机还开着。

晚间的城市新闻节目正在报道上午的一场交通事故，后来讲了一栋大楼里的住户因为晾衣杆而发生争执，最后捣坏了整栋大楼的供电系统，再后来又曝光了某山区学校的老师原来就是几年前突然失踪的一位电影明星。

城市新闻每天都有，每天三十分钟，总有报不完的新闻。这座城市说小不小，但说大也不大，可就是有层出不穷的事情被报道出来，哪怕就是芝麻绿豆大的小事，也有观众看得津津有味。

最后一则城市新闻是说某公司大厦发生了玻璃窗碎裂事故，玻璃从三十几楼落下来，导致楼下停着的多辆私家车不同程度受损，但幸好当时停车场没有人，所以没有人员伤亡。

第二天，刘靖初一到十八楼，阿伊就喘着气跑过来问他：“老板，看昨晚的城市新闻了吗？”

刘靖初说：“没看，怎么了？”

阿伊的脸色看起来不太好，她说：“刚才……有警察局的人来过了。”

刘靖初又开始教训阿伊了：“你别说一下顿一下，一次性把意思表达完整，好吗？”

阿伊跺着脚说：“警察在找郁桐！”

刘靖初心里一紧：“怎么回事？”

阿伊说：“我昨晚看城市新闻，看见唐为大厦发生玻璃窗碎裂坠落事故，还以为是个意外，可是今早警察找到店里来了，问我们能不能联系到郁桐，说郁桐从昨天傍晚开始就失踪了。她……她在‘唐为’闯祸了！”阿伊咽了一下口水，说，“不知道出于什么原因，她昨天冲到‘唐为’，把唐柏楼给打了，还……还……”

刘靖初着急地问：“还什么啊？”

阿伊也着急，说：“听警察说，她把唐柏楼打得蛮严重的，还……把唐柏楼的一只眼睛给……打瞎了……”

刘靖初急忙给郁桐打电话，但阿伊说：“没用的，警察打过，我们也都打过了，但她的手机一直关机。她家里没人，警察还问了她宿舍的同学，她们说她昨天晚上就没有回去住。你说她会去哪儿啊？”

刘靖初又急又气，差点把手机砸了：“她到底在干什么？”

阿伊又说：“哦，还……还有一件事，那个……呃……警察还说……郁桐她妈妈，终于找到了……”

刘靖初又吃了一惊：“找到了？”

阿伊点头说：“嗯，找是找到了，可是……可是……已经……已经是尸体了……”

林晚的尸体在四天前就被找到了。她没有在曼谷，也没有被绑架，她是在江流下游数百公里以外的野地里被人发现的。

她已经死了。

其实，早在几个月前，也就是郁桐发现林晚失踪的第二天，当地就有人在江边发现了她的尸体。但那人不敢报警，因为害怕自己会有什么说不清的，惹上麻烦，但是他又不忍心看这个可怜的女人曝尸荒野，于是就挖了个坑，把她埋了。

最近，当地连日的暴雨冲垮了山泥，林晚的尸体重新露了出来，被经过的几名登山客发现了。

当地警方几经调查，在确认了死者的身份以后，就把尸体运送了过来，交给了本城的警方接管。

法医经过初步的检验，发现林晚并不是溺死的，而是死后被人抛入江中的。她的身体还遭到过猛烈的撞击，有体内出血的现象，极有可能那才是她死亡的原因，而进一步的分析报告到现在还没有出来。

昨天上午，郁桐给刘靖初家里的冰箱补充了食材，又帮他收拾了屋子，还洗了衣服，正在因为那些小暧昧而娇羞窃喜的时候，接到了警局的电话。其实她有喊过刘靖初，她还是害怕，想要他陪她，可他那时睡得昏昏沉沉的，根本喊不醒，于是她把心一横，决定自己去警局。

一路上，她按着狂跳不已的心告诉自己，这次很有可能也是一个乌龙，妈妈明明在曼谷。

可是，到了警局，经过多方辨认，林晚的钱包、剩余衣物，还有她的结婚戒指，以及她的体型、身体特征，还有耳骨、牙齿的对比和电脑容貌修复图，种种结果都显示，没错，那个人就是林晚。

林晚没有在曼谷，她一直都躺在冰冷的地下，躺在腐臭的泥土里，她的身体已经不完整了，惨不忍睹，惨不忍睹到警察都劝郁桐：既然证实了，就别看了，等办完手续，你再来领走她的遗体火化吧。

但是，郁桐偏偏跟上一次不一样了，她要看，坚持要亲眼看一看她的妈妈现在是什么样子。

她就看了一眼，然后就因情绪激动而昏过去了。

郁桐昏迷着被送到医院，刚到医院她就醒了，挣扎着爬了起来。医生要她留院，但她不肯。她觉得自己身体软绵、脑袋发晕，害怕睡美人症又会因为情绪不受控制而发作，走的时候还拿了一个一次性针筒。坐在出租车上，难受的时候她就用针尖扎一下自己，一直到车停在唐为大厦楼下。

抬头望着面前那栋高耸入云的大楼，她整个人都比之前清醒了不少。那种清醒有点像一个遍体鳞伤的人掉进了盐罐里，盐糊住了伤口，剧痛感撕裂了全身的每一个细胞，她想不清醒都难。

这时，她才意识到时候不早了，已经过了下班时间，也许唐柏楼早就走了。但是，既然来了，她还是决定上楼看一看。

正巧，唐柏楼还在办公室里，跟他在一起的还有一个男人，应该是他的心腹，无话不说的那种。

郁桐本来还担心问不出个所以然来，一路上都在设计自己要怎么跟唐柏楼周旋，但是，到了办公室门口，她发现完全没有必要了。因为那个时候唐柏楼正好也得到了林晚被找到的消息，刚挂掉警方的电话，房间里的那个眼镜男问他，郁桐如果知道自己受骗了，会不会对他有不好的影响。

唐柏楼冷笑着说："放心吧，罗起航的出入境记录我已经找人修改了，那丫头手里没有任何不利于我的东西了。至于她嘴上怎么说，都只是空口说白话，起不了多大作用，我还能被一个什么都不懂的黄毛丫头影响？而且，我要堵她的嘴，难道就没有别的方法了？嗬，我唐柏楼是什么人？"

他又说："一部手机就把她骗了，呵呵，你说说看，当孝子有什么好？”这句话背后其实还有深意，但这时郁桐还听不出来。

眼镜男又说：“但是，唐太太现在被人找到了……”

唐柏楼瞥了对方一眼，说：“哪来的唐太太？”

男人扶了扶眼镜，说：“是。我的意思是林晚的尸体被找到了，怕不怕……”他再次欲言又止。

唐柏楼笑着说：“水里泡过了，土里也埋过了，都过了这么久了，还能留下什么啊？怕什么？而且，她真的是自己死的嘛，跟我有多大关系？她还害我没了我最爱的跑车，我现在还心疼着呢。”

郁桐就站在门外，深棕色的双开门没有完全合拢，中间留了一道缝隙。透过缝隙，唐柏楼的嘴脸和声音争先恐后地涌出来，冲击着郁桐的视觉和听觉，她握着针筒的那只手开始有点发抖了。

真相是从唐柏楼自己的嘴里说出来的。林晚回别墅拿项链的那天，当她抱着她从主人房里强抢的文件袋撒腿逃跑的时候，唐柏楼一直开着车在后面追她。中间有一段，唐柏楼追丢了，后来好不容易又看到了林晚的身影，他就立刻狂躁地开车冲过去，把车子一横，挡在了林晚前面。接着他就气势汹汹地下车抓住了林晚，把她强行塞进了车里，油门一踩，车开得飞快，她想逃都不敢了。

一开始，唐柏楼并没有察觉到林晚有丝毫的不妥，他只想拿回他的文件袋，并且跟林晚好好地进行一番谈判。

可是，他完全没想到的事情就在林晚上车后不久发生了。

林晚忽然吐血了。

迅嫂看见的文件袋上的血就是从林晚嘴里吐出来的。

当时，唐柏楼吓了一跳，问林晚怎么了，林晚才说，刚才她慌神乱跑的时候被一辆出租车撞了。可是，被撞之后她又爬了起来，一来还想着要躲他，二来，除了感觉肋下有点疼以外，她并没有觉得自己的身体有太大的问题。她本来还想先去十八楼找人求助，但慌乱间找错了路，绕了一个弯，结果导致她还是被唐柏楼追上了。一吐血之后，她这条命就好像去了大半。

最后，林晚死在了唐柏楼的车里。

唐柏楼为了置身事外，把林晚载到了江边。他把尸体从车里抱出来，放到江边的大石头上。他觉得自己全身都在发抖，两条腿更是抖得站不稳，最后“扑通”一声跪了下去，低头就能看见林晚还未合上的眼睛，还有她嘴角糊着的已经半干的血迹。他吓得往后一倒，跪坐在大石头上。

他就那么跪坐着，愣了好久，不停地深呼吸，一点一点令自己冷静下来。

然后，他慢慢地爬近林晚，伸出发抖的双手去推她。他只要再用一点点力，让林晚再向前挪动半米，她就会滚下那块石头，掉进滔滔的江水里。但是，他停了一下，把手移向林晚的眼睛，在她的眼睛上抹了一下，让眼睛闭上了。然后他又觉得她半张脸都糊着血的样子很难看，又掏出自己的手帕给她把血擦了。把脸弄干净以后，他甚至还为林晚整理了一下头发，还有衣服。

做完了这些，他打量着看起来没有之前那么狰狞的林晚，这才把她推进了江里。

尸体掉进江里的时候，“扑通”一声，很轻，跟那一带响亮的水声相比，简直轻得可以忽略不计。

唐柏楼又在江边坐了一会儿，保持低头盯着自己脚尖的姿势，一动也没动。

最后，他又笑了。

他用那块给林晚擦过血的手帕擦了擦自己的手，然后把手帕朝江里狠狠一扔，慢慢地走回了车里。

坐在车里，他把副驾驶位置上的那个文件袋拿起来抱在怀里，轻轻地抚摩着。

文件袋里装着一个他最不想被人知道的秘密，所以他才那么紧张地非要把这个文件袋抢回来。而现在，无论林晚从这里面看到了什么，他都不必再对这个女人费一分心思了。死人是最好的守密者，没有什么比林晚的死更能一了百了的了。这样一想，他甚至有点庆幸，觉得是老天爷帮他解决了一个难题。

唐柏楼回到别墅，在浴缸里放满了热水，身体泡进热水里的时候，他想，江水一定很冷吧？

后来，他把他当天开着的红色跑车送去清洗了，但还是觉得不自在，索性就卖了，又重新买了一辆。这次这辆车是白色的，白得像雪，是最纯净的颜色。

当时清洗跑车的时候，员工在副驾驶座下面捡到了一个手机，他去取车的时候，他们就把那个手机还给了他，那就是他后来给郁桐的那个手机。

真相大白的时候，郁桐再也不需要针筒来给自己提神了，办公室里两个男人的对话比针筒还锋利百倍，一下一下地扎在她心里，扎得她鲜血淋漓，让她失去了理智。当时，眼镜男正好出来了，唐柏楼还坐在办公椅上抽烟，吞云吐雾间，他突然察觉到背后有一道影子晃过，还没来得及回头看，头上就轰地砸下来一个花瓶。“哗啦”一声，花瓶在他的头顶爆裂，一地都是白瓷，他蒙了。

这天，唐为大厦从高层坠落大块的窗户玻璃并不是意外，而是人为。玻璃窗是被郁桐推倒的装饰架撞烂的。有一些玻璃掉到了楼下，还有一些就落在窗边的地上。郁桐发了疯似的追着唐柏楼打，唐柏楼还手了，可是一个失去理智和一个理智尚存的人拉扯，前者总是比后者更能豁出去。

就在保安听见异动匆匆赶来的时候，郁桐再铆足了劲儿踢了唐柏楼一脚，那一脚正踢在他的膝弯。他单腿忽一失力，正好又被烟灰缸绊了一下，往前一扑，扑倒在了地上。那地上都是玻璃碴，他脸朝下，正好就有一块竖起来的玻璃不偏不倚地扎到了他的眼睛。他痛苦的惨叫声吓得门外的保安直哆嗦，保安冲进来，只顾得上扑到受伤的唐总身边，郁桐撒腿就跑了。

她不是不记得警察还跟她说过，要她两天后再去警局办完剩下的手续，领走她母亲的遗体，可是，她不敢去了。

当即，刘靖初到学校去找了郁桐的同学，想向他们征集意见，寻找线索，却一点头绪都没有。

他又想起林晚失踪的时候他陪郁桐去拜访过几位长辈，他们都是林晚的朋友。他只好凭着记忆又找了那几个人，但大家都说没有见过郁桐。最后，服装工作室那边他也打听过了，同样毫无所获。

有一天晚上，他刚回到家里，就接到了一个陌生来电。电话里有粗重的咳嗽加喘息的声音，对方说话阴恻恻的，一开口就带着一股狠劲：“刘靖初，郁桐在哪里？是你把她藏起来了吧？”

刘靖初眉头一皱：“唐柏楼？”他的声音很好辨认。

唐柏楼歇斯底里地咆哮道：“郁桐到底在哪儿？别以为她能躲得掉，除非她可以躲一辈子，一辈子在这个世界上消失！刘靖初，告诉你们，我不会就这么算了的，我不会让她有好日子过！”

刘靖初根本不想和唐柏楼废话，揉着眼睛，淡淡地回了他一句“随便你”，然后就把电话挂了。

他倒在沙发上，环视屋内，看见电视机旁边的一幅向日葵蜡笔画的时候，突然噌地一下从沙发上坐了起来。

她会不会在那里？

蜡笔画是安澜院里一个名叫桃酥的小女孩送给刘靖初的。安澜院里面，一到天黑就变得很幽静了，有一些人的睡觉时间甚至就在《新闻联播》结束了以后。也有一些人喜欢把自己关在房间里，从窗口看着天空发呆，或者听着电视节目的声音打瞌睡，或者什么也不做，就一动不动地坐着、躺着。

安澜院里的人，年长的和年幼的大多都是孤寡无依的，而年轻的，则是身体有缺陷或者患病的。他们无论是外向还是内向，积极还是消极，都有一个共同的特点，那就是喜欢谨守着自己的小世界，把安澜院当成一方与世隔绝的净土。在这片净土，他们哪怕什么也不做，内心也有丰盛的满足。

刘靖初独自一人走在这方净土上，脚步声很清晰地一路沿楼梯向上，穿过了一条满是凌乱墙画的走廊。

到了走廊转角的那间房，他看见门缝里还透着光。他敲门，门里面传出一个稚嫩的女童的声音："不开，睡觉啦！"

刘靖初说："桃酥，开门，是初哥哥。"

六岁的小女孩桃酥高兴得从床上蹦了起来，兴冲冲地把门打开："是初哥哥！"

刘靖初摸了摸桃酥的头，问她："桐姐姐在……"后面半句话还没说完，他就看见了窗边立着的人影。

郁桐回过头，跟刘靖初四目一对，眼泪唰地就流了出来。

虽然时间已经很晚了，但郁桐还是让刘靖初开车带她去了江边。那个地方叫浅水滩，平时人迹罕至。浅水滩的水很深，水流很湍急，听唐柏楼说，他就是在这里把林晚的尸体抛进江中的。

郁桐下车走到水边，望着眼前漆黑的一片。她朝前走了几步，感觉到江水已经没过了她的脚背，灌进了她的鞋子里，她的脚变重了，走起来有些吃力。她又往前走了走，水位就到了小腿处。

刘靖初还在调整车头的位置，想把车头灯当照明灯用，尽量覆盖到那片江滩。他突然看见那团黑乎乎的人影缓缓向着水深处移动，吃了一惊，急忙追过去拉住她："郁桐，你干什么啊？"

郁桐缓缓地说："这水真冷啊！"

刘靖初命令道："回去！到岸上去！"

郁桐站着没动，说："她就是这样走的吗？她一定很冷、很痛、很恐惧吧？她那时一定很想我。"

刘靖初再次下令："别去想这些！来，跟我回岸上去，要不然就别在这儿待着，干脆回去！"

郁桐抿着嘴，乖乖地跟他走回岸边："我回哪儿去呢？唐柏楼已经报警了吧，连警察都在找我。"

他不无责备地说："你现在知道怕了？"

她说："大多数时间我连手机都关机了，因为担心会被跟踪。我在想，如果这世上还有一个人能找到我，那一定是你。"

他不无心疼地说："谁让你那么冲动的？"

她一脸倔强地说："其实，我不怕。他告我吧，报复我吧，我都不怕，我也不后悔打了那个人渣！我只是不甘心！为什么？为什么我妈妈就要在这冰冷的江水里泡着，要在那肮脏的土里埋着？鱼要吃她的身体，虫子也要咬她的身体，她现在都面目全非了啊！可是唐柏楼呢？他凭什么每天还锦衣玉食、呼风唤雨？他做了那么多的坏事，竟然没有一次有人收拾得了他！那就我来啊！"

刘靖初说："为了唐柏楼那种人搭上你自己，不值得。"

郁桐摇头："值得，值得！一想到他当时惨叫痛苦的样子，想到他没了一只眼睛，我就觉得值得！"

这时，江风一吹，两个人湿透了的半截小腿那儿都传来一阵沁骨钻心的寒意，郁桐打了几个哆嗦。

她又望着漆黑的江面，喃喃地说着，像是在询问谁：“值得的，对不对？不管以前我做过什么,以后我要做什么,那都一定是值得的！”

刘靖初隐约觉得郁桐话里有话，正想问她，她就已经把手拢在嘴边，向着江面大喊了起来：“妈妈，你听见我喊你了吗？我是桐桐，我来找你了，你跟我回家吧……妈妈，我再也不和你吵架了，你要做什么我都陪着你,我们回家吧！你不要扔下我一个人啊！妈妈,我想你，我好想你啊！妈妈，你为什么就不要你的桐桐了？你回来啊……”

江水哭了，江风哭了，江边的石头和荒草也哭了。但是，郁桐没有哭,她一滴眼泪都流不出来了。她一遍遍地喊着,喊到嗓子都要哑了,喉咙像干了。渐渐地，她开始觉得全身乏力，两条腿也有点站不住了，于是她坐在了地上。

刘靖初见她呼吸急促、眼睛微闭，担心她情绪激动使得病发，劝她说：“郁桐，别这样了。”可是，他实在不知道还能说什么，他知道自己现在就算把全世界最好听的话全说出来也抵消不了她心中的痛苦。

她喘着气说：“我没事，你放心，这个时候，我是不会有事的。”她又说,“我只是觉得很累,太累了……这几天我没有一天能睡个好觉。我担心警察找到我，担心唐柏楼找到我，又担心你不来找我，还担心你就算来了，可能我睡着了，我们会错过……”

她挽着刘靖初的胳膊，慢慢地仰靠进他怀里，说：“没关系的，我想我还能再坚持一会儿。我还有一件事情要告诉你……我跟唐柏楼之间还没完呢！我倒要看看，他到底能把我怎么样……”

刘靖初说：“我们先回车里。”

郁桐任由刘靖初抱起她，只管继续说：“刘靖初，我……我手上有东西啊！你还记得那次……我们帮安澜院整理档案，有一个盒子……主人叫郑希……那是个私家侦探，你还记得吗？”

刘靖初小心地往回走着。

郁桐说：“呵呵，什么叫若要人不知，除非己莫为呢？什么叫天无绝人之路？什么叫善恶到头终有报呢？……”她呢喃着，声音很轻，像随时都要消失似的。

刘靖初问：“你在说什么，郁桐？”

她说：“唐柏楼以为我妈妈死了就没人会知道他的秘密了，可是，我知道了，我知道他的秘密了。”她又说，“我也没有想到，我躲到安澜院来，竟然还会有一个意外的收获——唐柏楼根本不是唐舜的亲生儿子！唐舜也从来没有打算把自己的公司给他，他现在拥有的一切根本就不是属于他的！”

「第十五章」

这月亮似乎已经圆得
没有一点残缺了

SHI GUANG
ZOU LE
NI
HAI ZAI

私家侦探郑希的遗物此时仍然被保存在安澜院的档案馆里，去年刘靖初和郁桐打扫档案馆的时候，他们曾经打开过装他遗物的那个盒子，里面有钱包、手表，还有手帕、名片、相机等等。对当时的郁桐来讲，那些东西里面她印象最深的是一个金色的打火机。打火机的正面是该隐杀亲的血腥图案，而背面刻了两个英文字母，分别是 M 和 T。当时他们都不知道这两个英文字母代表什么，而现在她知道了，MT 就是 Michael Tang，是唐柏楼的英文名字。

前两天，调皮的桃酥非要郁桐陪她玩捉迷藏。桃酥从窗户爬进了档案馆，还爬上了置物架，撞落了一堆档案盒，那其中就有郑希的。

郁桐在整理那些档案盒的时候，桃酥觉得那个微型相机很有趣，就把它当玩具拿着满馆乱跑，没想到里面的电池依旧能用，相机启动了。郁桐把相机拿回来的时候，看见了相机屏幕上的图片预览。

那张图拍的是一份亲子鉴定报告，正是唐家父子三人的亲子鉴定报告，鉴定报告的每一页都拍得很清晰完整。而鉴定的结果显示，唐舜与唐树恒是确定的父子关系，唐舜和唐柏楼的 DNA 却并不吻合。

这份亲子鉴定报告就是唐舜曾经对林晚说的，藏在他保险柜里的一个大秘密。这也是他立遗嘱的原因。

林晚如果还在世，她一定会记得唐舜曾经跟她提到过，他曾经被最爱的人背叛，一直活在一个谎言之中。

而唐柏楼就是这个谎言。

唐柏楼是唐舜的前妻和公司以前的一个高管生的孩子，那个人曾经跟随唐舜创立“唐为”，替唐舜卖命打江山。几年前他患胃癌去世了，直到他去世的时候，唐舜才知道他和自己的前妻有过暧昧的关系。

唐舜怀疑唐柏楼并不是自己亲生的，所以瞒着两个儿子去做了亲子鉴定，鉴定的结果当时险些击垮他。他怀着对前妻的恨意，决定立一份遗嘱。他可以顾念多年来唐柏楼喊自己的这一声“爸爸”的情分，让唐柏楼得到名下物业和现金，但是，公司的股份他只会留给那个体内流着自己的血液的唐树恒。

然而，世上没有不透风的墙。先是唐舜身边的亲信知道唐舜对两个儿子与自己的血缘关系心存疑虑，把这件事情告诉了唐柏楼。然后唐柏楼明察暗访，得知父亲曾经私底下做过亲子鉴定，并且可能还立了遗嘱。但亲子鉴定的结果如何，以及遗嘱的内容是什么，他无从得知。

这件事情令唐柏楼感到非常不安，他还向父亲的御用律师罗起航示好，想从罗起航那里套话。但当时唐舜还在世，他才是罗起航的金主，他说立遗嘱一事要保密，罗起航就守口如瓶。

唐柏楼再想知道结果，也清楚自己父亲的为人和手段，也早就知道父亲对身边的人有监视的习惯，如果他的动静太大，父亲可能会发现他的小动作，于是，他雇用了私家侦探郑希。

郑希的任务是查清楚唐柏楼的身世以及遗嘱的内容，而至于到底怎么查，就看郑希自己的了。唐柏楼只有一个要求——别被唐舜发现。即便万一不小心被发现了，郑希也一定要确保这一切都是他的个人行为，跟唐柏楼无关。

溜进唐舜的书房开保险柜是郑希自己的决定。他自信身手灵活，尤其解密的技术更是一流。他做私家侦探以来，剑走偏锋，踩线过界，甚至偷鸡摸狗的事情都干得不少，这次也不在话下。

郑希打开了保险柜，发现保险柜里有两份文件，一份亲子鉴定，一份遗嘱，他都一页一页拍了下来，准备拿去向唐柏楼交差。事情原本进行得很顺利，但是，当他准备离开唐家别墅的时候，他闻到了楼下传来的焦臭味。他一下楼就看见郁桐倒在地上，半截身体都笼罩在了厨房的浓烟之中。他不忍心见死不救，就把郁桐扛了出来。但不幸的是，他才刚离开别墅，就被一辆从斜坡上飞驰而下的卡车撞了。

郑希出事的地方，也是后来林晚出事的地方。

同一个岔路口，同一个斜坡，不同时间，不同的两辆车，撞上了两个不同的人。

林晚还能爬起来，还能自己走，郑希却倒在血泊里，动也动不了，只能瞪着两只血糊糊的眼睛喘气。

他手边还有一个打火机，是从裤袋里掉出来的。他想起自己前不久还在酒吧跟唐柏楼碰过面，唐柏楼点烟的时候，他称赞唐柏楼的打火机够酷。唐柏楼说，这是特别定制的，背后还刻了他的英文名，而且外壳也是实实在在用黄金做的。

唐柏楼见郑希一听到“黄金”两个字眼睛都在放光，就说：“怎么，你喜欢？那送给你啊！改天再帮我做件事吧，事成之后，你会得到比这个打火机值钱十倍的报酬。”

郑希躺在血泊里想，那报酬他大概是无福消受了。

郑希用来拍照的那个微型相机一直被他揣在外套的内袋里，替他整理私人物件的护士发现了这个相机，就把相机跟打火机、手表之类的全装在一个袋子里，他去哪里，袋子就跟到了哪里。

后来，郑希被送到了安澜院。安澜院的人其实有根据他的名片和身份证之类的寻找他的亲人朋友，但他不是本地人，他的家乡在北方的一个很闭塞的农村。也不知道他的亲人是都不在了，还是没有能力管他，又或者不愿意管他，安澜院打了几次电话过去，每次接电话的人都含糊其词，而且都不是他的亲人。

安澜院的人和郁桐一样，也去找过名片上的侦探社，当然，结果也是一样的，侦探社早就不在那里了，他们一无所获。最后，郑希就跟安澜院里很多孤寡无依的人一样，沦为一个与社会脱节的人。

唐柏楼自始至终都不知道郑希到底遭遇了什么，只知道郑希突然杳无音信，就像人间蒸发了似的，他还一度为此大感困惑不安。

根据郑希拍到的照片，唐舜真正的遗嘱内容是这样的：唐舜把自己拥有的全部公司股份都给了他的二儿子唐树恒，而他其余的财产则由唐树恒、唐柏楼和林晚各得三成，最后还有一成给了那位对他有恩的表叔。

唐舜住院期间，曾经当众透露过他想把公司交给唐柏楼，但其实那是在场的人误会了他的意思。当时他因为中风而行动不便，连语言功能都有障碍。他在病房里反复强调着“柏楼”、“公司”，其实本意是想说“公司不可以给柏楼”，但在场的有心之人故意曲解了他的意思，说成他想把公司交给唐柏楼来管。唐柏楼是长子，唐舜做这样的决定在很多人看来都是在情理之中的。

而遗嘱订立的日期其实是十月十五日，而不是二十五日。

唐舜去世那天，他在病房里将保险柜密码告诉林晚的时候，还有一个人也听到了，那个人就是程护士。

听见病房里传出嘈杂声而冲进来的程护士是除了林晚以外离唐舜最近的人。因为程护士只是个外人，所以林晚并没有在意程护士，也不知道这个程护士一直都在替唐柏楼监视她和唐舜，更不知道程护士将密码告诉了唐柏楼。

在林晚一直忙于办理丧事，分身乏术的那几天，唐柏楼悄悄回别墅打开了保险柜。他拿走了真的遗嘱，还收买罗起航做了一份假遗嘱放回保险柜里。这时的罗起航见风使舵，已经由效忠唐舜改为效忠唐柏楼了。

但是，罗起航疏忽大意，明明日期是“十月十五日”，他打字的时候却不小心多输入了一个“二”字，于是日期变成了“十月二十五日”。假遗嘱被公开的时候，他才发现日期错了，但见米已成炊，便没有出声。他压根儿没有发现，这个错误的日期跟他三年前的出国日期恰好相冲了。

郁桐抓住了日期的漏洞，却被盛骏威偷听到她说要去找唐树恒。盛骏威为了讨好唐柏楼，就向唐柏楼告密，唐柏楼便用一个谎言成功威胁了郁桐。可他怎么都没有想到，也是因为这个谎言，他失去了一只眼睛。

林晚死前想从唐家别墅里偷走的那个文件袋，里面就装着真正的遗嘱和亲子鉴定。

当时，林晚看着那两份文件，内心激动，狂喜不止。她想，原来她的直觉是对的，遗嘱真的有问题。原来唐舜对她总归还不是太绝情，一百块钱的遗产不是唐舜的意思，而是唐柏楼恶意羞辱她的。有了这两份文件，她不仅可以得到她想要的财产，还可以狠狠打击唐柏楼。她还以为，她的人生至此就要峰回路转了，却没有想到，最后迎来的只是一场临死前的狂欢。

整件事情的来龙去脉，有很多细节郁桐都是不得而知的。但天网恢恢，疏而不漏，唐柏楼千算万算，却算漏了一个郑希。郁桐想，这或许就是林晚和郑希在天有灵，指引着她，要令唐柏楼那个坏蛋难以高枕无忧吧。

刘靖初小心地开着车，在沿江的公路上行驶。路况很差，车子一路颠簸，郁桐断断续续地说着，他便断断续续地听着。她后来渐渐就睡着了，她的睡美人症也发作了。

刘靖初没有再把郁桐送回安澜院，他们出了城，走了一段高速公路，又下了高速公路，走了一段新修的国道，最后，到了一百多公里以外的一个叫渔溪镇的地方。

这时，已经是深夜一点了。

渔溪镇是一个狭长的船形小镇，那儿的房子就建在国道的两侧。小镇地势平坦，白天一眼望去，镇外都是田地，大块大块的，一块连着一块，像一个小平原。这里有全省最大的一个有机水果产业园，镇上的人也大多都种植水果，有自己的果园，有的还把果园建成农家乐，供城里的人度假休闲。

于是，久而久之，渔溪镇不但水果有名，农家乐也有名了起来。其中还有几户由于农家菜做得特别好吃，更是声名大噪，吸引了不少城里的“吃货”特意驱车前来。渐渐地，到渔溪镇过周末就成了一种热门的消遣。

刘靖初把车开到了镇子东北角的一座庄园，打了好几遍电话，终于有人接了。他打完电话，又在庄园门口等了一会儿。隔着铁门，他看见里面有个缩肩驼背的身影朝这边来了，因为夜太黑，天太冷，来人嘴里呼出的白气都清晰可见。

来人过来把铁门拉开，门一开嘴里就骂骂咧咧，还夹着连续几个哈欠：“我说，这都几点了啊？你这死小子，就不能在路边睡一晚，等天亮了再打扰我？”

刘靖初把车开进庄园里停好，从窗口探出头说：“太久没见了，牵挂着呢，等不了那么久嘛。”

庄子的主人薄安作势要敲他脑门，又看见车里睡着的郁桐，颇觉好笑地问：“我说，你放着好好的生意不做，改当人贩子了？”

刘靖初下车说：“对啊，刚拐来的，迷药劲还没退呢。”

薄安问：“她怎么回事啊？”

刘靖初说：“她睡美人症发作了。”

薄安不理解：“什么症？”

刘靖初说：“睡美人症，简单说就是她每隔一段时间就会连着睡上好几天，醒来就什么事都没有了。大佬安，我能把她留在你这儿，你替我照顾她几天吗？”

薄安说“你喊我‘大佬’都喊这么多年了，这点事儿我还能不帮你？不过你在电话里说什么说来话长，到底怎么回事，你好好跟我说说。”

刘靖初说：“先进去吧。”

薄安又打了一个哈欠，说：“嗯，房间我已经给你们收拾好了。”

渔溪镇的人都种水果，开农家乐，还有少数几户人家挖了鱼塘，也是为了给城里来玩的人多提供一项娱乐活动。最初薄安搬来这里的时候，也是冲着果园来的。他接手了一座果园，打算种苹果和草莓，去年刘靖初来看他，这园子前前后后还都种着水果，但这次果园已经变成花园了。

房前屋后有露天的花圃，也有温室，有应季的花，也有不应季的花。刘靖初分不清楚到底是哪种花的香味一整夜都弥漫在空气里，盖过了周围果园里飘来的果香和田野间泥土的湿气。

除了花香，这里还有某种鸟儿的鸣叫声，应了那句成语——鸟语花香。薄安说，他实在太喜欢在这里清闲懒散地过日子了，愿意就这样栽花种草，安度他的后半生。

他把刘靖初和郁桐领到客房，说时间太晚了，让他们先休息，有话第二天睡醒了再说。

第二天，刘靖初起床看到温室里有一个穿着驼色羊毛大衣的女人，四十来岁，黑发素颜，一副精干伶俐而且带点文艺气息的样子。刘靖初这才知道，薄安说愿意在这儿安度后半生，他的后半生里，也包括了这个女人。

她叫阮姒。介绍名字的时候，她都习惯跟人补充解释：不是一二三四的四，是祸国殃民的褒姒的姒。

阮姒就是在渔溪镇出生的，年轻的时候也曾经出去闯荡过，最落魄的时候在江浙一带的旅游区摆路边摊卖纪念品，有时候一天也赚不到十块钱，还经常被城管追得满大街跑；最风光的时候，她去参加了一场歌手选拔赛。因为天生的好嗓子，唱歌很受人喜欢，选拔赛上她还拿了第三名，跟唱片公司签了几年长约，出了一张专辑，走在街上还被粉丝围着要求合影签名。但第二张专辑还没出，她就受不了娱乐圈那些乌七八糟的规矩，跟公司解约，然后又开始当街边小贩了。

薄安说：“我就是喜欢这个女人身上那种饱经沧桑的感觉，还有她的潇洒豁达，以及那股子蛮牛脾气。”

去年阮姒回渔溪镇来看望父母，开着一辆跟朋友借来的车子，在路上和薄安的车发生了刮擦，两个人就算不打不相识了。曾经铁了心要一辈子打光棍的薄安在跟阮姒吵架的时候发现这个女人伶牙俐齿，还妙语连珠，他竟然有点喜欢跟她吵架，就连她骂他“死胖子”，他都觉得她骂得比别人好听。

阮姒要走的前一天夜里，薄安躺在床上抽烟，怎么都睡不着。最后，他一骨碌翻身站了起来，把烟头往地上一扔，狠狠一脚踩灭，然后一口气跑到了阮姒的家门口。

他说：“我就问她一句话：女人，留下来跟我过日子，你敢不敢过？我的车，你的；我的果园，你的；我的存款，也是你的；还有我这人，统统都是你的，怎么样？我薄安嘲笑那些在婚姻的围城里受罪的人嘲笑半辈子了，说他们摧眉折腰事礼教，一生不得开心颜，喃，我哪里想到我也有认栽的一天啊！”

薄安说起这些，没有半点的不开心，相反，他眉飞色舞，神情里全是开心。

阮姒说：“当时我跟他说：我也就一个要求，我这人不喜欢种水果蔬菜，就爱种花，把果园改成花园，咱们当这镇上唯一的种花人家，你又敢不敢？其实我那时也不是成心的，我就想看他愿不愿意，兴许我这么一说，把他吓退了呢，那我也就不必纠结去留了，肯定第二天就走了。”

刘靖初说：“可是这个死胖子就是那种受不得挑衅的人，你越是问他敢不敢，他就越来劲。”

阮姒说：“可不是嘛！结果他还真一口答应了。他嘴里答应也还好说，我后来都劝他别瞎折腾了，我也不是一定要他种花，谁知道他说他真有门路，可以种花往城里供，后来我们就真种上了。”

薄安笑着说：“我真没有赌气，也不是要做给你看的，我就是觉得，你喜欢花，那我就种花吧；你高兴了，咱们的日子才能过得高高兴兴的，是不是？刘靖初，你知道这里的人怎么称呼我们吗？”

阮姒抿唇笑着扫了一眼薄安：“去！”

薄安摸着自己圆圆的脑袋，说：“嘿，他们管我们叫‘花田侠侣’。”

聊了一会儿，阮姒抱着一篮花走了。刘靖初和薄安还坐在温室里，那间温室里种的是荷兰郁金香，小小的一间，五排花架，还专门留了一个角落，用木屏风和常青藤隔起来，放了一套茶几和沙发椅。平时薄安和阮姒也喜欢在这里坐着，一个只喝咖啡，一个偏爱饮茶；一个喜欢优雅地插花，一个喜欢叉开腿挺着肚子躺在椅子上打盹儿。他打盹儿的时候偶尔还有鼾声发出来，她就会碰碰他，说：“回屋里睡去，别在这儿破坏气氛。”他动一动，嘴里哼哼两声，换个姿势又继续睡。

薄安对刘靖初说：“我跟阮姒啊，有的时候跟贴错门神似的，她喜欢的我讨厌，她同意的我反对，她要吃西餐，我非得回家煮饺子。我原来以为所谓的情投意合就是两个人什么都得一致，小日子过起来才顺顺利利的，后来发现根本不需要。我爱她，她爱我，我们就算早上打架打得头破血流，夜里也能卿卿我我……当然，这只是个比喻啊，我们压根儿不会有打架的时候，最多就是生生气，你哄哄我，我让让你，就这么过去了。不一致也能是一种情调，不一致也可以情投意合。”

刘靖初笑了，说：“薄安真不是我以前认识的那个薄安了。”

薄安说：“人这一辈子啊，几十年那么长，总是会变的，这个谁都说不准。”他又问，“你也变了吧？”

刘靖初心里明白，嘴上却问：“我怎么变了？”

薄安说：“苗以瑄怎么样？”

“她走了。”刘靖初说。

“走了？”薄安有些吃惊，“走去哪儿了？”

他摇头说：“不知道，只知道她以后都不会再回来，就算回来，也不会再在我面前出现了。”

哪知道薄安早就心里透亮，竟然说了一句：“早就该这样了。”

刘靖初看了他一眼，苦笑了一下，低头喝了一口他泡的茶，茶水有些微的涩苦。

薄安又问他：“那郁桐呢？怎么回事？”

刘靖初便把郁桐的遭遇简单地对薄安说了，又说：“她昏睡个两三天就会醒了，这期间就劳烦你和阮姒姐帮忙照顾一下她吧。”

薄安问：“我们照顾？你呢？”

“我有点事情要回去办。”

“回城里？办什么事情？”薄安看刘靖初的表情那么严肃，禁不住追问。

刘靖初没有解释，只是望着眼前那些开得正灿烂的郁金香叹了一口气：“解铃还须系铃人啊……”

郁桐迷迷糊糊地感觉到有人开门走进房间里来了，这个房间里弥漫着淡淡的花香，闻起来很舒服，她深吸了一口气，翻了个身，进来的人正好在床边坐下来，影子挡住了窗外射进来的强光。

来人似乎说了些什么，室内的光线陡然暗了，仿佛厚重的云层遮住了太阳，整个渔溪镇都暗了。

郁桐把手伸到被子外面抓了抓，但什么也没抓住。

他又把她的手塞回被子里，把被角压了压：“郁桐，睡醒就没事了。”她隐约觉得他是这么说的。

他很快就起身离开了，关门的时候，他没注意到她的手又伸到被子外面来了，又抓了抓，但还是什么也没抓住。

她想留他，想抓住他，不要他走。这样的想法令她在整个发病昏睡的过程中，内心都带着一种焦灼，眉头一直都是皱着的。有一次她自己醒过来去上厕所，阮姒正好在，还看见她的眼睛里有泪光。

第三天中午，郁桐清醒了。

阮姒站在窗边，正在把修剪好的百合插进花瓶里。

郁桐支着胳膊半坐起来，问：“这里是薄安的庄园对不对？”这几天她多少还是有点意识的。

阮姒做了自我介绍。郁桐下床问：“我老板呢？”

阮姒说：“把你送到这儿的第二天他就走了，说是去办点事，具体的情况薄安知道的比我多，回头你问问他……怎么样？现在感觉好多了吧？饿不饿？我给你弄点东西吃，想吃什么？”

郁桐的确很饿，说：“随便吧，我什么都吃……谢谢你们这两天照顾我。”

阮姒插好了花，拍了拍手说：“别客气了，那你再休息会儿，我去给你煮点饺子，你凑合吃着。”

阮姒煮饺子的时候，郁桐给刘靖初打了电话，第一遍他没有接，她又打第二遍，过了好一会儿，他终于接了。

他故意压低了说话的声音：“喂，你醒了？”

郁桐有点紧张：“你在哪里？你是不是去找唐柏楼了？”

刘靖初是去找唐柏楼了，还带着郁桐告诉他的那个藏在安澜院里的秘密。他相信那个秘密能够成为他与唐柏楼谈判的筹码，他要唐柏楼撤销对郁桐的指控，不再追究她对唐柏楼造成的人身伤害。

刘靖初见到唐柏楼的时候，唐柏楼还住在医院里。医院里每一个照看他的护士都已经被他骂了一遍，甚至还有个护士被他用针管扎到了手臂，当场大哭。他还嫌护士哭得烦，又摔了杯子。后来，护士们只要听说自己被分派到他的病房当值，再漂亮的脸都难看得跟苦瓜似的。

唐柏楼两眼发直，或者说，单眼发直地瞪着天花板，他觉得自己的整个世界都被切掉了一半。

“拿镜子来！谁有镜子？给我拿镜子！”他捶着床大喊道。

外面走廊上经过的护士听见了，你看看我，我看看你，都假装没有听到，赶紧缩回值班室里躲着。

唐柏楼手术后一醒来就照过镜子了，后来他没事就要照镜子，但是每次照完之后无一例外镜子就完蛋了，都被他砸了。有些镜子是护士自己的私物，被他砸得都拼不回来，护士心疼，还不敢吭声，只能躲起来把这姓唐的祖宗十八代都骂一遍。

唐柏楼嚷了半天都没有人理他，他看见手机放在床头柜上，屏幕黑着的时候，勉强也能当镜子照一照。他把手机拿了起来，将屏幕对着自己的脸，慢慢地凑过去。屏幕中那张脸因为距离过近而扭曲变形，而他的整个右脸都被绷带缠着，右眼那里还有纱布，染着血，红成一团，似乎在提醒着他，揭开那团红色，那里就是一个窟窿，是无底深渊，是他一辈子都醒不了的噩梦。

屏幕里那张脸真的好丑，丑得狰狞，像个怪物！

唐柏楼突然大吼一声，把手机朝墙上狠狠砸去：“郁桐！郁桐！啊——啊——”他大吼大叫，几乎整层楼都可以听到他的声音。

这时，刘靖初刚走出电梯，都不用打听，直接循着声音就找到了唐柏楼所在的病房。

他在门外站了一下，唐柏楼从门缝里发现外面有道人影，便吼道：“谁在外面？给我滚进来！”

随着刘靖初慢慢地推开门，唐柏楼的单眼瞳孔也在慢慢放大，他说：“刘靖初？是你？你来干什么？”他下意识地低下头，摸着自己半脑袋的纱布，显然不想被刘靖初看到他现在狼狈的样子。

但是，他转念又想到了郁桐，于是把头一抬：“郁桐在哪里？她在哪里？”

刘靖初说：“你放心，她现在很好。”

唐柏楼咬牙切齿地说：“她很好？她不会很好的！刘靖初，我告诉你，我这只眼睛……”他指着自己的右眼，一个字一个字咬着说，“这只眼睛，等着她来陪葬！”

刘靖初在沙发上坐下，又把唐柏楼全身都打量了一遍，那气定神闲的模样看得唐柏楼心里反而有点不踏实。他问：“你来做什么？我问你呢，来看我的笑话……哼，还是想来替郁桐求情呢？”

刘靖初说：“我在想，对你来讲，到底是你的这只眼睛更重要，还是你的权势财富更重要。”

“你什么意思？”

“我先跟你提一个人吧。这个人是个私家侦探，他叫郑希。”

对于唐柏楼到底有多看重自己现在的财富和社会地位，那是否重过了此刻内心的仇恨，刘靖初并没有吃透，他只是在赌。多年前，当郁桐被埋在废墟之下，深陷恐惧与绝望之中，濒临死亡的时候，他的傲慢和冷漠令他忽略了她，也令她留下了这一生都无法摆脱的病痛。这一次，他想为她做点什么。他希望她这次病发后醒来就能坦荡地重新回到人群里，继续她的正常生活。她很快就要毕业了吧？他可不想看到她走上他当年的老路，被一纸判决书打入地狱。

这天，唐柏楼终于答应了刘靖初，向警察更改口供，撤销对郁桐的指控。郁桐给刘靖初打电话的时候，他的车已经开到了安澜院门口，而唐柏楼就坐在他旁边。唐柏楼听出了他言辞间回避的意味，问：“郁桐？”

刘靖初把车停下来，说：“到了，进去吧。”接着他又对电话里的郁桐说，“我一会儿再给你回电话。”

郁桐焦急地问：“你是不是去找唐柏楼了？你找他做什么？”

他匆匆地说：“放心吧，没事。我今晚就去找你。”他说完就把电话挂了。

刘靖初嘴里的今晚是当月的农历十五，这晚，清风拂树，明月当空，那轮明月特别地圆。都说十五的月亮十六圆，这天的月亮却似乎已经圆得没有一点残缺了。它低低地挂着，看起来似乎很近，它的光把温室的棚顶照出了一层碎鳞般的银白。温室里的鲜花们仿佛都睡着了，就睡在这片温柔的月光里。而那些露天花朵就显得有点雀跃，风一吹，它们就跳起了舞，跳得轻盈而曼妙。

郁桐坐在一间温室的门口，天一黑就坐在这里了，在这里可以望见庄园的大门和外面的公路。

薄安发现了她，就过来陪她坐着，两人有一搭没一搭地聊天。

他们坐到夜里九点多，刘靖初还是没有回来。郁桐说："我再给他打个电话。"但这时，刘靖初的电话打不通了。

薄安站起来，拍了拍屁股，说："大冷天的，老坐在地上也不好，你要还想待在这儿的话，我去给你端张板凳来。"

郁桐有点不好意思，也站起来说："我自己去吧。"

薄安说："还是回房间吧，外面太冷了。渔溪镇可跟城里不一样，这儿的气温一到深夜就降得厉害。"

郁桐点点头，跟着薄安走，又问："他怎么还没回来呢？"

薄安笑了，说："那浑小子啊，你放心，他既然说了今晚回来，就一定会回来，我了解他。"

郁桐说："嗯。"

薄安又问："他回来了的话，你们明天不走吧？"

郁桐说："我不知道，看他吧。"

薄安盯着脚下，提醒郁桐："注意这儿有台阶。"他又说，"我知道他喜欢吃我做的清蒸石斑鱼，明天中午我就弄给你们吃。石斑鱼在这镇上挺难买，我刚刚打电话问过渔场，让他们给我留一条，明天一早我就去拿。"

郁桐说："您对他真好。"

薄安说："给他弄条鱼就叫对他好啦？我以前拿棍子打过他，你是没赶上。”

郁桐问：“他以前给您打工的时候是什么样子的？有那么皮吗？”

薄安说：“他不是皮，是痞，没打工之前就在我那儿闹过事，我早记住他了。后来他闯祸了，得了教训，稍微学乖点儿了，可还是有野性，还冲动、固执，像头蛮牛。他那个时候可跟现在不一样。”

郁桐来了兴趣，问：“那您给我讲讲他以前的事情呗！”

薄安问：“你想听啊？他没告诉过你？”

郁桐点点头，又摇了摇头：“我没问他。”可是，今天这一刻，她特别特别想听听刘靖初的过去。

薄安带郁桐进了客厅，烧了水，一边泡茶，一边给郁桐说故事，都是真实的故事。

夜色越来越沉，气温也越来越低了。郁桐喝着暖乎乎的茶，却还是打了好几个哆嗦。薄安说：“太晚了，不等了，回房间睡吧。他要是半夜回来，还得麻烦我给他开门，到时候我喊醒你，你就能第一时间见到他了。”他笑眯眯的，圆圆的脸，细细的眼睛，令郁桐想到了招财猫。

郁桐抿了抿嘴，害羞地说：“我也不是要第一时间见到他……呃，大佬安，麻烦您了。”

薄安打着哈欠走出客厅，郁桐跟在他后面，回了自己住的那间房。躺在床上没多久她就睡着了。她似乎特别疲倦，这一觉似乎睡得特别沉，她甚至怀疑自己也许不止睡了一个晚上，而是又睡了很多天。

她好像还在不断地做梦，梦里她去了外婆的乡下老家，又去了小时候喜欢的游乐场，还去了妈妈嫁给唐舜那天大宴宾客的酒店。她似乎也回过自己的家里，家里很热闹，电视机开着，冰箱门开着，洗衣机开着，厨房里还飘出鲜汤的味道，满屋子的灯都亮着，但是，只有她一个人。

她忽然很害怕这种由各种没有生命的事物堆砌起来的热闹，于是她跑下了楼，楼下就是她读过的幼儿园。

她再往前跑，小学、初中、高中、大学校园，都依次出现了。

她跑出了大学的校门，看见马路对面的十八楼。十八楼正在开门营业，客人很多，她进去换上围裙就投入了忙碌中。整个过程中，她都没有看见刘靖初。她只觉得自己十分记挂他，目光不断扫过人群，寻找他的身影。但是，他始终没有在她的梦里出现过。

天亮了，郁桐迷迷糊糊听见车轮碾过碎石路面的声音，接着就是“咚咚咚”的敲门声，她立刻醒了，一骨碌翻身起床去开门。刘靖初面带微笑地站在门外，他身后天边的朝霞竟然有七种颜色。

他说：“对不起，我回来晚了。”

郁桐笑了起来，脑子里面冒出来的第一句话就是：不晚，你还能赶上吃大佬安做的清蒸石斑鱼。

「结 局」

SHI GUANG

ZOU LE

NI

HAI ZAI

他们是在花圃里吃的午饭，空气中有鲜花的芳香，唇齿间是鱼肉的清香，这一切再美好不过了。

吃完饭，阮姒洗了头，坐在客厅里嗑瓜子。薄安看她的头发还滴着水，就拿了电吹风过去，打算给她吹头发。一开始阮姒说不用，但后来还是笑着指挥起薄安来，让他吹这里，吹那里。于是，薄安给阮姒吹头发，阮姒就看电视，嗑瓜子。她自己吃，也把瓜子仁嗑出来，举高手喂到薄安嘴里。

郁桐和刘靖初站在外面的院子里，从窗口看到屋内的这一幕，郁桐忽然心中一动，拿手机给薄安和阮姒拍了一张照片，把这温馨甜蜜的一幕保存了下来。她还开着闪光，键一按，闪光灯一亮，薄安和阮姒就发现了。薄安关掉电吹风，说："喂，我说你们俩害不害臊的，偷拍我们？"

郁桐连忙说："我就是羡慕你们这么甜蜜，想帮你们留个纪念啊，回头我会把照片发给您的。"

阮姒打了一下薄安的手，说："你一个大老爷们，干吗对人家小姑娘这么凶？"

薄安笑着说："嘿，我跟她开玩笑呢，哪是凶她？"

阮姒说："小桐啊，回头你把照片发给我。"

郁桐点头说："嗯，好！"

薄安又继续给阮姒吹头发，电吹风的噪音很大，那声音从郁桐的耳洞里灌进去，渐渐充满了她的整个身体。它们震动着她全身每一个细胞、每一个毛孔，令她觉得有点恍惚。

没多久，他们跟薄安和阮姒道了别，刘靖初就开车带郁桐离开了渔溪镇。

离开的那条路上，两旁都是果园，有很多果树，再也看不见花了，就连一朵小野花都看不见。世界似乎跟前几天的那个是迥异的，是隔绝的，是新生出来的。

他们回到市里的时候，竟然已经是黄昏了，这天的时间似乎过得特别快。天色微黑，楼道里的光线很暗，郁桐走在楼道里，刘靖初跟在她后面。还剩最后一段台阶的时候，她开始掏钥匙准备开门。开门前的一刻，她想起了昨晚那个冗长的梦，顿了一下，然后才把钥匙插进锁孔里。

现实跟梦境是迥异的，电视机没有开，洗衣机没有开，冰箱门也是关着的，厨房里也没有任何味道传出来，而且，满屋子的灯没有一盏能亮。

“嗯？怎么回事？停电了？但过道里的灯还亮着啊！”

屋内昏昏暗暗的，刘靖初打开鞋柜上方墙壁上的电表箱看了看，说：“保险丝烧了。”

郁桐问：“怎么办？”

刘靖初问：“家里有备用保险丝吗？”

郁桐摇头说：“我不知道，可能没有吧。”

刘靖初说：“我到楼下买，你等我，一会儿就回来。”郁桐点了点头。

刘靖初回来的时候，天已经全黑了，室内更暗了，就算开着门，借着过道里路灯的一点光亮，也不能把电表箱看得清清楚楚。刘靖初想了想，走进客厅，拉开电视机柜最下层的一个抽屉，从里面拿了一个椭圆形的托盘出来，托盘里面还装着些什么东西。郁桐见状吃了一惊，问：“这是什么？”

刘靖初说：“蜡烛啊！”

郁桐问：“蜡烛？你怎么知道放在那里的？”

刘靖初一边点蜡烛一边说：“你忘了吗？有次阿伊网购，买了这种蜡烛，结果没注意是买一送一，收到了双份。她觉得自己用不了那么多，就把其中一份送给你了。我那天看见你把蜡烛收在这个抽屉里了。”

“是吗？”但郁桐怎么想都想不起来有这回事，不过，她自己有睡美人症，忘事也是正常的。她便帮着刘靖初点蜡烛。托盘里是很多的球蜡，圆圆的，底部是平的，点亮以后才发现那些球蜡都是红色的，鲜艳的大红色，她看着微微愣了一下。她想起什么来了呢？红色的，一个一个在托盘里铺开，像火焰般的流星，像……像不像她十四岁那年的江畔，他为她点的那些孔明灯？

郁桐心里忽然感慨万千。不多不少，托盘里的球蜡正好有二十个。

刘靖初把托盘端起来小心地放在鞋柜上，红光向上散开，照着电表箱，也照着他换保险丝时的专注与认真。郁桐目不转睛地看着他，她甚至觉得自己的目光有点贪婪，连眼睛都舍不得眨一下，就怕眨一次就会少看他一眼。他这么好看，好看得简直要令她窒息！

因为是刘靖初更换的保险丝，所以，电路一恢复，郁桐甚至觉得家里的电灯都比以前更亮了。这天夜里，她是开着灯睡觉的。灯光洒在被子上，照着她的脸，给了她一种平静而温暖的感觉。第二天，带着这种感觉，她走进了警察局，填了表，签了字，警察同意让她领走她妈妈的遗体。

刘靖初一直都陪着郁桐，帮她办手续，帮她联系殡仪馆，帮她在陵园买了一个骨灰龛位。

郁桐在林晚的骨灰龛位前面站着，看着照片中的林晚，忍不住伸手轻轻地去摸照片中林晚的脸。

她已经不哭了。她最后一次哭是在看见火葬场的焚化炉里传出火光的时候。

她那时也哭得不像以前那么天翻地覆了，就只是僵直地站着，咬紧了牙关，默默地流着眼泪。

刘靖初站在她旁边，轻轻地扶着她的肩膀。

骨灰龛位面前，刘靖初看郁桐对林晚的照片那么不舍，便没有催她，由着她一直站在那里。他陪她站了一会儿，然后自己一个人静悄悄地退开了，走出骨灰龛位的那片区域，走进了旁边的墓地。

墓地里有一棵空心的百年老树。

老树的树干很粗壮，树身很高，但树冠很小，枝叶不多，它的树荫只能盖住离它最近的一块墓碑。

刘靖初走到那块墓碑前面，盯着墓碑上的刻字和照片，就像郁桐追思林晚那样，两手交叉垂在身前，微微低着头，安静而哀戚。

好一会儿之后，郁桐缓过来了，她看不见刘靖初，便四处找他。她在墓地这边找到他的时候，他听见她的脚步声，便主动朝她走了过去。她问："你在那边站着做什么？你认识葬在那儿的人？"

刘靖初说："嗯，那是我的一个朋友。"他又问郁桐，"要走了吗？"

郁桐说："走吧。你能送我去工作室吗？我约了我师父，有点事情要和他谈。"

刘靖初顺口问她："是什么事？"

郁桐边走边说："我不打算继续在工作室做了。"

刘靖初问："为什么不做了？"

郁桐说："一来是工作室的资源始终有限，我又只是个学徒，他们给我的发挥空间太小了。二来，我明年就毕业了，最后这个学期我打算报名参加一个全国的服装设计大赛，还要准备毕业作品展和毕业论文，如果工作室再有任务，我恐怕兼顾不过来。"

刘靖初便问："那十八楼呢？"

郁桐坐进车里，系好安全带，反问："如果我不是你的员工了，老板以后还会为我开车，送我去我要去的地方吗？"

刘靖初眉毛一挑，手指轻敲着方向盘，故作思考，说："那就得看我什么心情了。"

刘靖初的心情似乎一直还不错，其实他们的心情都还不错，以前遭遇的所有不愉快，后来大家都没有再提了，生活好像只剩下了向前看。太阳每天升起，每天都是一片光明。

郁桐参加了那场全国服装设计大赛，不过，她没能拿奖。大家坐在十八楼里安慰她的时候，她还咯咯直笑，说，没什么，这次比赛不是想参加就能参加的，申请之后老师还要进行筛选，选出他们看好的学生，给予报名资格，她有这个资格就已经胜过很多人了。更何况十个参赛者里面没有一个拿奖的，所以她觉得输了也不丢人，权当见见世面、累积经验了。

阿伊听郁桐这么说，也不替她惋惜了，立刻换了话题，敲着桌子说："喂，你参加这个比赛，在北京待了有整整一个星期吧？都去了哪些地方？故宫？长城？颐和园？……"

小卓打断阿伊说："我们家阿伊现在说话学会拐弯抹角了。郁桐，其实她就是想问你给她带什么礼物了没有。"

阿伊用胳膊肘撞了小卓一下，说："谁是你们家的了？昨天吵架了，气还没消呢，现在只是暂时把私人恩怨搁到一边，勉强搭理你。"她说着，转过脸咧嘴一笑，看着郁桐，"对啊，礼物呢？"

郁桐从背包里掏出了两袋东西，推了一袋到阿伊面前，说："能忘吗？这是你的。"

小卓指着另外那一袋，问："那这袋是不是我的？"

郁桐说："你的不就是阿伊的，阿伊的不就是你的？都在那一个袋子里面哦。"

阿伊急忙抱着袋子，说："我的是我的，你的也是我的！想要啊？来求我呗！跟我道个歉说说好话呗！"

小卓翻了一个白眼，哼哼两声，誓不低头地走进了操作台。

阿伊赶紧提起她的礼物袋追了过去："卓亦聪！卓亦聪，你还想不想要你的礼物了啊？"

郁桐看着阿伊和小卓一边做事一边你瞪我、我瞪你，你一句、我一句，觉得心里暖洋洋的。这时，刘靖初来了，门口的声控迎宾玩偶尖着嗓子喊了一声：“欢迎光临——”

郁桐抬头一看，她发现刘靖初背后远远的那片天空中竟然又出现了七彩的霞光。刘靖初背着光，脸匿在不浓不淡的阴影里，五官有点模糊。但她知道，他在对她笑，那淡淡的笑容，比云霞还好看。

接下来，郁桐的毕业作品也顺利地完成了，论文也交了，作品和论文都得到了导师的好评。

六月，她毕业了。

她递交了几份求职申请，也去面试了两次，尚在等最终消息。

有一天，阿伊忽然打来电话：“喂，郁桐，你猜猜我要跟你说什么。”

郁桐刚刚面试完毕，还沉浸在应对考官的紧张里，整个人都有点恍惚，委屈地说：“你想说什么，我怎么猜得到啊？”

阿伊尖着嗓子喊：“我要结婚啦！”

她那高八度的声音把郁桐整个人都喊清醒了：“结婚？你跟小卓？”

阿伊说：“废话，不跟他还跟谁啊？”

郁桐傻笑说：“对哦，我在说什么呢？……什么时候结婚？酒店找了吗？听说现在酒店很难订，店少客多，要提前大半年才能订到呢。哦，对了，还有婚庆公司，婚庆公司找了吗？”她噼里啪啦地说着，跟连珠炮似的。

阿伊在那边优哉游哉地涂着指甲油，说：“别紧张，我会安排好的啦！”

这对新人用了最快的速度预订场地、筹备婚礼，两个月之后，婚礼就举行了。这两个月时间过得很快，仿佛就是眨眨眼的事情。郁桐也有了一份工作，是在一家服装公司给一位设计师当助理，三个月试用期，三个月后转正。婚礼那天，她穿着自己设计制作的礼裙当了伴娘，而刘靖初是伴郎。

伴郎伴娘从清早六点就开始忙得不可开交，刘靖初陪着小卓布置花车，接新娘。郁桐就陪着阿伊化妆，在家里藏鞋子，想难关，然后等着新郎来接亲。接下来，他们就到酒店迎接前来赴宴的亲朋好友，吉时一到，就举行了简单的仪式。等到宴席结束，郁桐觉得自己腿都站麻了，肚子还饿得咕咕叫。

阿伊穿着礼服冲过来，一只手挽着郁桐，一只手挽着刘靖初，把他们拖到酒店外的大草坪上，非说他们俩天上有地下无，要给他们拍合照。郁桐不好意思地看看刘靖初，刘靖初也看看她，其实都知道阿伊的小心思。

站在镜头前，摄影师喊“预备”的时候，郁桐轻轻地挽住了刘靖初的胳膊。

“咔嚓”一声，她微笑着偏着头，往他的肩膀上靠了靠，相机便稳稳地留住了这一幕。她后来还把这张照片打印出来，偷偷地放在钱包里。有人看见这张照片就会问她，旁边这人是不是她男朋友，她都摇头说不是，脸却红得跟苹果似的，心还扑通扑通地跳。她莫名有一种乐观的豪情，总有一天，他会成为她的男朋友的。

刘靖初生日的前夕，阿伊又开始为老板的生日出谋划策了，是去城市最豪华的旋转餐厅吃饭呢，还是到风景如画的度假公园过一个周末呢，又或者赶巧那天还有一场怀旧的拼盘演唱会，先看演唱会然后吃火锅，热热闹闹，红红火火？总之，老板出钱，他们出人，保证把这生日搞得风光难忘。毕竟这是老板的大生日，他三十岁了。男人三十而立，说什么都不能马虎。

刘靖初的生日在十月二十四日，遗嘱事件之后，郁桐就牢牢地记住了这个日子。她每天都在思考要送他什么礼物，但好像送什么都俗套，送什么都无法体现出他在她心中有多么与众不同、出类拔萃。她真是恨不得把日月星辰、江山万里都送给他。如果是在古代，她真愿意为他打一个天下。

也是在这个月，郁桐的试用期结束了，她即将成为公司的一名正式员工。领导不仅口头恭喜了她，还叫上她和部门的几个同事一起吃了一顿饭，算是正式接纳她成为大家庭的一员。

郁桐心里其实是有点尴尬的，那顿饭也吃得有点拘谨。她总禁不住要走神，一会儿盯着桌号发呆，一会儿又只顾闷头吃东西。同事问她话，她都答得很恭谨，但也都言简意赅，显得她的话特别少。

吃完饭，同事说还想唱歌，但不能再让领导花钱，得反过来，大家凑钱一起请领导。

领导喝酒上脸，瘦长型的脸被两团酒后的红晕衬得略微饱满了些。他其实也算是个耐看的男人，三十多岁，单身，平时对郁桐总是照顾有加，偶尔还悄悄给她开绿灯，她甚至怀疑领导对她有意思。领导凑过来问她："唱歌，去吗？"

郁桐其实并不想去，但是大家都兴致高涨，她也能领会到同事们眉间眼中想讨好领导的那点意味，只好对领导点了点头，说："去吧，大家都喝了点酒，车就别开了，咱们打出租车去。"

郁桐走在最前面，看见斜前方来了一辆出租车，她招招手，出租车缓缓靠了过来。这时候，她背后竟然有个中年女人踩着高跟鞋"噔噔噔"超过了她，冲向那辆出租车。郁桐气得跺了下脚，站在路边大喊："喂，那辆车是我先叫的！"

中年女人压根不理会郁桐的抗议，冲到出租车旁边，拉开车门，还没坐进去，忽然，"砰"的一声巨响，街头街尾的人全都听见了。大家都全身一震，保持着一种僵硬的姿势，望着出租车那边。

中年女人几乎被压扁了，是被一辆从垂直方向冲过来的私家车撞到的。

那辆私家车的主人是个劣迹斑斑的富二代，大概是吃了什么禁药，又喝了酒，开车乱冲乱撞，把出租车撞烂了不说，还把那个无辜的女人撞死了。

同事们站在郁桐背后，盯着那个被压扁的女人愣了大概五秒，突然“哇”的一声，整齐地转身猛吐起来。

什么气氛都没有了，歌也无心唱了，领导吓得都吐字不清了，说：“叫救护车啊！打电话！呃……叫警察还是救护车？警察？报警……”他又见郁桐还两眼发直地盯着那血淋淋的车祸现场，心想她肯定吓傻了，就来拉她的手，问，“郁桐，你还好……”

郁桐一下子甩开领导的手，说：“对不起，领导，我……我有点事情，我先走了。对不起！”她一说完，撒腿就跑了。

街市霓虹灯闪烁，长街车来人往，郁桐逆着风，飞快地奔跑，所有的景物都在倒退，世界仿佛都在倒退。在这样的倒退里，她的脑海中有无数画面如电影胶片一般滚动着：开满鲜花的庄园、漆黑茫茫的大江、玻璃碎落的大厦、初次闯入的十八楼，还有她自己那个冷冷清清的家……

她曾经抱着一件婚纱站在地铁站的入口痛哭……

她曾经无忧无虑得像个孩子，跟安澜院里纯净如阳光的人嬉笑玩耍……

她曾经被人按进泳池里，疯狂挣扎直至失去力气……

她曾经倒在一场大火里，求救无门之际，幻觉天堂好像为她照了一束光……

往事历历在目，回忆纷至沓来。

她又想起，刚才的那个中年女人穿着深蓝色的高跟鞋、黑色铅笔裤，白衬衣配麂皮绒的短外套；头发染了栗色，长而直，到背部的中心；化着有点浓的妆，嘴唇上涂的是很抢眼的紫红色……这些……她竟然全都记得……

她更记得鲜血是怎样从女人的头部、胸部还有腹部汩汩流出来的，然后在地上缓缓流动……

说真的，她也不知道为什么，看着那个女人死去，她并不觉得恐怖恶心，也没有害怕，她只是在一瞬间的脑袋空白以后就恢复了理智，然后她想，如果不是那个女人，被撞的人会不会就是她了？

又或者，她如果一怒之下也跑过去跟女人抢车呢？

这么一想，她便害怕了。

她脑子里忽然有了一个念头：她要去找刘靖初。

一天都不能等，一个小时、一分钟都不能等，她立刻就要去找他，用她这劫后余生的一条命飞奔着去找他。

她不想再逃避了，她要把自己藏了这么久，藏得都快生生腐烂的心事统统告诉他。这样的话，就算明天厄运降临，她至少不会在生命的最后一刻为自己一直以来的懦弱逃避而遗憾痛哭！

刘靖初没想到郁桐会来。出事的地方和他家相隔不远，她穿街过巷，一路狂跑，几乎没有歇过。敲开门之后，她喘着气，差点说不出话来了。刘靖初问："郁桐，你来怎么也不先打个电话给我？"

郁桐摸着心口，尽量让自己的呼吸平稳下来。这不平稳的呼吸，她想，既是因为她刚才的剧烈奔跑，也是因为她的紧张吧。她把头一抬，望着刘靖初，说："我我……我也是临时想起，我之前在跟领导吃饭。"

刘靖初退了一步："哦，进来说吧。"

郁桐说："这附近刚才出车祸了。"

刘靖初吃惊地问："车祸？严不严重？在哪儿呢？你看见了？"

郁桐说："我就在现场。"

刘靖初看郁桐有点紧张，忙打量着她，问："你没事吧？"

郁桐摇头说："我们刚吃完饭，打算去唱歌。我没事，死了一个女人。但是，差点也许就是我死了。"

刘靖初越听越糊涂，茫然地看着她。

郁桐又说："今晚领导请吃饭，我们在路边打车，大家说去唱歌吧，都喝多了，那个女人跟我抢车。"看来她真的是紧张了，说话没什么条理，一会儿说吃饭，一会儿又说车祸，说得颠三倒四的。

刘靖初给郁桐倒了一杯水，说："别着急，慢慢说。你亲眼看见车祸了？是吓着了吧？"

郁桐慢慢呼出一口气，又说："我的试用期结束了，公司马上要给我办转正手续，以后我就是正式员工了。"

刘靖初顺着话题说："我还想问问你工作得怎么样呢，那挺好，恭喜你。"

郁桐叹气说："但是，我并没有特别高兴。"

他问："做得不开心？"

她摇头："几天前，我师父找过我。"她说的师父就是当初她在工作室实习期间带她的那位设计师，"师父说，上海有一个很好的机会，既要资深设计师，也要新手，他问我有没有兴趣跟他过去。"她好像平静一点了，没继续说车祸，换了个话题，说得很流畅，也没有颠三倒四了。

刘靖初问："你怎么想的？"

郁桐说："我说我考虑考虑。转正手续没办下来之前，我要走还很容易，如果等办了再走就有点麻烦了，算是毁约。"

他问："你也想跟你师父走吧？"

郁桐抿了抿嘴，说："从前途的角度来说，是的！师父没有考虑别人，首先就问了我，他觉得我是最理想的人选。上海那边有更大的空间、更好的资源，我能学到的东西也更多、更好。"

他问："那你为什么还要考虑？"

郁桐沉默了，低着头，拨弄着自己的指甲。大概过了半分钟，她说："那个被车撞死的女人，她跟我抢出租车，如果她不跟我抢，撞车的那一刻，走到出租车旁边的可能就是我，被撞的就是我了。所以我想我也是幸运，算是到鬼门关前走了一回，捡回了一条命。”

刘靖初终于明白刚才说话颠三倒四的郁桐想表达什么了，虽然他也替女人的死感到惋惜，但他更庆幸郁桐没事。

郁桐又说：“这次我是幸运地躲过了，但是，我不知道下一次危险会在什么时候出现，出现的时候，我还有没有这么好的运气。我甚至不知道自己每天晚上睡着了以后，还能不能睁开眼睛看见第二天的日出。我们每个人都无法预测自己的未来，不是吗？所以，我们能够做的，就是珍惜眼前所拥有的，珍惜每一分每一秒，对不对？”

刘靖初笑了，说：“感悟不少啊？所以你是想说，你决定跟师父去上海，珍惜眼前的每一次机会？”

郁桐摇了摇头，目光越发坚定了：“我是想说，我爱上了一个人。”

刘靖初的表情微微一僵。

郁桐看着他说：“我爱的这个人，他会影响我的去留，我想知道他是希望我离开还是留下来。”

刘靖初不说话了。

客厅里涌动着一股几欲撑破四壁的暧昧。

郁桐缓缓地说：“这个人啊，在我十四岁那年第一次见他的时候，他就在我心里了。这么多年过去，我曾经也一度以为我忘记他了，但是命运就是这么奇妙，忽然又把他送回了我身边。我一看见他就知道，他还在，还在我的心里，就像一壶酒，滋味非但没有转淡，反而越陈越香。”

刘靖初一直沉默着。

郁桐继续说：“可是，不管我有多爱他，我都不敢告诉他。我再也不敢像以前那样跟勇士冲锋陷阵似的去告诉他，我爱他，因为我害怕他还会像以前那样回答我——你爱我吗？但是我不爱你啊！郁桐，为免尴尬，我们以后就不要再见面了吧……我不想他再次从我的世界里消失，所以……我宁可卑微地潜伏在他身边，什么也不说……无所谓得到，也就无所谓失去了。”

“你知道吗？在这个世界上，比爱一个人更辛苦的事情就是你明明很爱他，却还要假装不爱他。”

刘靖初依旧沉默。

客厅里只有郁桐的声音，她甚至觉得就连呼吸声都只有她的了。刘靖初分明就坐在她旁边，却又仿佛根本不存在似的。郁桐的声音也变轻了，她说：“我不想再逃避了，是时候有一个结果了。”

又是一阵静默之后，客厅里终于回荡起了刘靖初的声音：“郁桐，明天我想带你去一个地方。”

明天好像是眨眼就来的，天一亮，刘靖初就开着车带郁桐出了城，到了近郊的一个叫涅槃的小镇。

涅槃镇所在的方向跟渔溪镇刚好相反。渔溪镇在东边，涅槃镇在西边。

涅槃镇最广为人知的就是这里有一片很大的陵园，郁桐的妈妈林晚的骨灰也存放在这座陵园里。

车开到陵园的大门外时，郁桐的心里忽然突突跳得很厉害：“我们来这里做什么？”

她还没有发现，天空有一个角落的云又变成七彩的了。

刘靖初说：“我想带你去见一个人。”

郁桐跟着刘靖初，深一脚浅一脚地走着。陵园的路凹凸不平，很难走。

他们绕过一座又一座的墓碑，沿途总有风吹落树上轻薄如蝉翼的叶子，叶子像柳絮似的飘着，天空中七彩云霞的范围也在逐渐扩大。

郁桐问刘靖初：“到了吗？”

刘靖初走着走着便停下来，目光深邃地望着不远处：“到了。”

郁桐一看，不远处有一棵空心的老树，树荫覆盖着一块墓碑。她还记得，上次刘靖初陪她来安放妈妈的骨灰，他就曾经在那块墓碑前面默哀过。她盯着那块墓碑，墓碑上的照片和文字她依旧看不清楚。她问：“那是谁的墓？你要带我见的人就是他？”

刘靖初轻轻地点了点头。

沉默了一会儿，刘靖初对郁桐说了一句话。

可是，陵园里刮起了很大的风，风声堵住了郁桐的耳朵，她没有听清楚，又问：“你说什么？”

刘靖初的声音有点像是从风里生长出来的，又好像是从那已经扩散到铺满了整个天空的彩色云霞里生长出来的。他把那句话重复了一遍，这一遍郁桐听清楚了。他说：“郁桐，我要走了。”

郁桐心里猛然一沉，问他：“你要去哪里？”

刘靖初忽然转身大步迈开，头也不回，真的说走就走了。他的背后，突然涌出大片大片的浓雾。

郁桐急忙追他，可自己的双腿好像不听使唤了，她非但没有追到他，反而还离那块墓碑越来越近，越来越近……最后，她终于能看清楚墓碑上的照片和文字了。她忽然两腿一僵，眼泪“哗”地就涌了出来。

眼泪好像成了倾泻的洪水，成了翻涌的海啸，要把郁桐活生生淹没。郁桐全身猛地一阵抽搐，她醒了。

外面的天空没有七彩的云霞，灰暗阴沉，像要塌了似的。

她竟然还在薄安的鲜花庄园里，没有随刘靖初去过什么陵园，没有看见过什么惨烈的车祸，也没有在服装公司当别人的助理，而阿伊和小卓也没有结婚，那一切都只是她的一场梦。

郁桐突然夺门冲出去，在庄园里边跑边喊“大佬安”，两条腿都颤抖得厉害；她一边喊，一边觉得喉咙里好像含了一口硫酸，顿时让她皮开肉绽。这时的薄安正在一间温室里坐着，就是刘靖初送郁桐来的第二天，他们一起喝茶聊天的那间种着荷兰郁金香的温室。

薄安听见郁桐喊他了，但他没有回应。他坐在椅子上，叉开腿，靠着椅背，身体微微凹成了一个虚脱的弧形。

郁桐冲进去，胸口一直剧烈起伏着，重重地喘着气："大……"才说一个字，她忽然就注意到了椅子旁边的茶几上放了一个盘子，盘子里是一条清蒸石斑鱼。那是薄安亲手为刘靖初做的清蒸石斑鱼。石斑鱼早已经冷了，甚至都已经因为摆放太久而变色了。

郁桐只觉身体越来越沉，轰地一下坠落了下去，就像从一座悬崖，不，是从上万米的高空坠落了下去，摔得粉身碎骨。

她目不转睛地盯着那盘清蒸石斑鱼，也不说话了。

薄安看了看她，又看了看那盘石斑鱼，缓缓地说："阮姒说把它倒掉，不知道为什么，我就是舍不得。"

郁桐两腿一软，瘫坐在地上。

刘靖初在电话里明明说过他就快回来了，"今晚"就回来。然而，那个"今晚"，令郁桐他们从天黑等到了天亮，又从天亮等到了天黑。

刘靖初没有回来。

当刘靖初和唐柏楼去安澜院拿郑希的遗物时，他们在安澜院里碰见了唐树恒。唐树恒比他们早一步到安澜院打点好了一切，他怀里正巧抱着那个贴着郑希名字的盒子，刘靖初一眼就认出来了。

在发病之前，郁桐并没有来得及完完全全地对刘靖初说清楚，虽然她手里是有筹码，郑希留下的那些东西是可以给唐柏楼造成巨大的打击，可是，她没有想过要用那些东西来换取唐柏楼跟她握手言和。她已经想清楚了，她宁可为自己的一时冲动承担应有的后果，也不愿意再看着唐柏楼坐享荣华富贵，所以，就在刘靖初到安澜院找到她的那一天，她已经联络过唐树恒了，她把郑希和那些照片的存在原原本本告诉了唐树恒。只是，她还没有来得及向刘靖初解释清楚这一切，她的病便发作了。

于是，在安澜院里，唐树恒和刘靖初、唐柏楼拉扯在一起。唐柏楼想抢回照片，唐树恒当然不肯，便推开唐柏楼和刘靖初，独自驾车离去。唐柏楼还不罢休，要刘靖初开车追唐树恒，两辆车追逐的时候，突然撞在了一起。

唐树恒永远都会记得，当他趴在安全气囊上，感觉到自己身体内部的某些地方好像错位了，还裂开了，痛得连每吸一口气都是煎熬，甚至怀疑自己可能要死了的时候，他隐约听到了一种无力爆发的撕心裂肺的声音。他扭头一看，就在离他的车不到两米远的地方，另外一辆车已经整个倒翻过来了，车门已经变形了，车窗玻璃的中间破了一个大洞，洞口都是长长短短的尖角，那些尖角上，有些还挂着血，是新鲜的，没有凝固，也许还有热度，正一滴一滴地滴落在地。

唐柏楼整个人也跟车身一起倒翻过来了，撕心裂肺却又无力爆发的声音就是他发出来的，他在喊“救命”。

唐树恒从来没有听过自己的大哥喊“救命”，他仔细地回想起来，他甚至从来没有见过大哥流露出任何的恐惧情绪。但是，这一天，他见着了。就像是在身体里积聚了三十几年未曾爆发过，一爆发便汹涌得没有止境，唐柏楼的恐惧是排山倒海的，他甚至哭了，那眼泪一滴一滴都是红色的。

他嘴里还喃喃地在喊唐树恒：“树恒，树恒，救我……树恒，你在哪里？救救大哥！”

唐柏楼的两个眼窝变成了两个血窟窿，就像两个无底洞，很深很深，里面仿佛一片黑暗，魔鬼在黑暗里张牙舞爪。他动弹不得，面朝上顶着那两个血窟窿，嘴巴一张一合，就像因为干涸而渴求一滴救命水的鱼。

唐柏楼已经没有了一只眼睛，而这场车祸又夺走了他的另外一只眼睛，他什么都看不见了。

无边无际的黑暗就像是这个世界上最锋利的刀子，一刀一刀在唐柏楼的心里割着。他试图用力从那已经倒翻过来的汽车里爬出来，可他的双腿被卡得死死的，安全带也怎么都解不开，他还能感觉到自己的眼睛里装着玻璃碴。他想大喊大叫，但是，他的力气好像被抽空了。

唯一还能活动自如的就是他的左手，他想起车里面还有一个人，就把左手横着伸出去，乱抓了一番，费力地喊："刘靖初？刘靖初……"

但是，司机位一点回应都没有，他的手碰到了一些黏腻的、也不知是冷是热的液体。

刘靖初闭着眼睛，他也被卡在那狭窄的空间里面动弹不得。他还有一点意识，能感觉到旁边的人在拽他，在喊他。他也想回应，但是，他太疲倦，太疲倦了。他剩余的力气大概就是一条丝，风一吹都会断。他也许应该留着这一丝力气来做他最想做的事情，比如，给郁桐打一个电话。

他试着把手伸向车前的抽屉，他的手机放在那里面。可是，他只是碰到了抽屉，然后手就"啪"地一下垂了下去。

最后，他只能在心里默默地对郁桐说：好姑娘，我不回去了，你别等我，你等不到我了。

当以前相识的那位李警官把刘靖初的消息告诉郁桐的时候，薄安刚好把一盘热气腾腾的清蒸石斑鱼摆上桌。郁桐站在餐桌前面，慢慢放下手机，两眼发直，不知道盯着哪里。扑鼻的鱼香熏得她昏昏欲睡，她觉得房间开始旋转，墙上的钟掉了，沙发倒了，她的脚踩着天花板，头挨着地，视线越来越模糊。她好像睡着了，但又好像醒着。刘靖初好像回来了，他们一起吃鱼，一起离开，他陪自己办理母亲的身后事，她毕业，工作，阿伊结婚，她当伴娘，而他是伴郎，玉树临风，温柔而优雅。

婚礼后阿伊还拉着他们拍合照，那张照片后来被她打印出来，悄悄放在钱包里。

对了，钱包……

郁桐拿出钱包，把里面的每一张纸都拿了出来，每一个卡位都掰开看了又看，然而并没有什么照片。

原来，后来的那些时光，都只不过是她的一场梦，一场在七彩云霞之下的梦，一场她永不愿醒来的梦。

她甚至试过重新躺回床上，想重新睡着，想继续做那个梦，可是，她怎么都睡不着。

睁着眼睛，她以为自己在哭，但是，一摸，却没有眼泪。

她哭不出来了。

他真的被葬在了陵园里那棵空心老树的旁边，树荫遮着他的墓碑，照片上的他面带着微笑。

葬礼是郁桐和薄安、阿伊还有小卓一起办的。葬礼之后，小卓蹲在墓碑旁边，把一张张的纸钱扔进火盆里。他一直重复着这个动作，低着头，没有说一句话。阿伊从篮子里端出了一些用小圆盘装着的甜品，将它们在台子上面排开，嘴里念念有词地说："老板，都是你喜欢吃的。"她又指着其中一盘淡黄色的甜品说，"这个是薏米雪仁，是前几天小卓的新发明，他本来还说想请示你，看能不能在店里上架，这可是他第一次完全独立创新做出来的。他说，你一定会夸他的。"

小卓终于吭声了："阿伊！"他想阻止她继续说下去。

阿伊艰难地笑了笑："老板不会丢下我们不管的，他还没走，还在呢，他听得到。"可是她说完这句话就两腿一软，坐在了地上，手撑着地面，手背的青筋都因为过分用力而鼓了起来。

小卓见了，拉着阿伊的手，跟她十指紧扣，两个人都咬牙不说话了。

薄安和阮姒把墓地周围的一点杂草清理了，薄安又掏出他习惯随身携带的手帕把墓碑顶上擦了擦，觉得不够，又开始擦墓碑的正面、背面、侧面。阮姒知道那是无意义的，但也没有阻止他。

薄安一边擦墓碑一边说："小子，到了新的地方别惹事，知道吗？好好地、安安静静地过，不要总是想活得轰轰烈烈。以前你还说自己是猫，有九条命呢，九条命呢？啊？"他不擦了，盯着那墓碑，把手帕往地上一扔，也不知道是想跟谁撒气，重重说了一声，"怎么说没就没了啊？"

天空越来越阴沉了，像要下雨了。风也越刮越大，还夹着沙尘，整片陵园都显得十分压抑。

郁桐站在风里，自始至终一句话都没说过的就只有她。她沉默地站着，站得笔直，两眼无神地看着墓碑上的照片。他们劝她走，她不肯，说还想留一会儿。他们担心她，也都不敢离开，就陪她站着，越站越难受。好一会儿之后，她看了看大家，觉得过意不去，终于肯走了。他们一走，陵园一带便下了一场暴雨。雨后泥土里的湿气还没有散去，她又来了。

别人都对陵园避之不及，郁桐却成了那里的常客。后来她大学毕业了，工作了，一晃大半年都过去了，频繁出入陵园成了她生活的一种常态。每次她都买两束花，一束放在林晚的骨灰龛位前面，一束放在刘靖初的墓碑前面。她还会跟他们讲自己的近况，长的长说，短的短说，巨细无遗。

这令她想到了自己十四五岁时的那个春天，她在作业本上密密麻麻地写着她想对大哥哥说的话。以前他对她可以算是惜字如金，她写一大段，他只回她短短几句。以前她还嫌他的回复太短了，然而现在却是再短的回复都没有了。

第二年深秋，当黄叶落了一地的时候，有一天郁桐去陵园，远远地看见墓碑前面蹲着一个年纪比她略长的女人，对方瘦瘦的身体被一身宽大的黑衣黑裤罩着，显得尤其单薄，像个纸片人。

她正在清理地上的枯叶。她把叶子一片不落地都装进了一个塑料口袋里，然后也像以前的薄安那样，掏出手帕把碑前、碑后都擦了又擦，擦到上面的照片时，动作不由自主就放缓放轻了。

郁桐猜到她是谁了，便没有过去，只是在原地站着，安静地看着她。

看着看着，她竟然看到了她日思夜想的那道身影，他就站在那块墓碑旁边，低头温柔地凝视着那个清理落叶的人。不，他仿佛是在墓碑那边，又仿佛是在郁桐身边，跟她并肩站着。他近在咫尺，郁桐一扭头就能清清楚楚看见他微笑时出现在嘴角的两个小酒窝，他也在温柔地凝视着她。

郁桐艰涩地冲他笑了笑，没有张嘴说话，两个人仿佛是在用腹语交流。她说："她回来了。"

他也说："是啊，她回来看我了。"

她的神色很倦很倦，她长长地叹了一口气，说："真好，你终于等到你等的那个人了。可是，我呢？"

他没有看她了，只是一心一意地看着那边为自己清理落叶的人。

她闭了闭眼睛，深吸了一口气，慢慢地转身走了。

有一个声音和秋风一起盘旋在陵园的上空——

"我却等不到我等的那个人了……"

语笑嫣然青春淬炼之作
写尽成长的残酷与荒芜

白金畅销图书
《时光走了你还在》第二部

他来了她的世界，因为爱情，
粉身碎骨，甘之如饴

而她去了别人的世界，也因为爱情，
流连忘返，万劫不复

刘靖初，
你值得前路风光，锦绣荣怀；
你值得高飞自在，
无我，有爱。

我这一生，遇到了一个我最爱的人，也遇到了一个最爱我的人，
然而，到最后，我还是一个人。